二月河 大河歷史小說

帝王三部曲

절대군주 건륭황제

【일러두기】

· 번역 원본은 1999년 4월 중국 하남문예출판사가 펴낸 제2판 1쇄본을 사용하였습니다.
· 본문에 나오는 인명과 지명 중 만주어를 제외한 모든 한자는 한글발음대로 표기하였으며, 독특한 관직
  명은 이해하기 쉽도록 의역한 부분도 있습니다. 그리고 소설 진행상 불필요한 부분은 축역하였습니다.

(절대군주)건륭황제. 16 / 이월하 저 ; 한미화 옮김. --
서울 : 산수야, 2006
288p. ;22.4cm.

판권기관칭: 二月河 大河歷史小說
원서명: 乾隆皇帝
ISBN 89-8097-140-0   04820 ₩ 8,000
ISBN 89-8097-124-9(세트)

823.7-KDC4
895.1352-DDC21   CIP2005001249

二月河 大河歷史小說

帝王三部曲

絶代君主
건륭황제

16

산수야

二月河 大河歷史小說

절대군주 건륭황제 ⑯

초판 1쇄 발행	2005년 11월 20일
초판 2쇄 발행	2011년 11월 15일
지은이	이월하
옮긴이	한미화
발행인	권윤삼
발행처	도서출판 산수야
등록번호	제1-1515호
등록일자	1993년 4월 30일
주소	서울시 마포구 망원동 472-19호
우편번호	121-826
전화	02-332-9655
팩스	02-335-0674
값	8,000원

ISBN 89-8097-140-0 04820
ISBN 89-8097-124-9(세트)

산수야의 책은 독자가 만듭니다.
독자 여러분들의 소중한 의견을 기다립니다.

16 乾隆皇帝

제6부 추성자원(秋聲紫苑) | 1권

1. 의군(義軍)

절 안에서는 아직도 대오를 정돈하고 있는 중이었다. 밖에서 기다리고 있던 아거하는 슬슬 짜증이 났다. 그는 만주팔기(滿洲八旗)의 자제들 중에서도 '큰미꾸라지' 축에 속하는 인물이었다. 왕공훈귀(王公勳貴)들에서부터 거지, 창녀 등 '밑바닥 인생'들까지 삼교구류(三敎九流)를 두루두루 사귀고 다니는 팔방미인이었다. 게다가 천가(天家)의 금지옥엽답지 않게 골동품에서부터 그림이나 서예작품, 기상천외한 잡동사니들까지 그 연대와 값어치를 귀신처럼 알아 맞추는 재주도 있었다.

그러나 '타고난 팔자'에 만족하고 안주하며 도전과 진취성이 무엇인지를 모르기는 여느 팔기 자제들과 매일반이었다. 종인부(宗人府)에서 심심하게 '콧구멍만 후비다' 보니 너무 '별볼일' 없는 것 같다며 내무부로 전근해왔고, 내무부(內務府)에선 또 승진이 '소걸음'이라며 불만이었다.

그러다가 결국엔 여기저기 '선'을 대어 군차(軍差)를 나오게 되었으니 밖에서 몇 년 동안 경력을 쌓은 다음에는 북경(北京)으로 돌아가 '널뛰기'를 할 심산이었다. 그러나 이 모든 것이 자기 뜻대로 척척 진척이 되었던 것은 본인이 '유망'해서가 아니라 결국은 어머니의 후광 덕분이라는 걸 그는 미처 알지 못했다. 오늘 복강안(福康安)의 부름을 받고 따라나선 것도 하루가 다르게 괄목할 수밖에 없는 그가 자신의 '뜀틀'이 되어줄지도 모른다는 계산을 했기 때문이었다.

아거하는 자신의 부대장들과 각 병영의 소대장들, 그리고 서무관까지 예닐곱 명을 거느리고 절 밖에서 이제나 불러줄까, 저제나 불러줄까 잔뜩 목을 빼들고 있었다. 기다리는 시간이 길어지니 속에선 주먹만한 화가 불끈 치밀어 올랐으나 당장에는 참는 수밖에 없었다.

서무관 하나가 넌지시 물어왔다.

"대장님께선 북경에 계실 때부터 복 도련님을 알고 계셨습니까?"

"알다마다! 어디 복강안뿐이겠는가? 복륭안, 복령안과도 잘 아는 사이지!"

아거하가 으쓱하며 어깨를 들썩거렸다.

"책을 한아름 들고 가다가 떨어뜨리는 바람에 그 아비한테 혼나는 걸 내가 그랬노라고 방패막이가 되어주었던 적도 있었는 걸! 다른 건 몰라도 유난히 병마를 좋아하는 대장군감인 건 나도 인정해······."

복강안을 치켜세웠다 깔아뭉갰다 하며 으스대고 있을 때 왕길보(王吉保)가 들라는 군령을 전해왔다.

그러나 산문(山門)으로 들어서기가 바쁘게 그는 대뜸 분위기가 이상한 걸 느꼈다. 하여섯째의 말로는 "복 도련님께서 몇 명의 수행원들을 거느리고 밤길을 달려오셨다"라고 했었다. 그러나 산문으로 들어가 보니 절 안에는 네모반듯하게 정렬된 커다란 대오가 네 개나 있었다.

통로의 양측에 길게 늘어선 이들은 저마다 종아리를 질끈 동여매고 허리엔 장검(長劍)을 찬 채 하늘을 뒤덮은 든든한 측백나무 밑에 우뚝 서 있었다. 낭하며 둥근 비석 옆에도 서너 발짝마다 칼자루에 손을 얹은 채 그린 듯 못박혀 있는 친병(親兵)들이 가득했다. 마당 곳곳에 숲을 이룬 도검(刀劍) 속에 기침소리조차 들리지 않는 숨막히는 침묵이 흘렀다.

옥황대전(玉皇大殿) 앞에 하늘을 떠받을 기세로 높다랗게 우뚝 선 커다란 향로에선 여느 때와 다름없이 향이 모락모락 피어오르고 있었다. 피갑은포(皮甲銀袍)를 입은 20여 명의 장교들이 기러기처럼 열을 지어 있었고, 대도(大刀)를 옆구리에 찬 서른 명도 넘는 화총수(火銃手)들은 저마다 표범의 체구에 호랑이 같은 눈을 부릅뜬 채 청년장군을 호위하고 있었다.

하얀 두루마기에 은색 갑옷을 입고 동주(東珠)가 박힌 금룡관(金龍冠)을 쓴 귀밑에 한 줄의 흰 띠를 드리운 그 젊은이는 바로 상중(喪中)임에도 큰 뜻을 펴고자 청영(請纓)하여 군차(軍差)를 나온 복강안이었다. 유난히 희고 깔끔한 얼굴에 먹으로 찍어 놓은 듯한 팔자 눈썹이 매력적인 젊은이였다.

이런 장면은 전혀 상상해본 적이 없는 아거하와 그 부하들은 마치 몽유병에 걸린 환자처럼 어리둥절하여 몸둘 곳을 몰라했고, 술이 거나하게 취한 사람처럼 휘청거리기까지 했다. 길다란 '병사들의 숲'을 거쳐 대전(大殿)의 월대(月臺)를 향해 어정어정 걸어가는 사이 그제야 조금씩 정신이 돌아오는 것 같았다. 갈수록 심산밀림(深山密林)에서 홀로 사냥꾼의 표적이 된 것 같은 공포에 질린 나머지 등골에선 식은땀이 축축하고 두 다리는 힘이 빠져버려 폭삭 주저앉고야 말 것 같았다.

"신고부터 해야지!"

왕길보가 버럭 고함을 질렀다. 그제야 아거하 무리들은 화들짝 놀라며 자신들이 대경실색한 나머지 신고하는 것조차 잊고 있었다는 걸 의식했다. 아거하가 스르르 무릎을 꿇으며 더듬거리며 아뢰었다.

"한, 한군기(漢軍旗) 산동녹영(山東綠營) 제2 소대 대장, 연주(兗州) 진수사(鎭守使) 소속 표영(標營) 2대장 아거하가…… 흠차 대인께…… 신고합니다!"

살의가 번뜩이는 눈빛으로 구겨 던진 휴지조각 같은 아거하를 한참 노려보던 복강안이 두 손으로 허벅지를 짚으며 자리에 앉았다. 일어나라는 말도 없이 그는 매서운 눈빛과는 달리 담담한 어투로 물었다.

"군향(軍餉)을 못 받은 지 얼마나 됐나?"

"평읍(平邑)에 변란이 일어나고 연주 진수사인 류희요(劉希堯)가 직위해제를 당하면서부터 군향은 한 푼도 내려 받지 못했습니다."

간담이 서늘하여 사색이 되어 있던 아거하가 의외로 담담한 복강안의 반응에 움츠러들었던 배짱이 되살아나는 듯 대답하는 목소리가 한결 안정되어 보였다. 긴 머리채를 뒤로 넘기며 시정잡배의 느낌이 다분한 어투로 그가 말을 이었다.

"궁여지책으로 여태까지는 향리에서 그럭저럭 얻어 먹었사오나 이 난리통에 더 이상은 식량을 징발할 데가 없습니다……. 제가 역적들의 가솔들을 1천 명 정도 가둬두고 있사온데, 그네들에게도……. 한 끼에 콩밥과 짠지 한 조각이라도 내주어야 하지 않겠습니까……."

"가솔들은 어찌하여 붙잡아 두었는가?"

"역적의 가솔들이지 않습니까, 통수 이른!"

"알아! 내 말은 그들을 잡아둔 진짜 속셈이 뭐냐고?"

"그…… 그게…… 그게 말이죠……."

아거하가 뭔가 정곡을 찔린 듯 뒤통수를 긁적이며 한참을 생각하더니 말했다.

"〈대청률(大淸律)〉에는 무릇 대역을 꾀하거나 일삼은 죄인들은 주동자와 가담자에 상관없이 일률로 능지(陵遲)에 처하며 가족 중 한 사람으로 인해 구족(九族)이 주련(株連)당할 것이다, 라고 명시했던 걸로 기억합니다. 진영(陳英)이 그렇게 죽고 현아문도 아수라장이 되어버렸으니 이 자들을 방치했다간 '그 나물에 그 밥'이라고 역적들과 도모하여 대역의 불씨를 크게 일으킬 소지가 크다고 생각했기에 접인관(接印官)들이 와서 처치하도록 잠시 가둬두고 있었을 뿐입니다."

임기응변의 거짓말치고는 제법 그럴싸했다. 말을 마친 그는 고개를 들어 입을 쩝쩝 다시며 복강안을 쳐다보았다.

생김새는 지지리도 못생겼지만 관복은 그런 대로 잘 어울리는 아거하였다. 사색이 되어 있던 처음과는 달리 자신을 똑바로 쳐다보는 태도가 갈수록 버르장머리가 없어 보였다. 그런 구역질나는 얼굴을 보며 복강안은 속으로 생각했다. 근지즉불손(近之則不遜)

이랬다고. 삼십사황고(三十四皇姑, 황제의 고모)께선 그리 체통과 존엄을 중요시하시는 분이 슬하에 어찌 저런 놈을 아들이라고 두었을까?

이같이 생각하며 어느덧 다시 안색이 변한 복강안이 큰소리로 물었다.

"아거하, 죄를 인정하느냐?"

"예, 하관은 죄가 있습니다."

아거하가 눈을 깜빡이며 대답했다.

"역모를 일삼는 무리들에 의해 성(城)이 아수라장이 되었을 때 저는 병영에 있지 않고 병사들을 데리고 저 멀리 모래밭에서 사격 연습을 시키고 있었습니다. 보고를 접하고 병영으로 돌아갔을 때는 벌써 정오 무렵이었습니다. 사람을 성 안으로 급파하여 정탐해본 결과 적들은 이미 감옥을 털어 일당들을 데리고 도망가버린 뒤였습니다……."

"그래서, 대체 무슨 죄를 지었다는 건가?"

복강안이 덧붙였다.

"쫓아가서 때려주는 시늉이라도 했어야지!"

복강안의 언성이 높아졌다. 위엄이 서슬 같은 복강안의 눈을 감히 쳐다보지 못하고 슬며시 피해가며 아거하가 겁에 질린 목소리로 더듬거리며 대답했다.

"……그, 그, 그게 바로 하관의 죄입니다……. 그 당시 성 안은 아비규환의 현장이 따로 없었습니다. 역적들이 5, 6천 명도 더 되고 성 안의 어중이떠중이, 시정잡배들까지 반란에 가담했다는 소문이 있어서 적정(敵情)을 제대로 파악해낼 수가 없었습니다. 그, 그래서…… 수습은 해야겠고…… 급작스레 닥친 일이지만 평소에 사태를 미리 진단해내는 혜안이 부족하여 적들을 일거에 소탕할 수 있는 기회를 잃은 죄가 크다고 생각합니다. 다행히 성은 아직 저의 손에 명맥이 잡혀 있습니다. 통수(統帥)께서 이끌어 주시는 대로 선봉이 되어 적들과의 일전에 이 한 몸 다 바칠 것을 맹세합니다!"

복강안이 자리에서 일어났다. 가볍게 코방귀를 뀌며 그는 매섭게 쏘아붙였다.

"선봉? 아무나 '선봉'을 시켜주는 줄 아나? 거울이 없으면 오줌이라도 싸서 그 꼬락서니를 좀 비춰보게! 그 대장에 그 부하들이라고 저 무리들은 동네 쥐 잡는 데나 써먹으라면 모를까, 어디 총대나 제대로 메게 생겼나!"

검에 손을 얹고 빨갛게 달아오른 커다란 철정(鐵鼎, 무쇠솥)을 느린 걸음으로 도는 그의 장화발소리가 매타작하는 군곤(軍棍)소리 같았다. 마당에 가득한 병사들은 저마다 숨을 죽인 채 그의 말 한마디, 한마디에 귀를 기울였다.

"창졸간에 발생한 일이라 자기 책임은 없다는 소리로 들리는데, 내가 과민한 걸까? 사격 연습도 좋고 조련도 좋은데, 그 목적이 성을 지키고 백성들을 편안하게 하는 데 있거늘 그 어떤 경우에라도 현성(縣城)의 치안과 백성들의 안거낙업(安居樂業)이 우선 보장되어야 하지 않겠는가! 오래 전부터 수상한 움직임이 있었거늘 사전에 감지하지 못했을 뿐더러 사단이 발생했어도 이처럼 늑장대응으로 일관하여 일개 성의 백성들로 하여금 유린과 참변을 당하게 하고, 심지어는 현령까지 죽음으로 몰아넣으니 당신이 그 장본인이 아니고 누군가! 내가 즉시 입성하라고 군령을 내렸는데도 감히 군향을 미끼로 군령을 희롱하려 들다니! 광망(狂妄)한

자 같으니라고!"

말이 갈수록 격해지고 한마디, 한마디가 쇳소리였다. 돌연 그는 발을 힘차게 구르며 큰소리로 불렀다.

"왕길보!"

"예!"

화총수(火銃手)들의 무리에 끼여있던 왕길보가 부름을 받고는 큰소리로 대답하며 쿵쿵 두 걸음에 대열 밖으로 나왔다.

"아거하의 범죄 사유는 방금 들은 바 그대로이니 우리의 군법상 어떤 벌을 받아야 마땅하겠느냐?"

"주살(誅殺)을 하는 게 마땅합니다! 직무에 태만하여 적의 무리들을 도주시킨 자는 목을 치는 것이 마땅하고, 군령을 희롱한 자는 죽여야 한다고 군법에 백지흑자(白紙黑字)로 명시되어 있습니다!"

복강안이 뒷짐을 진 채 무쇠솥에 시선을 박은 채 차가운 음성으로 내뱉었다.

"그렇지?"

이어 복강안은 다른 사람을 불렀다.

"하여섯째!"

"예!"

"아거하의 관포(官袍)를 벗겨 즉각 법대로 처리하라!"

옥황묘 안의 분위기는 삽시간에 살벌해지기 시작했다. 복강안이 몽음(蒙陰)에서 데려온 2천의 군사들은 저마다 거구의 장사들이었으나 모두 신참병들인지라 피를 보는 데는 아직 익숙하지 않았으니 하나같이 놀란 표정들이었다.

하여섯째가 네 명의 친병들을 데리고 달려들어 아거하의 관포를 잡아채듯 거칠게 벗겨내고 정자(頂子)와 관포 모두를 한 쪽에 쓰레기처럼 내던지자 장내의 긴장감은 더해만 갔다. 이어 복강안이 코웃음을 치며 입을 열었다.

"아계(阿桂)의 본가(本家)이고, 액부(額駙)의 아들이면 전부인 줄 알았어? 황친국척(皇親國戚)이라면 내가 감히 요리하지 못할 줄 알았냐고! 나의 군령을 어긴 자는 액부의 아들이 아니라 액부 본인이라노 성녕 용서지 못할 섯이야!"

복강안의 돌변한 태도에 아거하는 또다시 악몽의 소용돌이에 휩싸이고 말았다. 그는 대경실색한 나머지 얼이 빠진 사람처럼 휘청거리며 병사들이 옷을 벗기는 대로 몸을 내맡기고 있었다. 차갑고 섬뜩한 칼등이 명치에 닿았을 때에야 그는 바들바들 떨며 친병들에게 잡힌 두 팔을 빼내려고 몸부림을 쳤다. 그러나 그는 이미 꼼짝달싹 못하게 포박을 당한 뒤였다. 온몸을 사시나무 떨듯 하더니 급기야 바짓가랑이 사이로 오줌이 주르르 흘러내렸다. 이내 지린내가 진동을 했다.

털썩 꿇어앉아 무릎걸음으로 다가간 그는 식은땀에 눈물에 범벅이 된 채 구걸하듯 말했다.

"제, 제, 제…… 발…… 제발 목숨만 살려주세요……. 이 놈의 죄는 죽어 마땅하나 홀로 남게 될 우리 불쌍한 어냥(어머니)을 봐서라도 제발 이 한 목숨만 살려주세요……. 군령의 호위(虎威)를 범한 천번만번 죽어 마땅할 죄를 지었습니다. 공을 세워 죄를 갚게 해주십시오. 국가엔 팔의제도(八議制度)도 있지 않습니까……."

이같이 애걸하며 목숨을 구걸하던 아거하가 돌연 한마디 내뱉었다.

"속죄은자(贖罪銀子)는 얼마든지 내겠습니다!"

"속죄은자는 무덤까지 갖고 갔다가 저승에서 화신(和珅)에게 내어주거라. 군법엔 팔의(八議)니 칠의(七議) 따위가 없어! 군법은 인정사정 없고, 피도 눈물도 없는 법이야!"

복강안이 빠드득 이를 가는 소리가 들려오는 것 같았다. 무쇠솥을 노려보던 시선을 천천히 아거하에게로 옮겨오던 그가 추호의 망설임도 없이 명령을 내렸다.

"즉각 처형하라!"

두 명의 친병이 동시에 아거하에게로 다가들었다. 하나는 머리채를 힘껏 낚아채 뒤로 당겼고, 하나는 커다란 칼을 높이 치켜들더니 턱 아랫부분을 내리쳤다. 호광(弧光)이 번뜩하는 순간 아거하는 비명 한번 지르지 못하고 차가운 땅바닥에 쿵! 하고 쓰러지고 말았다.

베인 목에서 뻘건 거품이 일며 시커먼 피가 콸콸 쏟아져 나왔다. 마지막 숨을 거두느라 고통스레 헉헉대던 아거하의 머리가 어느 순간 '툭' 꺾여버렸다.

그와 동시에 하여섯째가 그걸 주워들고 복강안에게로 달려왔다.

"통수 대인, 험형(驗刑)을 하십시오!"

복강안이 반쯤 떨어져나간 아거하의 머리를 힐끗 바라보았다. 처형장면을 처음 보는 것도 아니고 직접 손에 피를 묻혀보지 않은 것도 아니었다. 그러나 지척에서 '험형(驗刑)'을 해보긴 처음이었다. 모로 쓰러진 몸 아래로 피가 흥건히 배어 나와 석판(石板)을 뻘겋게 물들이고 있었다.

피가 튄 얼굴은 더 이상 형체를 알아보기 힘들었다. 그러나 감지 못한 두 눈은 자신을 노려보고 있는 것 같았고, 반쯤 벌어진 입에서는 피가 흘러내리고 있었다……

피비린내에 구역질이 치밀어 올랐다. 눈길을 거두고 낯빛이 하얗게 질린 병사들을 보며 그는 애써 마음을 다잡았다. 긴긴 무거운 침묵을 깨고 그는 한숨을 내쉬며 천천히 입을 열었다.

"난 폐하의 외질(外侄)이고, 이 자는 폐하의 외사촌 아우이고 보면 멀지도 가깝지도 않은 진척 사이이지! 왕실보, 나의 봉록에서 필요한 만큼 떼어 좋은 널판자를 사서 관을 짜주도록 하게. 귀경하여 상(喪)을 치를 땐 나도 문상을 갈 것이네. 자네들은 어쩔 텐가?"

그가 돌연 아거하를 수행한 열두 명의 부하들을 향해 물었다.

"자네들은 죄가 없다고 생각하는가?"

부하들은 아거하와 나란히 무릎을 꿇고 있던 중이었다. 아거하가 허튼 소리로 일관했어도 반응이 의외로 담담해 보이던 청년이 갑자기 이같이 악랄하고 무정하게 돌변할 줄은 몰랐다. 순식간에 피를 철철 흘리며 쓰러진 채 딱딱하게 굳어져 가는 아거하의 시체를 감히 쳐다볼 엄두도 내지 못한 채 이들은 사색이 되어 삼혼(三魂), 칠혼(七魄)이 제자리를 찾지 못하는 것 같았다.

느닷없는 복강안의 물음에 그들은 마치 한바탕 질풍(疾風)에 풀포기가 떨 듯 바들바들 떨며 어찌 대답해야 할지를 몰라했다. 마당에 가득한 군사들은 그가 대거 살상을 시도할세라 잔뜩 긴장을 하고 있었다.

"스스로 죄를 인정한다고 하여 자네들의 죄를 용서한다고는 생각하지 말게."

위세를 과시하는 데는 충분히 성공했다고 생각한 복강안이 속으로 흡족한 표정을 지으며 아거하의 무리들을 쓸어보며 물었다.

"누가 부대장인가?"

불안한 무리들 사이에서 군관 하나가 벌벌 떨며 기어나왔다. 그리고 더듬거리며 대답했다.

"하관 뢰봉안(賴奉安)입니다…… 부대장을 맡고 있었습니다……."

복강안이 대뜸 하여섯째를 향해 고개를 돌리며 물었다.

"명령을 전하러 갔을 때 이 자도 아거하와 함께 맞장구를 치던가?"

열 두 명의 부하들이 일제히 고개를 쳐들었다. 애원하는 눈빛으로 하여섯째의 입을 쳐다보았다. 커다란 두꺼비 같은 입에서 무슨 말이 튀어나올지 몰라서 이들은 전전긍긍하고 있었던 것이다.

"그렇게 하지는 않았습니다."

하여섯째가 덧붙였다.

"오히려 복 도련님이 대단하신 분이니 먼저 군령에 따르고 어려운 점은 그때 가서 아뢰도록 하자며 권하고 나섰습니다."

이에 복강안이 말했다.

"영리한 친구로군. 그 마음가짐이 가상하여 목숨만은 살려주겠다. 자네는 부대장으로서 아거하가 군무에 태만하고 착오를 범하는 것 같으면 상사에게 보고를 했어야 했네. 그러나 내가 연주부(兗州府)에 도착해서 아무리 서류를 뒤져봐도 자네의 보고서는 본 적이 없네. 죽음은 면해주되 책임은 져야 하니 군법에 따라 처치하겠네. 여봐라!"

"예!"

"저쪽 측백나무 밑으로 끌고 가서 군곤(軍棍) 스무 대를 안기거라!"

"예!"

평소 같았으면 녹영군 중에서 부대장에게 군곤을 안긴다는 건 상상도 못할 일이었다. 그러나 방금 전에 더 심한 공포도 경험했으니 이 정도 형벌쯤이야 군사들은 '약과'라고 생각하여 크게 거부하는 법이 없었다. 시어미 역정에 냇가로 나온 며느리의 빨래방망이질을 연상케 하는 육형(肉刑)이 한바탕 이어지는 동안 군사들은 되레 안도하는 눈치였다. 복강안이 왔다갔다 무쇠솥 앞을 거니는 움직임에 모든 시선이 따라다녔다.

"나 복강안은 살인을 쾌사(快事)로 생각하는 살인백정의 기질을 가진 사람은 아니네."

형벌이 끝나고 두 명의 병사가 곤죽이 된 뢰봉안을 끌어다놓자 복강안이 군사들을 향해 훈화(訓話)를 했다.

"아거하의 목을 치지 않았으면 나 복강안에게도 이처럼 서슬 푸른 면이 있다는 걸 여러분들은 몰랐을 것이네. 이 기회를 빌어서 앞으로 여러분 개개인이 어찌해야 할지는 내가 굳이 강조하지 않아도 잘 알 것이라고 믿네!"

군사들은 열심히 경청했다. 복강안이 무릎을 꿇고 있는 뢰봉안의 무리들에게 말했다.

"일어나, 이 새끼들아! 목 잘리고 곤장 맞는 거 처음 보냐? 그래 갖고도 너희들이 군인이야? 이제부터라도 인간답게 살고 싶으면 내 명령에 잘 복종해야 해. 규율과 상벌은 일시동인(一視同仁)할 것이니, 공로를 세워 죄값을 보상받도록 하거라! 너희들이 나의 군령에 복종하여 공을 세운다면 목이 잘리고 곤장 맞는 것처럼 상도 후하게 내릴 것이야!"

몇 번의 출전경험이 있어 행오(行伍)들의 생리를 어느 정도 파악한 복강안은 이들 군인들 앞에선 유식한 척, 고상한 척해봐야 되레 역효과일 뿐이라는 걸 잘 알고 있었기에 나름대로 상당히 거친 어투로 말했다. 병사들의 입장에서는 적당히 유식해 보이고 적당히 거칠어 보이는 복강안이 입만 열면 똥이요 구더기인 다른 장령들보다 더욱 친근하게 느껴졌다.

　"지금은……."

　복강안이 시계를 꺼내보며 말을 이었다.

　"오시(午時) 정각까지 아직 일각이 남아있으니 즉각 귀대하여 대오를 이끌고 성으로 들어오도록 하라. 왕복 25리 길이니 신시(申時) 정각까지 대오를 정돈하고 신시 일각에 뢰봉안 자네가 이리로 다시 와서 대령토록 하라!"

　"예!"

　뢰봉안이 엉덩이가 아파 인상을 있는 대로 찌푸리면서도 애써 한쪽 무릎을 꿇어 군례를 올렸다. 그리고는 물었다.

　"저의 병영엔 현재 1천 병력이 있습니다. 징량과 치안 두 가지 목적으로 밖에 나가 있는 자들까지 합치면 1천 2, 3백 명은 될 것입니다. 전부 불러올까요? 그리고 병영에 감금중인 비적들의 가솔은 어찌할까요?"

　이에 복강안이 지시했다.

　"그네들은 전부 군사들을 따라 입성(入城)시키도록! 쓸 데가 있네. 징량 나간 군사들은 내일 오시까지 반드시 귀대시키도록! 입성 시에는 병영에 남아 있는 군량을 한 톨도 남기지 말고 전부 챙겨오게. 입성하여 일단은 민심을 안정시키는 데 주력하고 식량이나 채소, 고기 등 군수품들은 은자가 없으면 일단 차용증이라도 써주고 받아오도록. 무슨 말인지 알겠는가?"

"예, 알겠습니다!"

"가봐!"

"예!"

그러나, 복강안은 이내 그들을 도로 불러세웠다.

"되돌아 서!"

복강안이 묘원(廟院)을 꿰뚫어 널리 내나보듯 날카토운 눈빛을 번뜩이며 천천히 입을 열었다.

"열 한 명 중 셋을 연주로 급파하여 나의 군령을 전하라. 연주부의 모든 주둔군들은 대영을 수호하는 이들을 제외하곤 전부 악호촌(惡虎村)으로 진격하라!"

복강안이 더 이상 말이 없자 뢰봉안은 대답과 함께 일행을 데리고 절룩거리며 물러갔다.

그날 밤, "아거하가 평읍성으로 돌진했다"는 소식이 벌써 귀몽정(龜蒙頂) 대채(大寨)로 전해졌다. 상황이 긴박했다. 공삼(龔三)은 즉각 대채를 순시 중이던 왕염을 불러 긴급대책회의를 소집했다.

민간에서 '외눈깔'로 통하는 공삼은 사실은 두 눈이 멀쩡하게 부리부리한 빛을 뿜는 거구의 사내였다. 왕년에 왕륜(王倫) 일당과 역모를 꿈꾸면서 대오가 흩어져 숲속을 헤매던 중 흑풍령(黑風嶺)에서 맨손으로 곰을 때려잡은 적이 있다고 했다. 사람들은 "그 곰이 '외눈깔'이었나 보다"라고 비아냥대면서 공삼에게 '외눈깔'이라는 별명을 붙였으나 정작 '의천(義天)'이라는 본명을 알고 있는 이는 거의 없었다.

귀몽정에 있는 일당 3백여 명은 모두 그와 더불어 사선을 넘고 칼산과 불바다를 함께 헤쳐오면서 생사(生死)를 함께 하기로 결의를 한 형제들이었다. 왕륜(王倫)과 함께 거사를 도모해왔고, '큰 뜻'을 펼치려던 중 관군에 얻어맞아 뿔뿔이 흩어졌다가 하나둘씩 다시 산채로 모여 세력을 키워왔던 것이다. '공의천(龔義天)'이라는 이름은 이미 관군의 '요주의 인물'로 찍혀 수배대상으로 흑명단(黑名單, 블랙리스트)에 올라 있었다. 하지만 '외눈깔'은 여전히 활개를 치고 다니고 있었다.

　　그가 왕엄을 만난 건 왕륜의 산채에서였다. 그 당시엔 달리 눈에 띄는 상대가 아니었으나 관군의 타격을 받아 사방으로 뿔뿔이 흩어지면서 세 사람은 함께 도주 길에 올랐었다. 그때 공삼은 비로소 평소에 '별볼일' 없게 느껴졌던 왕엄이 실은 진정한 '세력가'라는 걸 알 수 있었다. 가는 곳마다 홍양교(紅陽敎)의 향당(香堂)에서 후한 대접을 받고, 발길 닿는 곳마다 그를 경외하는 정도가 신을 대하듯 했으니 공삼은 그제야 왕엄이 때를 기다리는 중인, 휘하에 십만 신도를 거느린 홍양교의 '시주성사(侍主聖使)'라는 걸 알고는 크게 놀랐다! 산채에서 몇 번 살두성병(撒豆成兵, 콩으로 병사를 만들다)의 묘기와 호풍환우(呼風喚雨, 바람을 불러오고 비를 내리게 하다)의 법술(法術)을 선보인 끝에 공삼은 완전히 무너졌고, 모든 사람들은 그 발 밑에 오체투지(五體投地)하여 왕엄을 산채의 '입운룡(入雲龍, 〈수호전(水滸傳)〉에 나오는 양산(梁山)의 호한 공손승(公孫勝)의 별명)'으로 추대하기에 이르렀던 것이다.

　　왕륜을 따라 2년 동안 관군과 대적하면서 공삼은 산동의 관군들은 한낱 종이 호랑이에 불과하다는 걸 알고 있었다. 이번에 평읍에서 관부의 압제에 견디다 못한 양민들이 공분(公憤)을 일으킨 것이 난을 일으킨 계기가 되긴 했으나 그렇지 않아도 정월 15일에는 원소절을 틈타 한바탕 크게 해보려고 하던 참이었다.

평읍의 난을 계기로 산채엔 1천 3백 명이 더 합류했다. 포독고(抱犢崓), 맹량고(孟良崓), 양풍정(凉風頂), 성수욕(聖水峪)…… 등등의 산채에서 채주(寨主)들이 연이어 사람을 띄워 '공 채주(龔寨主)'를 섬겨 뜻을 같이 하겠노라고 청을 해왔다. 이에 즈음하여 복상안이 쳐들어왔넌 것이나. 제남(濟南)에서 섬병(點兵)을 하고, 몽음(蒙陰)에서 열병(閱兵)을 하며 역도(驛道)마다 십리 길에 먼지를 뽀얗게 일구며 돌진해 오고 있다는 소문이 사방에서 들려오니 아무리 '목을 떼어 등짐 지고 다니는' 자들이라고는 하지만 실로 며칠 동안은 일일삼경(一日三驚)의 나날들이었다.

왕염이 무거운 걸음으로 대채의 군막으로 들어섰다. 말이 '군막'이지 실은 산채 전체가 커다란 천왕묘(天王廟)로 꾸며져 있었다. 주장(主將)의 군막은 바로 신전(神殿) 안에 있었다. 신상(神像) 앞으로 다가가 화롯불에 손을 쬐며 타닥타닥 타들어 가는 장작을 바라보고 있던 공삼이 왕염이 들어서는 기척을 느끼고는 숨을 들이마시며 말했다.

"복강안이 아무리 담력이 크다지만 감히 밤중에 산을 공략해 오지는 못할 거요."

왕염이 머리를 끄덕였다. 공삼의 맞은 편에 앉으니 불빛에 비친 얼굴이 의외로 젊고 준수한 것이다. 스물 네댓 살 가량밖에 안 될 것 같았다. 크고 두터운 면포(棉袍)로 감싼 몸이 둥글둥글했고, 밖에서 얼어 들어온 얼굴이 녹으면서 발그레한 광택을 내고 있었다.

미간을 안쪽으로 모으고 타닥타닥 튀는 불꽃을 들여다보고 있던 그가 한참 후에야 길게 숨을 내쉬며 무거운 입을 열었다.

"식량이 사흘 치도 채 안 남았소. 부하들의 마음이 흩어질까봐 걱정이 되오."

그러자 공삼이 말했다.

"이 산 저 산에서 '뜻'을 같이하자던 자들이 관군이 들이닥쳤다는 말에 자라 대가리처럼 쏙 들어가 버리고 말았구만!"

"그네들을 탓할 건 없소. 벌이 품안에 들어가 박히면 가슴을 풀어 헤쳐버리면 되고, 독사가 손목을 물면 장사(壯士)는 자신의 팔을 쳐낸다고 했소!"

왕염이 가느다란 미소를 지으며 자조 섞인 어투로 덧붙였다.

"백지흑자(白紙黑子)로 남긴 맹서(盟誓)도 무용지물이 될 판에 말로만 지껄이는 게 무슨 성의가 있다고! 그걸 믿는 쪽이 어리석지."

이에 공의천이 말했다.

"북쪽으로 내려가는 길은 벌써 차단됐고, 동쪽 계비진(界碑鎭) 산에도 관군들이 쫙 깔렸소. 우리 첩자들의 보고에 의하면 남백림(南栢林)을 벗어날 방법이 없다고 하오. 복강안은 산채를 기습하는 게 주목적이 아니고 산채 전체를 포위하여 우리를 아예 굶겨 죽이겠다는 심산인 것 같소."

그가 잠시 멈추었다가 말을 이었다.

"아거하가 평읍으로 불려가서 지시받은 바도 그러할 거요. 누군가 성 북쪽에서 총성을 울린 것도 우리에게 뭔가 계시를 주기 위함이 아니었을까 생각하오. 포위망을 뚫고 나가든가, 아니면 결사항전을 펴든가 둘 중 하나를 빨리 택해야겠소."

왕염이 아주 잠깐동안 침묵한 끝에 말을 받았다.

"계비진 동쪽은 바로 맹량고와 인접해 있소. 맹량고에 조수고 (晁守高)의 1천 병력이 있으니 어떻게든 계비진으로 가는 길만 뚫으면 합세하여 새로운 전기를 맞을 수 있을 텐데⋯⋯."

공의천은 아무런 말이 없었다. 왕염에게서 두 번째로 듣는 얘기였다. 과연 그 말대로 조수고와 '합세(合勢)'할 수만 있다면, 그리하여 다시 계비진을 친다면 복강안이 '풀어놓은' 대부대는 즉각 뒤통수를 맞는 참변을 당하게 될 것이다. 그것이 가능하다면 더할 나위 없을 터였다.

그러나, 현재로선 계비진에 깔려 있는 관군의 수가 어느 정도인지 알 길이 없었다. 북쪽 산자락에서 정면공격을 시도하는 관군은 3천 명은 족히 되었다.

몽음성(蒙陰城)에서 맹량고 산 아래까지는 관도(官道)로 20리 길이었다. 귀몽정에서 맹량고까지는 1백 20리도 넘었으니 몰래 맹량고로 잠입한다는 것은 하늘에 오르기보다도 어려울 것이다.

일단 대채를 떠나 동쪽으로 이동을 한다면 산등성이의 오솔길을 택하는 수밖에 없었다. 그러나 그렇게 되면 산 아래에 있는 관군들의 눈에 훤히 드러나고 말 것은 자명했다. 그리하여 몽음성, 계비진의 관군이 남북으로 협공을 해오고 귀몽정 북쪽 자락의 관군이 퇴로를 차단해버린 다음 포격을 개시하는 날엔 천여 명이 만두소가 되어버리는 건 순간일 터였다!

공삼이 한참 생각에 잠겨 있다가 입을 열었다.

"재삼 고려해봐도 그 방법은 아무래도 바람직하지 않은 것 같소. 새로이 산채로 합류한 이들도 그렇고, 대부분이 집에서 곡괭이나 휘두르고 볏단이나 묶어 나르던 자들이라서 야전경험이 전무하다시피 하오. 전투경험이 적잖은 작자들도 대포소리에 산이 갈라지고 돌이 굴러 내리면 벌벌 떨고 있지 않소. 맹량고에 있는 조수고의 1천 병력도 모두 반비반농(半匪半農)인지라 크게 기대할 바가 못 되오. 게다가 그가 먼저 연락을 해온 것도 아니고 황천패가 와 있다는 소식까지 들었으니 달걀로 바위를 치는 위험을 감내하면서까지 우리에게 협력하지는 않을 거란 말이오. 이대로라면 계비령(界碑嶺)에 도착하기도 전에 우린 사면초가(四面楚歌)의 고립무원에 빠져서 복강안의 상에 오르는 만두소가 되어버리고 말 거요!"

왕염이 곰곰이 생각해보니 공삼의 말도 일리가 있었다. 입술을 잘근잘근 씹으며 생각을 거듭한 끝에 그가 말했다.

"적들은 우리보다 병력이 적어도 열배는 더 되오. 내가 모험을 즐기는 건 아니지만 약간의 모험도 감수하지 않는다면 우린 앉아서 죽음을 기다리는 꼴이 될 거요. 이제 알겠소? 복강안은 우릴 미산호(微山湖) 쪽으로 내몰자는 수작이오. 그리고 미산호에서 수사(水師)와 조장(棗莊) 주둔군을 동원하여 우릴 일거에 섬멸하려는 거지!"

그의 눈빛이 홀연 번득였다.

"낮에 순찰을 돌면서 살펴보니 강물이 다 얼어붙어서 빙판길이던데, 그 길을 택하면 다시 귀몽정으로 되돌아올 수는 있는 거요?"

그는 복강안이 평읍으로 들어오는 길목에서 한판 승부를 걸어보려고 했다.

"물론이오."

공의천이 왕염을 힐끗 바라보고는 덧붙였다.

"사냥 갈 때 자주 지나다녔었소. 남백림 남쪽에서 빙판길로 내려갈 수가 있소. 헌데 너무 가팔라서 유사시 귀몽정으로 돌아오려고 해도 산을 오르는 게 장난이 아닐 거요!"

"우리가 꼭 산으로 오른다는 보장은 없소."

왕염이 화롯불을 뒤지던 쇠꼬챙이를 내려놓았다. 그리고는 비책을 늘어놓기 시작했다.

"우린 남쪽으로 하산하여 평읍을 선점함으로써 먼저 아거하를 때려 엎는 거요. 복강안이 계비진에서 지원을 오려고 해도 적어도 사흘이 걸린단 말이오. 평읍성이 우리 손에 넘어오년 산봉성 선체가 진동할 것이며, 우리의 사기는 충천하고 위세는 날로 높아갈 것이오. 만약 양풍정과 성수욕의 형제들이 합류해온다면 연주부까지도 충분히 노릴만한 거지. 합류를 하는 게 여의치 않다면 하도(河道)를 통해 동쪽으로 진격하여 계비진의 뒤로 돌아가 뒤통수를 쳐버린 후에 맹량고로 올라가는 거요. 일단 복강안의 그물을 벗어나면 반전의 기회는 얼마든지 있을 것이오. 예를 들어 계비진의 관군이 강의 상류에서 우릴 협공해온다면 우린 미리 봐둔 샛길을 따라 산을 올라서 북쪽 산자락에 있는 관군들을 때려주는 거요. 얼마를 쓸어내느냐 하는 것보다 우리 입장에선 대포를 빼앗아오는 것이 더욱 중요하지. 그리되면 산동 남부의 녹림(綠林)들이 오지 말라고 해도 따라붙을 것이오!"

공삼은 그 말을 다 듣기도 전에 입을 길게 찢으며 환하게 웃었다. 그리고는 힘껏 머리를 끄덕이며 허벅지를 탁! 하고 내리쳤다.

"좋소! 그렇게 합시다! ××, 우릴 조장(棗莊)의 미산호로 몰겠다? 흥! 호랑이가 평지에 떨어지고, 용이 백사장을 거닐 소리지! 내가 누군데, 네놈의 속임수에 넘어가겠나!"

그가 벌떡 일어나며 손을 휘저었다.

"내일 저녁에 하산을 합시다. 관병들은 야간전투에 익숙하지

않을 것이니 먼저 아거하의 대영(大營)부터 들어내 버립시다. 그
놈의 대영에 불을 질러버리고 성 안으로 들어가 몸보신이나 하고
기력을 모아 계비진으로 돌진하지!"

그는 웃으며 말을 이었다.

"그대가 늘 입에 달고 다니듯이 우린 비적이 아니오. 어떻게든
오랑캐들을 몰아내고 대명(大明, 명나라)을 광복(光復)하여 자바
국(오늘날의 인도네시아 자바섬)에 있는 숭정제(崇禎帝)의 황태손
(皇太孫)을 모셔다 전명(前明)의 영화를 부흥시킴으로써 백성들
이 좀더 나은 삶을 영위하게끔 도와주는 것이 우리 거사(擧事)의
목적이 아니겠소? 성으로 들어가 우리의 뜻을 밝히는 안민고시문
(安民告示文)을 군데군데 내다 붙여야겠소! 앉아서 죽으나 서서
죽으나, 배고파 죽으나 대역죄로 죽거나 명줄 끊기는 건 마찬가지
아니오? 죽기살기로 승부를 겨루다보면 그 자들이 죽고 우리가
사는 수도 있을 것이오!"

왕염은 몇 번 거사를 해본 경험이 있는 '대선배'였다. 따라서
그는 짧은 흥분 끝에 이내 현실로 돌아왔다. 지도를 꺼내놓고 거듭
대안을 모색하며 공의천과 함께 세부 전술을 짜느라 밤을 새는
줄도 몰랐다.

이튿날 자정, 복강안이 귀몽정에 대한 양공령(佯攻令)을 내린
지 세 시간 뒤였다. 거사를 도모한 1천 5백 명의 의군(義軍)들은
천왕묘 앞의 공터에 집결했다. 모두 흰 천을 이마에 두르고 허리를
질끈 동여맸다. 의군의 기치를 내건 셈이고 산을 내려갈 때 도로가
미끄러웠으므로 서로 분별력을 갖게 하기 위함이었다. 밤중에 관
군과 맞닥뜨려도 적군과 아군을 구분하는 데 있어 이만한 것이

없을 것 같았다.

천왕묘 입구에는 솔가지들이 군데군데 네 무더기로 쌓여 있었다. 모두 돼지기름을 뿌려 유난히 잘 타오르고 있었다. 농사꾼 출신의 1천 병사들은 토총(土銃, 지뢰)을 멘 이들도 있고, 대도(大刀)를 차고 수렵 때 쓰는 창이며 화살을 들거나 심지어는 도끼며 작두를 들고 나온 이들도 있었다……. 조용히 명령이 내려지기만을 기다리는 숭인 손에는 서마나 서슬이 번뜩이는 무기들이 들려 있었다. 쓸쓸하고 삭막한 공터엔 살기로 가득 차 있었다.

공삼은 소매가 건뜻 들리는 몸에 착 달라붙는 솜옷에 발목이 달랑 올라가는 짧은 바지를 입고, 허리는 흰 천으로 질끈 동여맨 차림이었다. 불빛에 벌겋게 비친 얼굴엔 결연함이 서려 있었다. 장검을 지팡이 삼아 짚고 선 그는 조용히 병사들을 응시했다. 사람들이 모두 모이길 기다려 그는 자세를 고쳐 똑바로 서며 돌연 큰소리로 물었다

"형제 여러분! 우리가 거사를 하는 목적을 아는가?"

장내는 조용했다. 그는 자문자답했다.

"이 천하는 탐관오리(貪官汚吏)와 가렴주구(苛斂誅求)로 썩어가고 있소! 옥수수떡 한 조각에 1문(一文)까지 치솟았는데, 우린 1문도 없는 거렁뱅이들이오! 마누라도, 애새끼도, 어미도 먹여 살릴 수가 없는 허수아비 가장들이지! 장헌충(張憲忠)이 격문(檄文)에서 이런 말을 했었소. 관(官)이 양민들을 핍박해 모반을 일으키게 하는데, 그리하고 싶지는 않지만 힘없는 자들이 어찌할소냐? 저들의 조상은 장백산(長白山, 백두산)이오. 대명(大明)을 위해 복수를 해준다는 미명하에 우리 중원(中原)을 점령하고도 강산을 주씨(朱氏) 일가에게 넘겨주지 않고 있소. 말로는 '이관위

정(以寬爲政)'이니 어쩌니 사탕발림소리를 잘도 해대지만 우리 백성들의 살길은 어디에도 없소. 우리의 의로운 거사가 한낱 '대역(大逆)'으로 몰려 큰 경을 칠까 봐 전전긍긍하는 자들이 있을지라도 나 공아무개는 세상에 두려울 바가 없소! 누군가 나서서 불평등을 쳐내야만 평등한 세상이 오는 법이오. 이를 위해, 우리 한인 조상들의 설욕을 위해 난……."

그는 이를 악물고 소리쳤다.

"이 천리(天理)를 망각한 탐관들을 한 가마에 쪄낼 것이오! 설령 패할지라도 자손들에게 부끄럽지 않은 조상으로 청사(靑史)에 이름을 남기는 것으로 나는 만족하오!"

"청실(淸室)은 이미 기진(氣盡)했고, 대명(大明)의 복벽(復辟)은 시대의 필연이오!"

비록 공의천처럼 의기충천하지는 않았으나 왕염 역시 진지하고 당당했다.

"정월 15일에 북경(北京), 남경(南京), 개봉(開封), 태원(太原), 보정(保定)의 홍양교(紅陽敎) 신도들은 동시에 거사하여 천의에 순응할 것이오! 우리는 이를 며칠 앞당길 뿐이오. 몇 갈래 뜻을 같이하는 의군들이 회합한다면 즉각 백만 대군의 기세를 갖출 것이오. 싸리 빗자루로 산동(山東)을 쓸어버리고 천하를 탈환하는 것은 시간문제요! 형제여러분, 우린 하늘의 뜻을 받아 굳게 뭉친 일심파(一心派)들이오. 천상의 용호방(龍虎榜)에 우리의 이름이 있으니 나중에 한실(漢室)이 영화를 회복하면 우리 모두는 너나없이 일등공신들이 되기에 손색이 없을 거요. 그래서 우린 지금 평읍을 점령하여 복강안, 이 조정의 요구(妖狗)를 생포하려고 하고 있소. 그 자들의 대가리 숫자가 많다고 겁먹을 건 없소.

우리는 신병(神兵)들이오. 난 방금 원신(元神)을 통해 무생노모(無生老母)와의 만남을 가졌소. 그 분께서는 지금 우리에게 호법신수(護法神水)를 내리시어 도창불입(刀槍不入)의 호신술(護身術)을 가르쳐 주신다고 하셨소!"

의군들은 저마다 눈길을 주고받으며 수군거렸다. 모두 어안이 벙벙한 표정으로 젊은 '성사(聖使)'를 바라보며 그가 어떤 동작을 할지 지켜보았다.

장작이 시뻘겋게 타오르며 화광(火光)이 충천하는 가운데 왕염이 겉옷을 훌훌 벗어 던졌다. 안에는 석류 빛깔의 홍의장포(紅衣長袍)를 입고 있었고, 허리엔 녹색 띠와 함께 칠성보검(七星寶劍)이 걸려 있었다. 유랑극단 여인의 옷차림을 방불케 하는 차림새였다. 어딘가 날렵해 보이기도 하고 괴이한 느낌도 들었다. 두루마기에는 태극도(太極圖)가 수놓아져 있었고, 앞면과 뒷면엔 활활 타오르는 두 개의 횃불이 그려져 있었다.

장내는 쥐 죽은 듯 고요했다. 왕염은 보검을 빼들고 장작더미를 빙빙 돌며 입으로 무어라 끊임없이 중얼거렸다.

알아들을 수도 없는 천어(天語)가 길게 이어지고, 그사이 빨갛게 달아올랐던 장작불은 조금씩 불길이 사그라들고 있었다. 그러나 그가 뚝 중얼거림을 멈추는 순간 점점 불꽃이 사그라들어 흰 재로 변해가던 장작이 갑자기 풀무질을 하고 기름을 뿌린 듯 시커먼 연기까지 내며 활활 타오르기 시작했다.

연무(煙霧)는 갈수록 짙어져 옥황묘의 문이 희미해졌다. 무수한 화설(火舌)이 장작이 타들어가는 소리와 함께 빨갛게 날름대며 하늘로 치솟아 올랐다.

홀연 왕염이 신들린 듯 보검을 휘둘러대며 연무 속에서 빙글빙글 돌아가기 시작했다. 그와 동시에 갑자기 "쾅!" 하는 폭발음이 들리고 거대한 화구(火球)가 하늘로 치솟아 올랐다. 무섭게 타오르는 화염 속에서 왕염이 큰소리로 외쳤다.

"홍양노조옥지임범(紅陽老祖玉趾臨凡), 제제자궤접성부(諸弟子跪接聖符)!"

병사들 중 누군가 먼저 무릎을 꿇었다. 그러자 모든 이들이 따라서 엎드렸다. 그러나 흔히 보는 합장 도축(禱祝)은 아니었다. 모두 왼손을 길게 내밀어 위로 올리며 화염이 치솟는 시늉을 하며, 오른손은 굴신(屈伸)하여 "나무홍양노조(南無紅陽老祖)! 나무무생노모(南無無生老母)!"를 중얼거렸다……

사람들은 저마다 정신이 황홀하여 왕염의 보검에 따라 춤추듯 움직였고, 그 경건함은 죽음의 변두리에서 구출된 환생의 감격 그 자체였다.

드디어 사람들은 환각에 이르렀고 황건(黃巾)을 두른 대역사(大力士)가 거대하고 둥근 항아리를 들고 연무 속에서 자기네들과 더불어 춤추는 모습을 보았다. 그 동안에도 왕염의 염주(念呪)는 끊이지 않았다.

"개심보권재전개(開心寶卷才展開), 보청제불입회래(普請諸佛入會來), 천룡팔부제옹호(天龍八部齊擁護), 보우제자영무재(保佑弟子永無災)…… 항아리를 받아라! 부적(符籍)을 받아라! 옥주(玉酒)에 사은(謝恩)하라……!"

왕염이 보검을 휘두르는 것을 멈추고 주문 외우는 것을 멈추자 모든 것은 원래 그대로 돌아오고 말았다. 공의천과 몇몇 부하들은 멍한 표정이었다.

네 무더기의 장작도 다 타버리고 잿더미만 덩그마니 남아 있었다. 연기도 가뭇없이 사라져버린 자리엔 마치 아무 일도 없었던 것처럼 평온했다. 단지 잿더미 옆에 저마다 하나씩 술이 가득 담긴 거대한 항아리가 놓여 있을 뿐이었다.

"이게 바로 성부(聖符)를 태운 술이지."

왕염이 항아리를 가리켰다.

"이 술을 마시면 우린 수화불침(水火不侵), 도창불입(刀槍不入)의 경지에 이르게 될 것이오. 생사(生死)의 위기가 닥쳤을 때는 성모(聖母)의 성호(聖號)를 외우면 최악의 위기는 모면할 수 있을 거요! 누가 시험해 볼 사람?"

사람들은 서로를 번갈아 볼 뿐 아무도 선뜻 나서는 이가 없었다. 왕염이 웃으며 항아리 옆에 다가갔다. 안에는 바가지가 둥둥 떠 있었다. 조금 떠서 입술을 적실 만큼 먹고는 몇 걸음 앞으로 나서며 큰소리로 말했다.

"감히 시험해 볼 사람이 없다고 하니 내가 직접 여러분들의 시험용이 되어주겠소. 누가 나와서 칼질을 하든 총질을 하든 창으로 찌르든 마음대로 해 볼 사람!"

이번에도 병사들은 쭈뼛거리며 감히 나설 엄두를 못 냈다. 왕염이 두 번째로 재촉해서야 겨우 뒤에서 떠밀리듯 젊은이 하나가 나왔다. 헤헤 멋쩍게 뒤통수를 긁적이며 그가 말했다.

"제가 한번 해보겠습니다!"

"자넨 용감한 사내야!"

왕염이 그의 어깨를 두드려 주었다. 바가지에 술을 떠주니 젊은이는 추호의 망설임도 없이 꿀꺽꿀꺽 단숨에 반 이상을 마셔버렸다. 순식간에 그의 얼굴이 붉어졌다. 가슴팍을 힘껏 치며 젊은이가 말했다.

"제가 시험용이 되겠습니다. 제게 해보십시오!"

왕염이 말없이 다가가 손에 들고 있던 칠성보검으로 젊은이를 힘껏 찔렀다. 사방에서 비명소리가 터져 나왔다. 검은 이미 가슴팍을 관통하여 등뒤로 나와 있었다!

그러나 놀라운 것은 젊은이가 넘어지기는커녕 고통 하나 없는 표정으로 놀랍다는 듯이 자신의 가슴팍을 내려다보고 있는 게 아닌가! 자신도 믿어지지 않는다는 듯 손으로 칼잡이를 만져보고 등뒤로 팔을 돌려 비죽 나온 칼끝을 확인해 보기도 하며 무척이나 신기하게 여겼다.

"진짜 도창불입이네요! 와아, 너무 신기하네요!"

젊은이가 광희(狂喜)에 가까운 환성을 질러댔다. 그러자 왕염이 다가와 칼을 확 잡아 빼더니 땅바닥에 내던졌다. 그리고는 부하의 손에서 총을 넘겨받아 젊은이를 겨냥하며 말했다.

"용감한 사나이! 이번에는 총맛이 어떤가 한방 먹어보지!"

젊은이가 미처 대답하기도전에 "팡!" 하는 소리와 함께 심지에 불을 단 총은 터지고 말았다. 이번에도 젊은이는 얼굴이며 몸에 숯검정을 칠했을 뿐 상처 하나 없이 멀쩡했다.

무리들은 또다시 환호성을 지르며 열광했다. 저마다 두 주먹을 불끈 쥐고 환호작약하며 "도창불입(刀槍不入)"을 연발했다. 떠나갈 듯한 환호성 속에서 공삼도 바가지에 술을 떠서 목을 축였다. 항아리 네 개에 담겨 있는 술은 의군들이 차례대로 마시기에 충분했다. 모두 '무생성모(無生聖母)'가 내린 '성주(聖酒)'를 마시느라 여념이 없었다.

왕염이 웃으며 공의천에게 말했다.

"자, 하산하지! 우린 더 이상 두려울 게 없는 사람들이오!"

얼굴이 벌겋게 달아오른 공의천이 허리띠를 힘껏 조이며 대도 (大刀)를 번쩍 치켜들고는 부하들을 향해 외쳤다.

"돌격개시!"

2. 혈전(血戰)

그날 밤 복강안은 눈을 붙이지 못했다. 밤새도록 묘시(卯時) 공격개시 이후의 군사조치에 대해 궁리를 하고 또 고민했다. 옥황 전에 임시로 가져다 놓은 나무지도가 보지 않아도 눈앞에 훤했다. 잠자리에 들려고 누웠어도 벌떡벌떡 일어나 앉길 몇 차례, 그는 아예 자리를 차고 일어나 버렸다.

어슴푸레하게 여명이 밝아오고 동이 텄다. 묘시가 가까워질수 록 흥분과 기대 속에 그의 불안과 초조함은 더해만 갔다. 필경 삼로(三路)로 대군이 포위하고자함은 자그마한 산 귀퉁이가 아닌 사방 2백리의 귀몽정이었던 것이다.

서로간의 연락은 횃불신호를 보내기로 했다. 빠르긴 더할 나위 없는 수단이었다. 하지만 그도 문제인 것이 의외의 변고를 상세히 보고할 수 없다는 것이었다. 거기다 낮에는 불빛을 제대로 발견할 수 있을지도 의문이었다. 어쩔 수 없이 그는 오후 나절부터는 현지

지리에 익숙한 병사들을 파견하여 수시로 탐색하고 일각(一角)에 한 번 꼴로 군정을 보고 올리게 했다. 류용(劉鏞)과 갈효화(葛孝化)의 신호뿐만 아니라 귀몽정, 양풍구, 악호촌, 성수욕 등에도 수시로 정탐꾼들이 감시의 눈을 번뜩이고 있었다.

피곤한 기색이 역력하여 연신 하품을 막아내는 그를 옆에서 시중들며 왕길보는 안쓰럽기 그지없었다. 물수건을 건네주며 그는 조심스레 권했다.

"아직 묘시가 되려면 시간 반이 남아 있습니다! 잠깐이라도 좋으니 눈 좀 붙이십시오. 사소한 일은 소인이 알아서 처리하고 중대사가 있으면 깨워드리겠습니다!"

"네가 군무에 대해 뭘 안다고 그래?"

복강안이 퉁명스레 쏘아붙였다. 그러나 피곤하고 지친 탓에 죄 없는 옆사람에게 화를 냈다고 생각한 그는 곧 어투를 달리하여 한숨을 지으며 덧붙였다.

"아마(아버지)께선 금천(金川)에 계실 적에 비둘기로 군정을 주고받으셨다고 하네. 역시 그 방법이 최고야! 이래저래 정신이 없는데 뜬금 없이 십오마마는 여기 웬일이야. 잠자코 맡은 차사나 잘할 일이지. 그러다 여기 변란이 일어나 십오마마의 신변에 탈이 생기는 날엔 누가 그 책임을 질 수가 있단 말이냐?"

"그렇군요. 그런데 십오마마께오선 어인 이유로 오신다는 말씀입니까? 신변의 위험까지 감수하면서 말입니다. 병영으로 오시라고 해도 안 오시겠다, 어디에 처소를 정하고 계시냐고 여쭤봐도 알려줄 수 없다…… 참으로 난감하고 답답합니다."

복강안은 그러나 아랫것 앞에서 옹염(顒琰)에 대한 사사로운 의견을 드러낼 수 없었다. 연신 터져 나오는 하품을 손바닥으로 가리며 그는 어물쩍 대답했다.

"날 위해서 그렇게 하는 거겠지. 내가 자신을 위해 병력을 따로 배치한다면 미안해지지 않겠어?"

사실 그는 옹염의 '호의'보다는 그가 숟가락 들고 덤비는 '저의'가 더욱 의심스러웠다. 하지만 그런 말을 입 밖에 낼 수는 없었다. 그의 푸씨[傅氏] 일가와 옹염의 생모인 위가씨(魏佳氏)는 깊은 관계를 유지해오고 있었으니 솔직히 자신의 공로를 탐내더라도 얼마간은 '나눠 먹을' 각오도 되어있는 복강안이었다.

두 사람이 잠시 침묵을 지키는 사이 바깥 자갈길에서 급박한 발소리가 들려왔다. 누구냐고 왕길보가 소리쳐 물으려 할 때 병사 하나가 문을 밀치고 들어왔다. 딸려온 바람에 촛불이 꺼질 듯했다. 어리둥절한 복강안에게 병사가 손가락으로 창밖을 가리키며 아뢰었다.

"내려왔습니다! 전부 귀신처럼 흰 띠를 두르고 있습니다!"

군정에 이변이 생겼다는 걸 직감하며 복강안이 "탁!" 신안(神案)을 내리치며 일갈했다.

"뭐가 어쨌단 말이야? 똑똑히 말해봐!"

"예! 공삼의 무리들이 하산하고 있습니다!"

"모두 얼마나 되는 것 같던가? 그리고, 어느 방향으로 내려와서 어디로 가고 있어?"

"총출동한 것 같습니다! 사방으로 쫙 깔렸습니다! 하얀 개미가 다닥다닥 나무를 타고 내려오는 것 같습니다……. 선두는 벌써 산 아래로 내려왔고, 쳐진 무리들은 아직 중턱에 걸려 있습니다……."

왕염(王炎)이 감히 산채를 버리고 먼저 공격을 시도하다니! 그

동안 천사만려(千思萬慮)를 해보았어도 이런 경우는 미처 생각지 못했었다! 왕염의 담력이 하늘을 덮을 정도로 큰 줄은 몰랐던 것이다. 분명 복강안의 입장에선 창졸간에 벌어진 사태가 아닐 수 없었다. 삼면으로 포위하여 협공하려던 계획이 이젠 혼자서 반란군들과 대적하는 식으로 돌변한 것이다!

다행히 꼬리 부분이 아직 산중턱에 있다고 하니 망정이지 하마터면 큰 변을 당할 뻔했다! 지금 맞불을 놓고 나서자니 왕염이 귀몽정으로 후퇴하여 산채를 사수하고 나서는 날엔 공격하기가 더욱 어려운 지구전이 될 소지가 컸고, 가만히 지켜보고 있자니 돌연 어느 방향으로 방향을 틀지 알 수가 없었다. 산길에서 힘겨루기를 한다면 관군은 아무래도 이곳 지리에 익숙한 무리들의 적수가 못될 것이다…….

복강안의 뇌리에는 순간적으로 수많은 생각이 머리를 스치고 지나갔다. 궁극적으로는 처음부터 새로이 작전을 짜야 하는 것은 분명했다. 진정하는 자세로 마당을 쓸어보며 그는 대충 병력을 짜 맞춰보았다. 그리고는 명령했다.

"당장 뢰봉안더러 5백 명을 파견하여 성 동쪽의 하도(河道)를 차단하라고 이르거라. 왕염이 성을 공략해오면 맞불질을 하는 척하며 성 남쪽으로 퇴각하라. 반드시 져주어야 하지 승리해선 아니된다. 뢰봉안이 동, 남 두 방향을 사수하여 적들의 퇴로를 차단시킨다면 그는 큰공을 세우는 거야. 만약 적들이 강공을 하여 퇴로를 뚫으려고 하면 적당히 후퇴하는 척하여 그 자들을 하도의 빙판길에 가둬버려!"

전령병(傳令兵)이 대답과 함께 밖으로 뛰쳐나갔다. 그에 이어 하여섯째가 들어왔다. 이미 적정(敵情)에 이변이 있는 줄을 아는 그는 큰소리로 청했다.

"지금 저 자들이 사방의 병력을 끌어 모으고 있는 것 같습니다. 한바탕 갈겨 흩어놓아 버립시다!"

이에 복강안이 말했다.

"안돼, 총성을 내선 안돼! 병사들은 기상했나?"

"예! 통수 대인의 명을 기다리고 있습니다!"

"자네가 1천 5백 명을 거느리고……."

복강안이 이를 악물며 소름끼치는 웃음을 지으며 말을 이었다.

"뢰봉안, 대영의 서쪽으로 움직이게. 하산한 적들은 세 방향 중 하나를 택할 것이네. 하나는 원래 아거하의 대영이고, 하나는 평읍성, 또 하나는 우리가 있는 옥황묘가 그것이지. 어느 방향으로 공격을 해오든 자네는 잠시 움직이지 말고 적들이 산으로 돌아가는 도로와 강으로 향하는 역도(驛道)를 차단시키면 자네는 임무를 충실히 완수하는 셈이네. 힘껏 때려주게!"

"예, 그리하겠습니다!"

"갈봉양!"

복강안이 다시 불렀다.

"예!"

입구에 지키고 서 있던 갈봉양이 한 발 앞으로 나섰다. 복강안은 말없이 오래도록 그를 뜯어보았다. 그리고는 가벼운 탄식을 내뱉으며 말했다.

"자네가 3백 명을 데리고 성 서북쪽으로 가서 역적들의 동정을 살피도록 하게. 그 자들이 성을 공략하거나 옥황묘로 방향을 틀면 신경 쓰지 말고 그 자리에서 군령을 기다리게. 만약 적들이 원래 아거하의 대영을 치면 총성을 내어 적을 자네 쪽으로 유인하도록.

가장 좋기는 서문(西門) 밖 우리의 포위망까지 유인하여 섬멸시키는 것이네. 평읍은 지대가 낮아 공격이 쉽고 수비가 어려운 곳이네. 그 자가 2천 명도 채 되지 않는 병력으로 겁 없이 성 안으로 쳐들어간다면 그것은 곧 스스로 함정에 빠져 들어가는 셈이니 신경 쓸 필요 없다 이 말이네. 무슨 말인지 알겠는가?"

"예, 알겠습니다!"

갈봉양이 큰소리로 대답했다. 그러나 곧 낭실이며 덧붙여 물었다.

"그리되면…… 통수께서 계시는 이곳엔 2백 명밖에 남지 않습니다……. 만에 하나 그자들이 갑자기 옥황묘 쪽으로 방향을 트는 날엔…… 그리 되는 날엔……."

복강안이 머리를 끄덕이며 웃었다. 갇혀 있던 도사들과 길라잡이들이 모두 풀려나 옥황전 문 앞에서 당혹스러운 표정으로 자신을 바라보고 있는 걸 보며 그는 말했다.

"두려워하지 말게. 여러분들은 이 대장을 따라가게. 화창대(火槍隊, 소총부대)가 보호해줄 테니 신변은 걱정 말게. 군사(軍事)로 인해 절의 재산이 손해를 입게 된다면 우리가 전적으로 물어줄 테니 그리 알게!"

갈봉양이 다시 말을 이었다.

"전 적들을 유인하러 가는 몸입니다. 화창대까지 동원할 필요는 없을 것 같습니다. 총 두어 자루만 있으면 충분하다고 생각합니다!"

그러자 복강안이 말했다.

"자네는 적을 유인하는 미끼이네. 고기는 미끼를 물게 돼 있네. 난 왕염으로 하여금 미끼가 하도 탐스러워 한 입에 먹어버리기엔 아깝게 만들어버릴 것이네. 내 뜻을 충분히 알겠지? 난 화총(火銃) 열 자루와 왕길보, 내가 데려온 가정(家丁)들, 그리고 하여섯째의 친병 1백 명만 있으면 충분하네. 자네의 우려대로 그 자가 혹여 옥황묘를 공격하면 자넨 사방에 흩어져 있는 우리의 병마들을 집결시켜 그 뒤에서 협공을 해오게. 류용도 산채를 공략했을 때 비어있으면 곧바로 우릴 지원하러 나설 거네!"

한차례 경미한 소동 후에 절 안은 다시 정적이 감돌았다. 커다란 옥황묘는 마치 어두컴컴한 동굴 같았다. 가끔씩 놀란 새들이 괴성을 지르며 푸드득 날아갈 뿐 순간의 날갯짓 뒤엔 더 음산하고 공포스러운 정적이 찾아왔다.

옥황묘는 지세가 높았다. 북쪽엔 귀봉정의 산줄기에 기대어 있고, 서쪽엔 산사태로 인해 만들어진 계곡이 있었다. 산문(山門) 입구의 서쪽으로는 평읍 현성이 반 이상이 한눈에 들어왔다. 그러니 지휘현장을 들킬세라 마음대로 나가 탐색할 수 없는 어려움이 있었다.

사태는 이변을 맞아 긴박하게 돌아가지만 그렇다고 친히 밖으로 나가 관망을 할 수도 없는 처지에 놓인 복강안은 아무리 진정하려고 해도 이마에서 식은땀이 송골송골 배어 났다. 병력이 사방으로 분산되어 호위대가 2백 명밖에 남지 않은 옥황전에서 왕길보의 불안도 갈수록 증폭되어만 갔다.

적들이 냄새를 맡고 벌떼같이 공격을 가해오는 날엔 주변에 관군이 아무리 많이 널려 있다고 해도 멀리 있는 물은 당장의 해갈에 도움이 안 되는 법이었다. 만에 하나 복강안이 털끝 하나라도 다치는 날엔 자신은 골백번 죽어도 주인을 지켜주지 못한 죄를 씻기 어려울 것이다. 복강안이 물을 마시는 사이 그는 애써 웃으며 말했다.

"도련님, 낮에 제가 눈여겨본 바로는 적들이 서쪽에서 하산하여 옥황묘를 덮치려면 정문으로 들이닥치는 수밖에는 방법이 없습니다……."

"오오……."

다른 생각에 잠겨 있던 복강안이 그제야 왕길보를 향해 고개를 돌리며 물었다.

"그래서?"

이에 왕길보가 대답했다.

"소인의 우견으론 그 자들이 먼저 현성을 공략하고자 할 때는 틀림없이 옥황묘를 근거지로 삼으려고 할 것입니다. 그 자들은 2천 명이고, 모두 귀신을 업어 신들린 자들입니다. 게다가 우린 2백 명밖에 안 되니 자칫 방심하다가는 변을 당하는 수도 있습니다."

그가 손가락으로 절 뒤편을 가리키며 말을 이었다.

"신고(神庫) 뒤에 관성대(觀星臺)가 있습니다. 도사들이 수행 정진에 힘쓰는 곳으로 알고 있습니다. 지세가 높기론 거기가 최고죠. 절 안의 나무들이 모두 발 밑에 있으니까요. 제 생각엔 도련님께서 친병 50명을 거느리고 신고로 가 계시는 것이 좋을 것 같습니다. 적들이 쳐들어 오지는 않더라도 천리안으로 관전하며 지휘하시기에도 편하실 테고, 만약 예상이 적중하여 적들이 공격을 가해온다면 소인이 나머지 1백 50명을 거느리고 정면대응을 하는 사이 통수께선 동쪽으로 강을 따라 성 북쪽에 이르러 병력을 모아 뒤에서 협공을 해오시는 수도 있습니다. 그리되면 그 자들은 토행손(土行孫) 2세일지라도 용빼는 수가 없을 것입니다. 아니 그렇습니까?"

복강안의 까다로운 성정을 잘 아는 지라 왕길보는 '도주'한다는 단어 대신에 '동쪽으로 강을 따라 내려가라'고 했다. 그리고는 복강안의 낯빛을 유심히 살폈다. 특유의 고집이 내심 거정스러웠던 것이다.

하지만 의외로 복강안은 길게 생각해 보지도 않고 흔쾌히 수긍했다.

"자식, 밥 먹여 키운 보람이 있는 게로군! 이런 전투는 사실상 머리싸움이거든. 생각 한번 잘했어! 그 자들이 미리 하산하는 바람에 내 계획이 무산되긴 했지만 다행히 우리가 먼저 평읍에 도착했기에 지금 그 자들은 우릴 볼 수 없지만 우린 그 자들의 행적을 지켜볼 수 있지 않는가!"

이같이 말하며 그는 곧 자리에서 일어나면서 지시했다.

"자네가 50명을 골라주게. 난 관성대로 올라갈 테니까 불을 전부 꺼버리게!"

관성대는 바로 신고 뒤에 있었다. 역시 산세를 따라 돌을 높다랗게 쌓아 기초를 닦은 토대(土臺)로서 모두 3층이었다. 꼭대기까지 채 올라가기도 전에 복강안은 왕길보의 발상이 뛰어나다며 칭찬했다.

날이 희붐이 밝아오는 주위는 아직 어둠이 덜 가신 상태였다. 산천의 풍경은 희미하게 한눈에 들어왔다. 토대엔 아래위층 모두 쑥이며 잡초들이 무성하여 극히 은폐된 곳이었다. 작전을 지휘하기에는 더할 나위 없고 창졸간에 적들이 공격을 가해온다고 해도 한동안은 무난히 버텨낼 수도 있을 것 같았다.

빠른 걸음으로 꼭대기까지 올라가니 의자용인 듯한 몇 개의 동그란 방석 모양의 커다란 돌들이 있었다. 앉아서 다리 쉼도 할수 있게 되었으니 기분이 좋았다. 그는 서둘러 망원경을 꺼내어 주변을 살폈다.

그러나 하늘빛은 아직 너무 어두웠다. 아무리 망원경을 돌려가며 초점을 맞춰보아도 경물(景物)은 여전히 흐릿했다. 햇볕이 잘 들지 않는 산자락에 아직 남은 잔설(殘雪)과 가로세로 줄무늬를 보는 것 같은 산학석구(山壑石溝)가 흑백이 섞인 기괴한 그림을 만들어 보일 뿐 그 속에 있는 도로며 집채들은 똑똑하게 보이질 않았다.

복강안이 서쪽 방향에 망원경을 고정시키고 눈에 힘을 주어가며 유심히 살피고 있을 때 갑자기 서남쪽에서 "팡!" 하는 총소리가 들려왔다. 급히 망원경의 각도를 돌렸으나 애타게도 아무 것도 보이지 않았다. 잠시 귀를 기울이니 총성은 더 이상 들리지 않았다.

무슨 영문인지 몰라 답답해하고 있을 때 왕길보가 전령병 하나를 데리고 헐레벌떡 관성대로 뛰어 올라왔다. 흰 입김을 토해내며 그가 아뢰었다.

"통수…… 붙…… 붙었습니다!"

"그게 무슨 말인가? 숨돌리고 천천히 얘기해보게."

복강안이 망원경을 내려놓았다. 그들이 잠시 숨돌리는 사이 그는 의외로 담담하게 물었다.

"갈봉양과 뢰봉안 둘 중 누군가? 방금 총소리가 들리던데, 누가 쏜 거지?"

전령병이 그제야 겨우 숨을 고르며 대답했다.

"갈봉양입니다. 그가 파견한 병사의 말에 따르면 비적들은 2천

명이 채 못 된다고 합니다. 산골짜기에서 대오를 정돈하여 아직 어두운 틈을 타 아거하의 텅 빈 대영을 덮치려는 것 같다고 합니다. 그가 총을 발사한 건 적들을 유인하기 위함이라고 합니다. 수시로 상황보고를 할 것이니 염려놓으시라고 합니다. 그리고, 비적들도 우리처럼 흰 두건을 두르고 흰옷을 입어 어둠 속에서 적군과 아군을 구별하기가 어려울 것이니 유의하시는 게 좋겠다고 합니다……."

갈봉양이 어느새 적들의 인원까지 파악하고 행색이 비슷하여 적들을 우리편으로 오인할 염려까지 챙기는 섬세함을 보이는 것에 복강안은 크게 기뻐했다. 주먹으로 힘껏 손바닥을 치며 그는 말했다.

"좋았어, 갈봉양! 사람을 파견하여 내 말을 전하라. 적들을 날 밝을 때까지만 끌고 다니라고. 그것이 곧 큰 공을 세우는 거라고 이르게!"

말하는 사이 길보가 귀몽정의 동남쪽 산허리를 가리키며 큰소리로 외쳤다.

"도련님, 저기 좀 보세요! 류용 대인의 부대가 움직이고 있습니다!"

복강안이 고개를 돌려보니 과연 남백림 일대의 산허리에서 불꽃이 피어오르기 시작했다. 횃불이 족히 십여 개는 넘는 것 같았다. 불꽃이 오르락내리락하는 것이 마치 선녀가 장미 꽃잎을 따 지상으로 한움큼 던지는 것 같았다……. 복강안은 은은하게 들려오는 먼 대포소리도 들리는 것 같았다. 흥분하여 눈빛을 번쩍이며 그는 말했다.

"어서 사람을 파견하여 평읍현 북문으로 가서 장작 세 무더기를 쌓고 불을 지피라고 하라. 불길이 세면 셀수록 좋으니 기름도 많이 뿌리고 장작도 많이 얹으라고 하거라! 류용이 산채로 들어가 이상한 낌새를 채면 곧 증원을 서두를 것이야!"

한 발을 돌 의자에 올려놓고 하늘을 쳐다보며 그는 뒤로 손을 내밀어 덧붙였다.

"앙긴보! 너무 춥다, 술 한 모금만 줘!"

귀몽정 산채의 뒤에서 대포소리가 울리고 동남쪽에선 횃불이 기염을 토해대니 왕염과 공의천은 놀라움을 금치 못했다. 산 아래에서 병력을 집결시키는 데만 반시간이 넘게 걸렸다. 2천 명에 육박하는 병력을 모아 아거하의 병영으로 쳐들어가 신나게 패주고 난 연후에 여유 있게 현성으로 들어가 백성들을 위로하려고 했었다.

그러나 선두부대가 막 대영에 접근하여 동정을 살피고 있을 때 성 서쪽의 숲속에서 느닷없이 한 발의 총성이 들렸던 것이다. 사람을 급파하여 정황을 살폈으나 갈봉양이 얼마나 교묘하게 은신했는지 돌아온 정탐들은 귀신 그림자도 볼 수 없었다고 했다.

새벽 찬 공기를 가르는 총성에 웬만하면 대영에서도 기척이 있으련만 그러나 아무리 기다려 보아도 안에서는 아무런 동정이 없었다. 시커멓고 음산한 군막들이 마치 굶주린 맹수가 토끼를 삼키고도 성에 차지 않아 다음 목표물을 두리번거리며 살피고 있는 것 같았다.

불길한 예감이 들었다. 거기다 이상한 총성까지 들렸으니 도처에 위험이 도사리고 있는 것 같았다. 단숨에 대영을 들어내버릴 것 같은 자신감에 충만되어 있던 왕염과 공의천은 슬슬 겁이 나고 망설여지기 시작했다.

"복강안이 북쪽에서 마수를 뻗치기 시작했나 보오. 우리가 한 발 빨리 나오기를 참 잘했소!"

공의천이 이마의 땀을 훔치며 말을 이었다.

"역시 대장의 안목이 뛰어나오! 그 자들이 우리의 빈집을 들이쳐 헛물을 켜고는 우릴 추격하고 나설 거란 말이지. 우린 하도(河道)를 통해 산채로 되돌아가 등뒤에서 그 자들을 일거에 섬멸해버리는 거요!"

그러나 왕염은 아거하의 병영에서 눈길을 뗄 줄 몰랐다. 불빛 한 점 없이 어둡고 인기척도 전혀 들리지 않았다. 너무 이상했다. 우리가 헛물을 켠 류용을 고소하게 여기듯이 이 자들도 혹시 공성계(空城計)를 쓰는 건 아니겠지? 종잡을 순 없으나 기왕 왔으니 마냥 성밖에서 이러고 지켜만 볼 순 없는 일이었다. 그는 잠시 생각하고 나서 말했다.

"우리 이러고 시간을 끌어 위기를 자초할게 아니라 먼저 소부대를 풀어보지요!"

공의천이 명령을 내렸다.

"서쪽 산채의 형제들은 안으로 돌격!"

3백 명의 병사들이 떠나갈 듯한 함성을 지르며 병영의 동쪽 문으로 쳐들어갔다. 나머지 1천여 명도 그 자리에서 왕염을 따라 고함을 지르며 선두부대의 사기를 진작시켜 주었다.

"산동성을 평정하자! 탐관오리들을 숙청하자!"

"오랑캐를 몰아내고 한가(漢家)의 옷으로 고쳐 입자!"

"빈부를 균등하게 하고 악의 무리들을 처단하자!"

……하늘땅을 뒤흔드는 외침은 여명의 광야에 메아리가 되어

울려 퍼졌다.

그러나 3백 명의 선두부대가 미처 대영으로 쳐들어가기도 전에 어디선가 또다시 총성이 울렸다. 이번에는 "팡! 팡! 팡! 팡…… 팡!" 여러 차례 울렸다.

선두부대는 잠시 멈췄다. 총소리는 이번에도 남백림의 숲속에서 들려왔다. 하지만 지척에 있는 대영에는 여전히 아무런 동정도 없었다. 오히려 야전경험이 없어서 느닷없는 총성에 겁을 집어먹은 병사들이 당황하여 어찌할 바를 몰라했다. 누군가가 다급히 외쳤다.

"공 어른, 왕 성사(聖使)! 관군들이 남쪽에서 공격해오고 있습니다!"

잠시 주춤하고 있던 선두부대가 동남쪽 방향을 보니 과연 숲속 남쪽에서 대부대의 인마가 벌레처럼 꿈틀대며 조금씩 접근해오고 있는 게 보였다. 불시에 "팡! 팡!" 공중을 향해 총을 발사하며 오는 것이 대체 무슨 수작을 꾸미는 건 도무지 종잡을 수가 없었다.

몇몇 간 큰 병사들이 달려가 산채의 문을 힘껏 걷어찼다. 그러나 삐걱대며 힘없이 신음하던 대문은 쿵! 하고 뒤로 넘어가 버리는 것이었다. 동시에 희뿌연 먼지가 공중에 치솟으며 시야를 무겁게 가려버렸다.

먼저 쳐들어갔던 병사들이 먼지에 캑캑거리며 뛰쳐나와 발을 굴러가며 외쳤다.

"공 어른, 개자식들이 우릴 헛물켜게 했어요! 쥐새끼 한 마리도 안 보입니다!"

"대영이 텅텅 비었다……?"

어렴풋이 예감은 들었으나 막상 사실임을 알고 보니 둘은 동시에 흠칫 놀라고 말았다. 그러나 남쪽에서는 점점 관군이 가까워오고 목표도 없는 총성은 심심찮게 들려오니 밖에서 진을 치고 있을 수만도 없었다.

공의천은 앞장서서 텅텅 비어 있는 아거하의 병영으로 대부대를 몰고 들어갔다. 공의천과 왕염 두 사람은 썰렁한 의사청에서 황급히 머리를 맞댔다.

공의천이 말했다.

"내가 알기로는 아거하 이 자식은 별볼일 없기로 둘째가라면 서러울 위인이거든. 꾀도 없고, 담력도 없고, 계집 품고 술 처먹는 재주밖엔 없는데, 기특하게도 공성계를 쓴 걸 보면 복강안의 명을 받은 게 틀림없소. 내 생각에 우린 일단 여기에 머물러 있으면서 병력의 반을 평읍현성을 탈환하는 데 투입시키고 쇠뿔 모양으로 배수진을 친 연후에 사태를 관망하면서 다음 행보를 결정하는 게 좋겠소!"

"방금 전에는 누가 총을 쐈지?"

왕염이 반문했다. 그리고는 한숨을 내쉬며 대답했다.

"우리가 창졸간에 취의(聚義)하다 보니 책략이 주도면밀하지 못했던 것 같소! 염탐꾼들도 관군보다 첩보입수에 능하지 못했고…… 아직 적정(敵情)은 불명확하오. 하지만 한가지 분명한 건 복강안은 현재 우리를 서쪽이나 남쪽으로 밀어 넣으려 하고 있소. 그런 연후에 우릴 한 입에 먹어버리겠다는 수작인 모양인데……."

두 사람은 천방백계를 모두 동원하여 고민을 거듭했다. 그러나 복강안이 직접 2천 정예병을 이끌고 평읍 주변에 동망철진(銅網鐵陣)을 치고 있을 줄은 꿈에도 모르고 있었다. 둘은 다만 허수아비 같은 아거하의 병력만을 염두에 두고 전략을 구사해왔던 것이었다.

잠시 넋을 놓고 있던 두 사람은 날이 희붐히 밝아서야 귀몽정이 이미 관군에게 넘어갔고, 관군은 수시로 집채같이 몰려올 수 있음을 알고는 위기감에 자리를 박차고 일어났다. 어떻게든 성을 공략하여 아서하를 소멸해야 귀몽정의 지원병을 막을 수 있고, 포위망을 뚫고 하도(河道)를 통해 계비진으로 나갈 수 있었나……

둘은 더 이상의 의견충돌을 피하고 즉각 합의를 보았다. 지체하지 말고 즉시 현성(縣城)으로 쳐들어가자!

둘이 의견의 일치를 보고 밖으로 나와 대오를 정돈할 때 날은 이미 훤히 밝아 있었다. 아직은 태양은 떠오르지 않고 있었다. 청광(淸光)을 빌어보니 북고남저(北高南低)의 평읍성이 동쪽에 엎드려 있었고, 성의 서쪽을 끼고 남쪽으로 흐르던 호성하(護城河)가 산골짜기에서 내려오는 한줄기 냇물과 만나는 곳에 옥띠를 두른 것 같은 빙판이 한눈에 보였다. 북으로 갈수록 성벽도 낮았다. 남쪽으론 성벽이 못 되도 2, 3장(丈) 높이는 됐고, 성문이 굳게 봉해져 있어서 폭발물과 사다리가 없이는 도무지 공략이 불가능해 보였다.

아거하의 '공영(空營)' 입구에 서 있던 공의천이 갑자기 칼 잡은 손으로 옥황묘를 가리키며 말했다.

"저곳을 우리의 중군 지휘소로 삼는 게 좋겠소!"

그러자 왕염이 소리쳤다.

"이 놈의 재수 없는 대영을 불살라버려!"

사납게 치솟는 불기둥을 뒤로하고 1천 6백 의군(義軍)은 옥황묘를 향해 방향을 틀었다. 헛물을 켜고 잔뜩 독이 올라있던 3백 명의 선두부대가 성의 서북쪽 모퉁이를 돌아서자 갑자기 미친 듯이 포효하며 장검을 휘둘러 옥황묘로 돌진했다.

꽁꽁 닫혀 있던 산문(山門)은 갈기세운 무리들이 발로 차고 돌로 까부수는 통에 눈 깜짝할 사이에 문짝이 떨어져나가고 말았다. 의군들은 벌떼처럼 밀려들었다.

이때 절 안에서 "팡! 팡!" 뜸하게 이어지는 총소리가 들려왔다. 그와 동시에 남백림 일대에서도 다시 총소리가 울려 퍼지기 시작했다. 그것은 절 안에서 들려오는 총소리보다 훨씬 크게 들렸다. 그것은 틀림없는 따발총 소리였고, 점점 가까이에서 들려왔다.

먼저 절 안으로 쳐들어갔던 열 몇 명의 병사들이 쫓기듯 달려나오며 고함을 질러댔다.

"절 안에 관군들이 죽치고 있습니다! 관, 관군들이!"

왕염은 깜짝 놀랐다. 뭔가 크게 잘못돼 가고 있다는 불길한 예감이 든 그는 급히 물었다.

"얼마나 될 것 같아?"

"잘 모르겠습니다. 전부 묘루(廟樓)에, 대전(大殿)에 숨어서 마구 화살을 쏘고 사정없이 총질을 해대는 통에 도무지 쳐들어갈 수가 없었습니다……."

"그래도 밀고 들어가! 5백 명 추가해!"

공의천이 고함을 질렀다.

이어 5백 병사들이 추가로 묘문(廟門)을 밀고 쳐들어갔다. 복강 안의 호위대들은 위기에 그대로 노출되고 말았다. 대거 몰려오는 의군들이 횃불을 지펴들고 방화를 시도하자 다급해진 왕길보는 급히 명령을 내려 대전 낭하에서 지키고 있던 병사들더러 절 북쪽에 있는 후문으로 퇴각하여 조수처럼 몰려드는 무리들을 향해 화살세례를 퍼붓게 했다.

조총수(鳥銃手)들은 다섯 명이 한 조가 되어 두 줄로 나란히 섰다. 그리고 한 쪽은 탄약을 장전해대고 한 편에서는 끊임없이 총을 발사하게 했다. 총알과 화살은 그야말로 장대비 같았다.

그러나 절 안으로 쳐들어온 의군들은 벌써 옥황묘 안에는 주둔군이 얼마 되지 않는다는 걸 눈치챈 것 같았다. 후속 병정들이 산문(山門) 내에서 대오를 정돈하고 먼저 쳐들어온 사들은 기세 등등하여 관군들과 대치했다. 사태는 험악하기 이를 데 없었다.

"신고(神庫)로 퇴각하여 통수 대인을 호위하라!"

왕길보가 고함을 질러 명령하며 관성대를 향해 죽기를 각오하고 줄달음쳤다. 복강안은 여전히 돌의자 위에서 망원경을 들고 멀리 살피고 있었다. 다급해진 왕길보는 미처 군례(軍禮)를 올릴 사이도 없이 소리를 질렀다.

"도련님, 어서 이 자리를 피해야겠습니다!"

"어찌 그리 허둥대는 게냐? 적들이 쳐들어오기라도 했느냐?"

망원경을 내리며 이같이 묻는 복강안의 얼굴은 잔잔한 수면처럼 평온했다. 그는 평읍을 가리키며 말했다.

"역시 뢰봉안은 임기응변에 강하단 말이지. 벌써 대규모의 인마가 동문에서 진격해 들어가고 있네!"

"도련님, 적들도 지금 우리가 하도(河道)로 내려가는 도로를 차단하고 있습니다!"

얼굴이 창백한 왕길보가 발을 동동 굴렀다.

"더 이상 지체할 수 없습니다. 적들이 곧 우릴 포위하게 생겼습니다!"

그러자 복강안이 느긋하게 입을 열었다.

"우리가 그 자들을 포위한 거지! 갈봉양이 마치 끈질긴 고약같이 그 자들의 엉덩이에 들러붙었고, 하여섯째의 부대도 포위망을 좁혀오고 있어. 꽤 재미있을 거야!"

북쪽 묘문을 가리키며 그는 덧붙였다.

"난 여기서 좀더 있을 거야. 비적들의 전군을 절 안으로 유인해 들일 때까지 말이야!"

말이 끝나기도 전에 북쪽 묘문 안쪽 가까운 곳에서 또 몇 발의 총성이 울렸다. 이어 도창(刀槍)이 부딪치며 접전을 벌이는 쇳소리가 어지럽게 들려왔다. 어느새 팔다리에 상처를 입은 열 명의 화총수들이 퇴각하여 복강안에게로 모여들었다.

관성대 아래에서 그들은 대도(大刀)의 호위를 받으며 화총(火銃)에 장전을 했다. 앞에는 적아(敵我)를 구분할 수 없을 정도로 혼전이 벌어지다 보니 화살을 쏠 수도 없고, 화총을 발사하기에도 위험했던 것이다.

"호위대는 전부 절 뒤편으로 철수하라!"

복강안이 뽑아든 장검을 휘두르며 큰소리로 명했다. 갈수록 섬뜩하고 어지러운 접전이 이어지고, 여기저기 상처를 입은 백여 명의 친병들이 신고 옆으로 퇴각하여 열을 지어 섰다. 복강안이 보니 부하들 중에는 시체로 끌려오는 이들도 열 몇 구는 족히 될 것 같았고, 팔다리가 떨어져나간 경우도 적지 않았다.

"화총수들은 출입구를 겨냥하여 들어오는 족족 저격하라!"

복강안이 큰소리로 명령했다.

이쪽에서 친병 호위대들이 막 토대 아래로 퇴각했을 때 절 입구에서는 갑자기 열댓 명의 적군 병사들이 벌떼처럼 절 안을 향해 쳐들어오고 있었다. 이때 호시탐탐 기회를 노리고 있던 다섯 자루의 화총이 일제히 불을 뿜어댔다. 형제들이 죽어나가는 장면을 본 관군들의 이성을 잃은 보복이 감행된 셈이었다.

의군들은 그 자리에서 대여섯 명이 죽어 나가고, 나머지는 오던 길로 도망가기에 바빴다. 개중에 하나가 소리쳤다.

"왕 성사의 법술이 하나도 영험하지 않잖아! 우린 성주(聖酒)를 마셔서 화총을 맞아도 안 죽는다며?"

그러자 다른 하나가 지껄여댔다.

"법술이 영험하지 않은 게 아니라 어젯밤 우리가 계집 생각을 해서 그런 거야! 자자, 다들 모여! 힘을 합쳐 담장을 무너뜨리고 쳐들어가자고! 하나, 둘, 셋!"

하늘땅을 울리는 구령소리와 함께 원래부터 부실해 보이던 담장은 맥없이 쿵! 하고 무너지고 말았다. 담장 저편에서는 벌떼 같고 개미 같은 의군들이 창과 칼을 휘두르며 일제히 고함을 질렀다.

"도창불입(刀槍不入)! 도, 창, 불, 입!"

⋯⋯고함소리와 함께 적들은 무서운 기세로 압도해왔다. 다섯 명의 의군 조총수들도 관성대를 향해 일제히 불을 뿜어댔다. 삽시간에 관성대 주변에는 짙은 연기가 뭉게뭉게 피어오르고 매캐한 연기 속에서 탄환이 여기저기로 툭툭 나가떨어지는 소리가 들려왔다. 총소리가 울릴 때마다 관군과 의군 모두 픽픽 쓰러지는 자들이 심심찮았다. 쌍방 모두 정예병들이 투입되었는지라 절 앞마당에서 벌어진 접전은 그래서 더욱 참혹하고 흉흉했다.

복강안도 더 이상 관망할 수만은 없었다. 설령 이 시각 신고 동쪽을 통해 절을 빠져나간다고 해도 무사하다는 보장은 없었다. 왕길보가 두 명의 조총수와 열 몇 명의 호위들과 함께 복강안을 호위하여 관성대에 숨어 저격을 가하며 버티고 있었다. 한 걸음, 한 걸음 퇴각하여 관성대 부근까지 온 관군과 이들을 바짝 추격하여 쫓아온 의군들은 완전히 한 덩어리가 되어 피 튀기고 불 뿜으며 무섭게 엉켜 돌아갔다. 2백 명 남짓하던 호위대들의 수가 점점 줄어드는 것이 보이고 적들의 사기는 충천해 있으니 다급해진 왕길보가 큰소리로 외쳤다.

"통수 대인을 호위하여 서쪽 골짜기로 뛰어 내려. 개자식들아, 뭘 꾸물거려? 지금은 내 말을 들어야 해!"

서너 명의 친병들이 다가와 다짜고짜 어리둥절한 표정의 복강안을 에워싸고 서쪽으로 향하려 했다. 이때 갑자기 동북쪽에서 "휘리릭!" 호각소리가 들려왔다. 이마가 찢어져 눈 위로 흘러내리는 피를 손등으로 땀을 훔치듯 닦아내며 왕길보가 흥분하여 소리쳤다.

"도련님, 도련님! 우리의 지원병들이 도착했습니다! 갈봉양! 여기야, 여기!"

동북쪽에서 까맣게 몰려오는 갈봉양의 군사들은 3백여 명은 족히 될 것 같았다. 갈봉양의 진두지휘 하에 40자루의 조총이 일제히 불을 뿜어대니 총구에 노출된 무리들은 낫질 당하는 벼처럼 우수수 쓰러졌다. 신고 앞에는 어느새 의군들의 시체가 산더미처럼 쌓였다.

관군의 무기력함에 사기가 잔뜩 충천돼 있던 의군들은 느닷없는 기습에 혼비백산한 나머지 정신없이 절 안으로 밀고 들어가려 했다. 그러나 관군의 조총이 이미 대문을 봉한 뒤였고, 갈수록 그 숫자가 불어나는 관병들이 신고 동쪽에서 대오를 정돈하고 있었다.

혼잡한 와중에도 왕길보의 곁에 서 있는 복강안을 발견한 갈봉양이 어느새 총을 들고 정신없이 달려왔다. 한 쪽 무릎을 꿇어 군례를 올리며 그는 아무 말도 못하고 그저 어깨를 들썩이며 울기만 했다.

연신 "후퇴"를 외치며 서쪽으로 향해 집단으로 도주하던 무리들에게도 조총의 세례가 가해졌다. 등에 총을 맞고 고꾸라지거나 뒤통수를 가격 당해 뻣뻣하게 쓰러지는 무리들은 반격할 엄두조차 못 낸 채 도망가기에 바빴다.

기사회생의 기쁨에 겨운 왕길보는 극도의 흥분으로 이성을 잃은 듯 연신 "발사! 발사!"를 외쳐댔다. 40명의 조총수들은 연신 장전을 해가며 신들린 듯 총을 쏘아댔다. 한데 엉켜있던 백여 명의 기진맥진한 의군들은 반항 한번 제대로 못해본 채 엎친 데 덮치며 싸늘한 주검이 되어 사방에 나뒹굴었다.

방방 뛰며 사기를 북돋워주고 있던 왕길보가 그러나 갑자기 가슴을 움켜쥐더니 실성을 한 듯 "하하하!" 앙천대소를 했다. 어디선가 날아든 눈 먼 총알에 가슴을 명중 당했던 것이다. 그는 그 자리에 거꾸로 처박히고 말았다.

자신이 사전에 권유하는 소리를 듣지 않고 복강안이 위험지역에 노출돼 있었던 데 대해 어지간히 놀랐던 갈봉양이 눈물을 거두지 못하자 공의천의 적군을 절 안으로 전부 유인해 들이기 위해 자신이 위험을 감수할 수밖에 없었던 사실을 고백하며 그를 위로하고 있던 복강안이 거꾸러지는 왕길보에게로 달려갔다.

"마당을 청소하고 부상병들을 돌보거라!"

복강안은 큰소리로 명하며 벌써 들것에 들려 가고 있는 왕길보를 애타게 부르며 흔들어보았다. 다행히 목숨이 위태로운 것 같진 않았다. 그는 눈물이 그렁그렁하여 병사들에게 명했다.

"뢰봉안에게 나의 명령을 전하거라. 난 평읍에 있는 모든 의원을 청하여 그들이 소유하고 있는 모든 약품을 구입할 것이다. 천방백계로 목숨이 붙어 있는 병사들을 살려내야 한 것이야!"

성큼성큼 앞으로 걸어가며 그는 덧붙여 지시했다.

"사방에 널려 있는 우리 군사들은 전부 이쪽으로 집결하라! 류용 대인이 하산하고 있다고 하니 평읍성 북문에서 나랑 만나자고 하거라!"

복강안은 절 동쪽을 돌아 남측으로 왔다. 평읍성 북문 약속장소에까지 당도해서야 그는 비로소 안도의 한숨을 내쉬었다. 그러나 회중시계를 꺼내던 그는 다시금 흠칫 놀라고 말았다. 그도 모르는 새에 왼쪽 갈비뼈 근처에 칼을 맞았던 것 같았다. 회중시계가 충격을 받은 듯 유리가 박살나고 시침이며 분침이 한데 엉켜 붙어 휘어져 볼품없이 부서져 있었던 것이다. 그제야 왼쪽 가슴이 은근히 아파 오는 것 같았다.

손으로 만져보니 다행히 출혈은 없었다. 이 시계가 자신을 구해주었다고 생각하며 그는 건륭이 하사한 회중시계가 구명은인처럼 느껴졌다. 볼품없이 망가졌으나 그는 시계를 조심스레 손수건에 싸 안주머니에 도로 집어넣었다.

놀란 기색을 거두며 보니 하여섯째의 병력은 서쪽에서, 갈봉양의 병마는 동북쪽에서 이미 대세를 굳혀가고 있었다. 병사들은 산문 앞이며 마당곳곳에 쓰러져 있는 수십 구의 시체를 헌 궤짝처럼 끌어내고 있었다. 서쪽에 진을 치고 있다가 결국 전투를 치르지 않게 된 관군들도 옥황묘 쪽으로 움직이고 있었다.

옥황묘는 사방에서 몰려든 관군들에 의해 '병해(兵海)'를 이루고 있었다. 부상 정도가 얼마나 심한지, 구명가능성은 있는지 왕길보의 상태가 못내 궁금한 복강안은 괴롭고 불안하고 원망스러웠다. 뿌드득 소리나게 이를 갈며 그는 전령병에게 명했다.

"가서 내 명을 전하거라. 적군 부상병들은 귀한 약재를 써서 구해주느라 하지 말고 그 자리에서 참수하라! 성 안에서 구할 수 있는 모든 보신재료들을 구입해 우리 군의 부상병들을 몸조리시키도록 하라!"

복강안의 말이 이어지고 있을 때 병사 하나가 달려와 아뢰었다.

"류 대인께서 당도하셨습니다. 통수 대인을 만나뵙기를 청하고 있습니다!"

"성루(城樓)로 모시거라!"

복강안은 이같이 말하며 곧장 성 안으로 들어가 성루에 올랐다. 잠시 후 힘찬 장화발소리와 함께 류용이 달려 올라왔다.

별탈 없이 성루에서 하늘빛을 살피고 있는 복강안을 보는 순간 류용은 긴장이 풀리며 다리가 후들후들 떨렸다. 하마터면 바닥에 주저앉을 뻔했으나 한 손으로 성벽을 잡고 겨우 지탱하여 그는 입을 열었다.

"복 도련님, 십년 감수하는 줄 알았습니다!"

복강안은 그러잖아도 검은 얼굴이 누렇게 뜬 류용의 걱정 어린 얼굴을 보며 자신을 향한 지극한 관심에 적이 감동을 받았다. 무언가 할말이 있었으나 엉뚱한 말이 먼저 튀어 나왔다.

"제기랄! 시계가 박살나고 말았소! 지금이 몇 시요?"

두 사람은 오래 전부터 교유해 온 사이였다. 둘은 건륭이 1차 남순길에 올랐을 때 지의를 받고 관풍흠차(觀風欽差)의 신분으로 조장(棗莊)에서 일지화(一枝花) 일당의 채칠(蔡七)을 숙청하는 차사에 진력하면서부터 깊은 인연을 맺은 사이였다. 공작(公爵)으로서, 군기대신(軍機大臣)으로서 둘 다 차사에 대한 자부심이 대단하고 장상(將相)의 성부(城府)를 연마하는 데 게으름이 없었다.

희노친소(喜怒親疎)를 얼굴에 드러내지 않는 것이 장상 성부의 일환이거늘 류용은 복강안의 입에서 거친 소리가 나오는 걸 처음 들었는지라 잠시 어리둥절한 표정을 지어 보였다. 천색(天色)을 살피며 그는 한가닥 웃음을 터트렸다. 그리고 자신의 시계를 꺼내 보며 대답했다.

"사시(巳時) 초입니다."

방금 전의 악전고투가 불과 한 시간 남짓한 사이에 일어난 사건이라니! 그 짧은 순간에 자신은 생과 사를 넘나들었던 것이다. 내심 놀라워하며 한참 후에야 그는 류용을 향해 말했다.

"보다시피 난 다행히 무사하오. 생사를 넘나든 사람답지 않게 말이오. 싸움이란 칼끝에서 생사를 가르는 일인데, 어찌 조금의 위험도 감수하지 않을 수 있겠소. 위험이 없는 전쟁을 겪었다면 그것은 장사꾼의 투기보다도 못한 일이지. 비록 위험하긴 했으나 적들의 대부대를 절 안으로 유인하였기에 당초 예상했던 것보다 훨씬 빨리 적들을 대거 무찌를 수 있었던 것 같소. 오늘 낮까지 적들의 잔여세력을 전부 소탕해야겠소!"

그는 덧붙여 분부했다.

"차와 먹을 것을 좀 내어오고 장작불을 피우거라. 난 류 대인과 여기서 관전(觀戰)을 해야겠다!"

조촐한 다과상이 올라오고 류용과 복강안이 자리에 앉자 하여 섯째가 뢰봉안, 갈봉양과 함께 올라와 뵙기를 청했다. 복강안이 빙그레 웃으며 말했다.

"뢰봉안, 자네가 이번에 공로가 크네. 자네의 병마가 동으로 움직여 주지 않았다면 저 자들은 그 당시 포위망을 뚫고 나갔을지도 모르네. 곤장 맞은 약발치고는 대단한 효험이 있는 것 같은데? 하여섯째, 자네는 영웅이 용무지지(用武之地)가 없었다고 속이 상해 있는 것 같은데, 앞으로도 자네가 용맹을 발휘할 기회는 얼마든지 있네!"

갈봉양은 자신이 부리는 아랫것인지라 표창을 하거나 칭찬을 해줄 필요가 없다고 생각한 그는 물었다.

"지금은 잠잠하긴 한데, 공의천이 무슨 꿍꿍이를 꾸미고 있을 것 같은가?"

하여섯째가 무어라 말하려 할 때 뢰봉안이 먼저 입을 열었다.

"방금 통수께서는 비적들과 단병접전 끝에 3백 적군을 쓸어내시는 쾌거를 이룩하셨습니다. 제 생각엔 겁에 질린 공의천이 왕염과 투항을 상의하고 있을 것 같습니다. 사방으로 물샐틈없이 포위당한 데다 지원병도 없고 저자들은 이제 날개가 돋쳐도 우리의 수중을 벗어날 수 없을 것입니다!"

복강안은 그가 말하는 '투항'이란 당치도 않다고 생각하며 속으로 웃었다. 잠자코 있는 복강안을 향해 하여섯째가 아뢰었다.

"저 자들은 평범한 비적들이 아닙니다. 지모가 있고 뜻이 확고한 역적들입니다. 평읍을 떠나면서 저 자들은 '절대 평민과 상인들을 해치지 않을 것이며, 오로지 하늘의 부름을 받고 큰 뜻을 펴고자 한다'라며 고시문을 내붙였습니다. 저자들이 투항해 온다는 건 어불성설입니다. 제 생각엔 저들은 해가 떨어지기만을 기다리고 있는 것 같습니다. 우리 군은 야전에 저들만큼 능하지 못합니다.

어둠을 틈타 교묘하게 포위망을 뚫고 난산(亂山)으로 숨어들어 어느 샛길로 도망가면 찾을 길이 없을 것입니다!"

"난산에 숨어들고 샛길로 도망간다……?"

복강안이 머리를 끄덕였다. 미간을 좁혀 남쪽을 보니 꽁꽁 얼어서 빙판이 된 강물이 종횡하는 가운데 만산이 옹기종기 둘러서서 반쯤 덮인 운해(雲海) 속에서 멀리 끝간데 없이 이어지고 있었다. 군락을 이룬 산봉우리를 바라보고 있던 그는 갑자기 생각나는 바가 있어 류용에게 물었다.

"귀몽정 산채에 병마를 얼마나 주둔시키고 왔소?"

이에 류용이 대답했다.

"천명 내외만 데리고 하산했소. 나머지는 산 위에서 대포를 지키고 있소."

복강안이 다시 물었다.

"화약만 숨겨버리면 대포는 고철덩어리나 마찬가지일 테니 일부러 간수할 필요는 없겠소. 즉각 귀몽정 산채로 전령병을 파견하오. 귀몽정에서 남백림 일대에 대한 순시를 더욱 강화하여 적들이 샛길로 귀몽정 산채로 돌아가 뒤통수치는 걸 막아야 한다고 말이오. 이 일대의 산천도로는 그야말로 미로가 따로 없소. 관군은 이곳 지형에 대해서는 아무래도 그 자들보다는 익숙하지 못할 거요."

그는 자리에서 일어났다. 망원경을 들어 묘우(廟宇)를 둘러보더니 하여섯째를 불렀다.

"적진으로 돌격개시하라. 5백 명씩 투입하여 번갈아 가며 네 번 공격하고 마지막엔 2천 명이 총돌격하라!"

"예!"

"명심해."

복강안의 얼굴에 독한 웃음기가 번졌다.

"딱 두 시간이야! 그사이 적진을 뒤집어엎지 못하면 넌 살아서 돌아오지 말거라!"

"통수 대인, 한 시간이면 충분합니다!"

"아무튼 나 두 시간밖에 안 줘. 한 시간이든 일각이든 그건 자네가 알아서 할 일이야!"

하여섯째가 호랑이의 포효와 같은 대답과 함께 성루를 내려갔다. 복강안은 갈봉양더러 "여기 있으라"고 명했다. 그런 다음 뢰봉안에게는 "사람을 파견하여 크고 작은 도로 입구를 전부 차단하고, 도주병 하나라도 놓쳐선 안 된다"고 엄명을 내렸다.

한결 여유 있는 자세로 의자로 돌아와 앉은 그는 손난로 하나를 가슴에 품어 안으며 뢰봉안더러 물러가라는 손짓을 했다. 그리고는 류용을 향해 웃으며 머리를 끄덕여 보일 뿐 더 이상 말이 없었다.

성루 아래에서 하여섯째가 대오를 집결시키는 급박한 발소리, 단조로운 구령소리를 들으며 복강안이 입을 열었다.

"제남(濟南) 성문령(城門領)을 지냈던 사람인데, 지금은 나의 참장(參將)이오. 하여섯째 말이오. 좀 과격하고 거칠어서 그렇지 싸움꾼으로는 그만이지."

그러자 류용이 웃으며 말했다.

"글쎄요, 칼질을 하는 데는 능수일지 모르나 화신(和珅)에게서 들으니까 우이간(于易簡)의 은자를 저 자가 더러 맡아주었다는 혐의를 받고 있다고 하오. 죄가 인정된 자를 기용하려면 사전에 화신에게 언질이라도 주는 것이 바람직할 것 같습니다."

순간 복강안의 눈빛이 이상하게 번뜩였다. 콧소리를 크게 내며 그는 언성을 높였다.

"괜한 염려는 하지 마시오! 난 이제부터 '군기대신'이다, 뭐 이건가? 화신 그 자 말이오. 폐하의 칙명을 받아 식암 자네까지도 불러왔는데, 참장 하나 내 맘대로 부리지 못한단 말이오? 내가 그 자더러 군사들을 위로하기 위한 은자 30만 냥을 준비해 놓으라고 했는데, 어찌됐지?"

"글쎄요, 잘은 모르겠고 썩 기분이 좋은 것 같진 않았소. 그 많은 은자를 어디서 구하느냐고 묻기에 압수한 국태(國泰)의 자산에서 비계 좀 떼어내면 안 되겠느냐고 했소. 그랬더니 호부(戶部)에 보고를 올릴 때는 복강안이 증명을 떼어주어야 할 텐데, 라고 하며 걱정하더군."

"원래는 써주려고 했는데, 그렇게 말했다니 난 안 써 줘! 차용증조차 써주지 않을 것이야. 호부에 직접 갚아버리지. 퉤! 더러운……."

복강안은 입안에서 맴돌던 '놈'자는 끝내 내뱉지 않았다. 류용을 의식했던 것이다. 어색하게 웃으며 그는 말했다.

"이보게 석암(石庵, 류용의 호), 처음엔 난 화신을 괜찮게 봤다네. 헌데 갈수록 꼴불견이고 하는 짓마다 맘에 안 드오. 꼭 기생오라비 같고 더러운 데만 파고드는 이 같잖소!"

복강안이 이같이 화신에 대한 불만을 털어놓고 있을 때 성루 아래에선 옥황묘를 둘러싸고 호각소리가 울려 퍼지기 시작했다. 입을 다물고 아래를 내려다보니 세 개의 큰 마차에 커다란 북이 실려 있었다. 그는 웃으며 말했다.

"하여섯째가 북까지 쳐가면서 사기를 북돋워 진격할 모양이오!

연극에서 한 수 배운 게로군!"

음산하고 처량한 호각소리와 함께 우박이 장독대를 때리는 소리 같은 북소리가 울려퍼지기 시작했다. 나무 위에 앉아있던 새들이 도망간 건 옛날이고 땅이 덜덜 떨며 진저리를 치고 있었다. 때는 옅은 구름이 덮인 하늘에 맥놓은 태양이 나른한 오시(午時)께였다. 성루 아래에선 도광검영(刀光劍影)이 섬뜩하여 살기가 등등한 순간이었다.

"돌격!"

하여섯째의 포효와 함께 5백 군사들이 "돌격⋯⋯!"을 따라 외치며 적진을 향해 돌진해갔다. 절 담장을 따라 진을 치고 대치 상태에 있던 지척의 '적진'에도 3, 4백 명이 인벽(人壁)을 쌓고 사투를 벌일 태세를 취하고 있었다. 담장엔 불꽃 모양이며 주작(朱雀) 등 열두 가지 문양이 그려져 있는 의군의 삼각기가 열 두 개 꽂혀 바람에 나부끼고 있었다. 관군의 돌진에 대한 반격으로 의군들은 화살세례를 퍼붓기 시작했다. 자칫 화살이 성루에 있는 복강안과 류용을 다치게 할세라 다급한 마음에 갈봉양은 급히 명령을 내렸다.

"방패를 가져 오라!"

그러나 절 담장에서 발사한 화살은 성루에까지 미치지는 못했다.

하여섯째는 돌계단 앞에서 장검을 휘두르며 진두지휘하고 있었다. 돌진해가던 선봉대 중에서 대여섯 명이 화살에 맞아 숨지거나 화살이 꽂힌 채 뒷걸음치는 걸 보며 그는 크게 노하여 버럭 고함을 질렀다.

"조총수들은 정면에 나서서 불을 뿜으라! 대가리 못 내밀게 저격하라!"

복강안이 가져온 50자루의 조총이 요긴하게 쓰이는 순간이었다. 조준과 장전에 귀신이라고 알려진 50명의 조총수들이 일자로 서서 하여섯째의 명이 떨어질 때마다 일제히 총을 발사했다. 몇 번을 쓸고 가니 담장 위에는 더 이상 화살을 쏘고자 고개를 내민 자들이 없었다.

5백 명의 군사들은 더 이상 주저할 바가 없다는 듯 들어 삼킬 듯한 기세로 쳐들어갔다. 절 안에서는 병기들끼리 부딪치는 아찔한 쇳소리가 한바탕 아수라장을 떠올리게 했고, 잔뜩 독이 오른 관군들의 살성(殺聲)이 하늘땅을 뒤흔들었다…….

"다들 내가 대포라면 오금을 못 쓴다고 하지만, 이럴 땐 대포 한 방이면 끝나는 건데!"

성루에서는 복강안이 치열한 접전이 벌어지고 있는 아래를 굽어보며 말했다. 선두부대에 묻혀 쳐들어갔던 하여섯째가 부하들을 동원하여 열 몇 구의 시체를 밖으로 끌어내고 있었다. 그리고는 성루에 있는 복강안을 향해 고개를 쳐들고 크게 아뢰었다.

"적들이 옥황전으로 퇴각하여 투항을 요구해 오고 있습니다!"

"투항?"

복강안이 냉소를 터트리며 굽어보며 말했다.

"내가 제남에 도착했다는 소식을 접했을 때 서둘렀어야지, 이제 와서 몰살당하게 생겼으니 투항하겠다는 거야?"

그는 추호의 망설임도 없이 단호하게 명령했다.

"때려!"

두 번째 5백 군사가 투입됐다. 더 이상의 저항은 없는 듯 무사히 옥황전 일대에 인의 장막을 치는 것 같았다. 여전히 살기는 충천했으나 적들의 그림자는 보이지 않았다.

하여섯째의 지휘에 따라 관군은 세 번째, 네 번째에도 밀물처럼 옥황묘 안으로 밀려들었다. 대세는 이미 기울어진 것 같았다. 두 사람이 안도의 한숨을 내쉬고 있을 때 공의천이 스무 명 안팎에 남지 않은 무리들을 데리고 옥황전 안에서 질질 끌려나오고 있었다.

복강안이 보니 그들은 마치 '혈우(血雨)'를 맞고 난 사람들처럼 머리에서부터 발끝까지 온통 피투성이였다. 형체조차 알아볼 수가 없었다. 저희들끼리 부축하고 기대며 겨우 밖으로 나온 이들은 복강안이 내려다보는 관성대 밑으로 절뚝거리며 다가왔다. 외발에 외팔, 한 쪽씩 뭉턱뭉턱 잘려나간 잔병(殘兵)들이었다.

복강안이 몇 계단 내려와 가까이에서 내려다보며 물었다.

"뭘…… 뭘 어쩌겠다는 거야?"

"난 복 장군을 만나봐야겠소."

가운데 선 공의천이 손등으로 얼굴의 핏물을 닦아내며 덧붙였다.

"난 공의천이라는 사람이오. 복 장군을 만나 드릴 말씀이 있소!"

그 소리에 복강안은 천천히 숨을 들이마셨다. 적이 차분해진 어투로 그가 말했다.

"내가 바로 복강안이오. 왕염이라는 자도 있을 텐데, 할 말 있으면 같이 나오지!"

공의천의 옆에서 상대적으로 왜소해 보이는 사내가 한 걸음 앞으로 나섰다.

"내가 왕염이오."

복강안이 말했다.

"이 지경에까지 와서 무슨 할 말이 있다는 건가?"

그러자 공의천이 냉소를 터트렸다.

"자고로 '성공하면 왕후요, 패배하면 도적[成則王侯, 敗則賊]'이라고 했소. 그리 말해도 대꾸할 바는 없소. 지금으로선 우린 그쪽 상대가 못되는 것 같소."

"또한 '도를 얻으면 도와주는 사람이 많고, 도를 잃으면 도와주는 사람이 없다[得道多助 失道寡助]'고 했으니 당연히 우리의 상대가 되지는 못하겠지."

복강안의 콧소리가 높았다. 그러나 공의천은 기죽지 않고 당당하게 말을 받았다.

"삼추(三秋)의 메뚜기가 버둥대봤자 과연 얼마나 더 버틸 수 있을까? 군주가 어리석고 신하가 몽매한 대청(大淸)의 기세는 결코 오래가지 못할 것이오. 탐관오리가 천지에 널렸고, 가렴주구에 백성들의 원성이 충천하오. 대란(大亂)이 코앞에 닥쳤다는 걸 명심하라고. 나는 비록 뜻을 이루지 못했지만 홍양교(紅陽敎), 천리교(天理敎)의 앞날은 창창하여 구만팔천 리이니 20년 후에 두고 보자고!"

"내게 하고 싶다는 말이 그거였나? 어쩌나, 난 워낙 다망한 사람이라 그런 개소리 들어줄 시간이 없는데!"

"우리 형제들이 죽고 베이고 포로가 되고 다쳤소. 겨우 목숨을 건진 자들이 투항을 원하고 있으니 목숨만은 살려주었으면 하오. 자고로 투항하는 자를 죽이면 그 장군은 불길함을 초래한다고 했소. 이게 첫 번째 하고 싶은 말이오."

복강안이 잠시 생각하더니 말했다.

"아직도 더할 말이 남았나? 있으면 해봐!"

"우리 가족들은 벌써 관군에 붙잡혀간 지 오래됐으니 죄 없는 그네들을 풀어주오. 죽어도 내가 죽고 무릎 꿇어도 내가 꿇을 것이니!"

공의천이 복강안을 똑바로 노려보며 덧붙였다.

"복 장군의 대명(大名)은 귀에 못이 박이도록 들어왔소. 의리의 사내라고 알고 있소!"

복강안이 벌써 절에서 몰려나와 안팎으로 겹겹이 진을 친 군사들을 보며 말했다.

"그렇게 사내다운 자가 어찌 감히 조정과 대적할 생각을 했단 말인가? 실로 무지몽매함의 극치 같으니라고! 국법이 엄연하니 내 맘대로는 할 수는 없네. 가족들을 살려줄 수는 있어! 허나 지엄한 〈대청률(大淸律)〉에 따라 멀리 유배 보내어 타인의 노예로 살아가게 될 것이며, 너를 따른 무리들은 엄연히 '종역죄(從逆罪)'가 성립되니 죽음은 면치 못할 것이야."

공의천이 조용히 미소를 지었다. 그리고는 쏘아붙였다.

"그 말도 맞는 말이긴 하오. 그러나 내 청을 들어줄 수 없다 하니 나도 복 장군에게 다 줄 수는 없겠지!"

이같이 말하며 휙 돌아서던 공의천은 서슬 푸른 장검을 뽑아 들었다. 그리고는 푸른빛이 번뜩이는 칼로 왕염의 목을 베어버리고 말았다. 그야말로 순식간의 일이었다. 왕염은 짧은 비명과 함께 그 자리에 쓰러지고 말았다…….

그러자, 스무 명의 패잔병들도 서로 찌르고 베기 시작했다. 돌연한 광풍에 묘목 쓰러지듯 그들은 그렇게 하나둘씩 죽어나갔다. 자결하는 이들도 더러 있었으니, 그 광경이 참혹하기 이를 데 없었다…….

실로 눈 깜짝할 새에 발생한 사건 앞에 복강안은 넋을 놓고 말았다. 돌연 머리가 어지럽고 시야가 흐릿해졌다. 마지막 숨을 거두느라 꿈틀대는 시체들이 가물거렸다. 마치 칼에 맞은 사람처럼 휘청거리며 그는 창백한 얼굴을 들어 겹겹이 둘러싼 병사들에게 말했다.

"이 자들의 심행(心行)을 따르진 말되 그 용기는 실로 가상하구나……. 절 안팎을 청소하고 나머지 인원을 파악하라. 공의천과 왕염의 신원이 확실한지 조사해 보라……."

3. 살인멸구(殺人滅口)

한편 공의천(龔義天)과 왕염(王炎)을 자신의 은인처럼 생각하는 사람이 있었으니, 그가 바로 화신(和珅)이었다. 지의를 받고 '국태 사건'을 수사하러 내려 왔던 류용이 '복강안에게 협조'하여 '역적들을 소탕하라'는 지의를 받고 제남(濟南)을 떠나면서 화신은 지금이야말로 살인멸구(殺人滅口)할 수 있는 절호의 기회라고 생각하며 속으로 연신 쾌재를 불렀다.

평읍(平邑)의 난이 없었더라면 흠차인 류용(劉鏞)은 전풍(錢灃)의 보조를 받아가며 '국태 사건'을 해부하는 데 열을 올렸을 것이며, 옹염(顒琰)도 가만히 앉아서 사태의 추이를 지켜보았을 것이다. 조정에서 국태(國泰)와 우이간(于易簡)에게 비단이불을 덮어주어 그 죄를 은폐시킨다면 모를까, 국태가 도마 위에 오르는 날에 그 자는 화신을 물어버리지 않을 리가 없었다.

그러나 하늘도 분노하고 인심마저 잃어버린 국태를 조정에서 그 죄목을 덮어 감춰줄 가능성은 만에 하나도 없었다. 횡령한 액수가 워낙 많아 섬서(陝西)의 왕단망(王亶望)보다 죄질이 더욱 무거웠던 것이다.

부의(部議)에서 원로들이 수염을 쓰다듬으며 책상을 내리치고 용심(龍心)이 진노하였거늘 그 목이 붙어 있을 이유가 없었다. 그러나 국태가 당면하여 "네놈이 받은 70만 냥을 내어 놓으라"고 대성질호(大聲叱呼)를 하지 않더라도 사형장에 끌려가면서 울분을 억누르지 못해 떠들어 버리는 날에 자신은 당장 양봉협도(養蜂夾道)의 감옥에 처넣어질 거라는 걸 모르는 화신이 아니었던 것이다.

겉으론 애써 진정하고 있었으나 속은 날이면 날마다 그을리고 불에 타 잿더미가 되어가고 있었다. 밤마다 깊은 잠을 이루지 못하고 일일삼경(一日三驚)하는 나날을 보내며 그는 말못할 고민에 바싹바싹 야위어갔다. 아무리 간, 쓸개 다 빼놓고 다니며 남의 입 안의 혀처럼 돌아가는 화신이라고는 하지만 이번 사건에 유난히 주목하는 건륭의 서슬에 그는 더 이상 버티는 걸 포기한 채 그대로 무너져버리고 싶었다.

그러던 중 '류용은 복강안이 머물고 있는 곳으로 가서 적극 협조하라'는 지의가 내려졌으니 화신으로선 꽉 막혀 질식할 것 같던 숨통이 탁 트인 것과 다를 바가 없었다. 천근만근이나 되는 듯한 등짐을 내려놓은 것 같은 안도감에 허물어지듯 의자에 털썩 주저앉은 화신은 가슴 가득한 기쁨을 주체할 수 없었다.

복강안의 군수물자를 조달하는 데 팔을 걷어붙이고, '공사가 다 망한' 와중에도 멀리까지 류용을 배웅해주었다. 그리고는 급히 산동성 각 부(府)에 서찰을 띄워 '뭐니뭐니해도 군사(軍事)가 우선

이므로 모든 정력을 군무에 집중시킬 것'을 명했다. 그리고는 말미에 자신이 '종군(從軍)하여 살적입공(殺敵立功)'을 할 수 없는 아쉬움을 덧붙이는 치밀함까지 보였다. 류용과 전풍의 군자심성으로는 화신의 간사하고 교활한 '구곡간장(九曲肝腸)'을 넘겨짚어낼 리가 없었다.

그러나 류용이 자리를 비운 마당에 지의를 청하지도 않고 국태를 주살한다는 것도 당치도 않은 발상이었다. 국태가 '지살'하는 것도 전풍이 그림자처럼 꽁무니를 쫓아다니니 그리 쉽지는 않을 것 같았다…….

화신은 그날 밤도 잠을 청할 수는 없었다. 엎치락뒤치락 '전병(煎餅)'을 구우며 고민한 끝에 그는 뭔가 생각이 난 듯 날이 밝기도 전에 일어나 불을 켰다.

옆방에서 류전(劉全)이 기척을 듣고는 대충 겉옷만 꿰어 입으며 나타났다. 잠이 덜 깨어서 몽롱한 눈을 비비며 그가 말했다.

"어제도 밤늦게까지 뒤척이시는 것 같던데, 눈 좀 붙이시지 그래요. 날이 밝으려면 아직 멀었는데……."

"잠이 오지 않아서 그래."

화신이 요강에 오줌줄기를 뿜어대며 덧붙였다.

"얼굴 좀 닦게 물수건 좀 내어 와. 그리고 먹을 갈고 종이를 펴 놔. 폐하께 올릴 상주문을 쓸 거야."

류전이 연신 대답하며 아랫것을 불러 요강을 비우게 했다. 그리고는 더운물에 수건을 적셔 힘주어 짰다. 두 손으로 물수건을 화신에게 건네며 그가 말했다.

"어르신의 심사를 소인은 이제 다 알 것 같습니다. 류 대인이 갔으니 이젠 어르신이 '제남왕(濟南王)'이잖습니까! 골칫덩어리

하나쯤 슬쩍해버리는 건 일도 아니다 이거죠? 그래서 폐하의 의중이 어떠하신지를 더듬어 보시려는 거죠?"

화신은 짐짓 대수롭지 않은 듯이 물수건으로 얼굴을 닦고 있었다. 류전은 여전히 '먹은 대로 싸는' 직장(直腸)이었다. 수년간 고락을 같이 해온 빈천지교(貧賤之交)라고는 하지만 이제는 스스럼없는 것도 도를 넘으면 불편해질 것 같았다.

소매를 걷어붙이고 먹을 갈고 있는 류전에게 화신은 미간을 잔뜩 찌푸려 보였다.

"이봐, 류전! 내가 몇 번을 말해야 알아듣겠어? 자네는 지금 엄연히 공명과 신분이 있는 조정의 관원이지 저잣거리의 노름꾼이 아니란 말이야. 일자무식이라도 어깨 너머로 보고 귀동냥해온 것만 해도 적지 않을 텐데, 아직도 말 한마디를 가려서 못해? 길바닥에 쫓겨나지 못해 환장했어!"

"예, 예! 무슨 말씀인지 잘 알겠습니다!"

류전이 그제야 태도를 공손히 하며 연신 굽실거렸다. 실은 울타리 없는 주둥아리가 문제여서 늘 지적을 당했던 터였다. 조심하느라 했으나 오늘은 기분이 좋은 김에 그만 긴장의 고삐를 늦추었던 것이다. 때론 수족으로, 때론 눈, 코, 입이 되어 화신과 한솥밥을 먹은 세월이 십 년이었다. 이쯤 하면 '서당개 삼 년에 풍월을 읊을' 때도 온 것이다.

사실 그는 온몸이 '기관'이어서 어디로 튈지 모르는 주인을 섬겨오며 크고 작은 관원들을 많이 만나보았다. '먹은 대로 싸고' 단순세포인 자신에 비하면 이쪽 사람들은 대단히 고달프게 사는 것 같았다. 아무리 속은 오물로 출렁거려도 얼굴엔 항상 근엄한 기색이 흐르고 안은 숯검정으로 도배했으나 겉으론 '공명정대'하기만

한 이들이 류전은 그저 신기하고 재밌기만 했다…….

주인의 따끔한 지적을 당하고 마른침을 꿀꺽 삼키며 그는 화선 지를 폈다. 붓에 먹을 골고루 묻혀 화신에게 쥐어주며 그는 한풀 꺾인 목소리로 말했다.

"국태는 왕법을 비켜갈 수 없을 것 같습니다. 또 돼지게 욕을 얻어먹을지는 모르겠으나 제 생각엔 이참에 그 자를 원문(轅門) 밖으로 끌어다 갈질을 해버리는 것이 좋을 것 같습니다. 그리되면 백성들은 어르신을 청천(靑天)이라고 칭송할 것이며, 폐하께서도 그 풍골을 높이 치하하실 것 같습니다. 서두르셔야지 만약 류 대인 이 돌아오면 고깃덩이를 냉큼 빼앗아 먹을 것입니다. 또 빌어나 먹을 놈의 거지 생각이라면 훈책해 주십시오……."

점잖게 말하느라 애쓰면서도 대책 없이 거친 류전을 보며 그는 히죽 웃었다. 그리고는 머리를 끄덕여 보였다.

"자기가 섬기는 주인이 폐하와 백성들에게 점수 따길 바라는 자네의 뜻은 나쁘다고 할 수 없네. 허나 이런 일은 내 맘대로 할 수 없으니 골치 아픈 게 아닌가? 류 대인이 없는 틈에 일을 저질러 버렸다며 수군대는 소리는 듣고 싶지 않거든."

화신이 이같이 말하며 붓을 들었다.

이번 상주문의 복고(腹稿)를 그는 밤새도록 연구했다. 쓰기 시 작하니 일사천리였다. 먼저 성안(聖安)을 묻고, 류용은 이미 제남 을 떠나 평읍으로 갔으니 '공삼과 왕염 등 역적들은 수일 내에 소탕'될 것이라는 강력한 자신감을 피력했다.

이어 국태의 죄행을 나열하고 '기군(欺君)', '해민(害民)' 두 가 지 대죄(大罪) 외에도 한가지 '양옹(養癰)'의 죄목이 추가됐다. 즉 '병(病)'을 키웠다는 것이었다. 그가 밤샘 '산고(産苦)' 끝에 쓴 상주문 내용은 이러했다.

 산동(山東)은 명(明)의 형왕(衡王)이 봉번(封藩)한 곳이옵고, 성
현(聖賢)의 공부(孔府)가 자리한 인걸지령(人傑地靈)의 고장으로
유명하옵나이다. 또한 도적이 들끓고 전명(前明)의 유령을 안고 사는
유민(遺民)들이 불씨를 퍼뜨리고 있는 위태로운 고장이기도 하옵니
다. 성조(聖祖) 때로 거슬러 올라가면 이곳의 불순한 무리들은 뿌리
깊은 역사가 있사옵니다. 자고로 큰 변란은 항상 산동에서 불길을
지펴왔사옵니다. 근자에 왕륜(王倫), 왕염(王炎), 공삼(龔三)의 무리
들은 공공연히 깃발을 세우고 복명멸청(復明滅淸)을 외치고 다니며
우매한 무리들을 끌어들이고 있사옵니다. 군부(君父)를 원수처럼 취
급하고 치화(治化)를 분식(粉飾)이라 매도하며 불순한 저의를 노골
화시키는 담력까지 보이고 있사오니 이는 결코 '일방의 치안이 어지
럽다'는 식으로 치부해버릴 일이 아니라 사려되옵나이다. 이는 실로
조정심복(朝廷心腹)의 우환이고, 사직주액(社稷肘腋)의 시름이 아
닐 수 없사옵니다. 더욱이 국태와 우이간과 같은 조정의 대신들이
이들 세력들을 비호하고 종용하고 방치했기에 사태는 갈수록 악화일
로를 치달을 수밖에 없었던 것이옵니다.
 예상치도 않던 대규모의 용병(用兵)과 재정낭비를 초래한 국태의
오국지죄(誤國之罪)는 결코 용서받을 수가 없을 것이옵니다. 불문곡
직하고 민간에서는 대거 출동한 관군에 대한 시각이 곱지 않사옵니
다. '관군이 지나간 자리엔 풀 한 포기 남아나질 않는다'는 둥, '탐관에
대한 조정의 태도가 모호한 것이 탐관들을 비호하려 드는 게 아니냐'
는 일각의 편견도 있사옵니다. 국태와 우이간의 죄는 하늘에 사무친
다는 백성들의 원성에 귀기울여 주시오소서.

폐하, 신은 이 두 죄대악극(罪大惡極)의 죄인을 이치쇄신(吏治刷新)의 이름으로 현지에서 주살해 버릴 것을 주청 올리는 바이옵니다.

붓을 내려놓고 난 그는 다시 한번 읽어보았다. 그제야 조심스레 밀주함에 넣고 자물쇠를 잠그며 류전에게 말했다.

"즉각 6백리 긴급으로 발송하게. 전풍 대인이 일어나셨나 알아보고, 일어났으면 조찬을 같이하자고 선하세."

그러자 류전이 웃으며 대답했다.

"전 대인께선 항상 일찍 주무시고 일찍 기상하는 것 같았습니다. 새벽같이 일어나 아문 뒷산에 오르시어 한바탕 태극검을 휘두르시고 내려오곤 하는데, 이 시간이면 벌써 내려와 아침을 드셨을 겁니다!"

기거(起居)가 일정치 않아 어떨 때는 새벽같이 일어나고 어떨 땐 해가 정수리에 비출 때까지 잠을 자는 화신이었다. 류전의 말을 듣고 그는 지시했다.

"내일부터는 내가 밤에 몇 시에 자든 상관없이 아침 인시(寅時)쯤이면 무조건 깨워주게."

이같이 말하며 그는 혼자 아침상을 받았다. 콩즙에 만두 한 개, 그리고 몇 가지 반찬이 고작이었다. 후루룩 콩즙을 마시고 만두를 볼이 불룩하게 베어먹고 난 그는 곧 상을 물려버렸다.

잠시 숨을 돌리고 있으니 월동문 앞을 지나가는 전풍의 모습이 보였다. 그는 급히 입을 훔치고 손을 닦으며 방안에서 달려나갔다. 그리고는 반갑게 불렀다.

"남원(南園, 전풍의 호) 선생, 일찍 나오셨네요. 아침마다 새벽같이 뒷산에서 검술을 연마하시는 분이 알고 보니 동주(東注, 전풍의

자) 어른이셨군요."

"아, 화 대인!"

부르는 소리에 고개를 돌린 전풍이 급히 돌아서서 읍해 보였다. 그리고는 웃으며 말했다.

"호(號)에 이어 자(字)까지 다 불러주시니 고맙소! 헌데 어젯밤 잠을 설쳤소? 안색이 어째 좀 안 좋아 보여서 말이오."

화신이 웃으며 전풍과 나란히 걸었다. 그는 길게 한숨을 내쉬며 대답했다.

"다 그놈의 화림(和琳) 때문이 아니겠소! 전 대인이 그렇게 위해주는 데도 별로 만족하는 모양이 아니라서 말이오! 내무부 서무관이 별볼일 없다고 해서 낭중(郎中) 직에 앉혀주었고, 나중에는 시위(侍衛)까지 시켜주었더니 이젠 호광포정사(湖廣布政使) 자리까지 탐내는 게 아니겠소? 누울 자리를 보고 다리를 펴라고 했다고, 자기 꼴이 어떤지는 통 모른다니까!"

"그래 바로 높은 자리에 있는 형으로서의 어려움이 아니겠소."

전풍이 히죽 웃음을 지었다. 흔한 경우가 아니겠냐는 듯이 화신을 바라보았으나 그는 이미 화신을 뜻을 짐작하고도 남음이 있었다. 그는 덧붙였다.

"나무가 크면 그늘이 넓고, 그늘이 있으면 더운 사람들이 모여들기 마련이지. 영제(令弟, 남의 동생에 대한 존칭)를 보니 개천에서 놀 사람은 아닌 것 같던데, 기회가 되면 큰물에 넣어보지 그러오."

화신이 너털웃음을 터트렸다.

"우리 두 형제를 한데 묶어놔도 동주 어른의 새끼손가락 하나에도 못 미칠 학문이거늘 큰물은 무슨! 우리는 둘 다 기인(旗人)의

덕을 입고 아계 중당과 푸헝 중당께서 밀어주셨기에 이나마 높은 가지에 앉을 수 있었다고 생각하오. 폐하께오서 진정 중히 여기시는 사람은 전 대인 같은 분이 아니겠소!"

둘은 산책하듯 천천히 걸음을 떼어놓으며 도란도란 이야기를 주고받았다. 한참 후에야 화신은 은근슬쩍 물어보았다.

"전 대인은 국태 사건을 어찌 요리해야 마땅하다고 생각하오?"

전풍이 잠깐 걸음을 멈추고 자갈 깔린 좁은 길에 시선을 박으며 조심스레 대답했다.

"폐하께오선 이번 사건을 산동성 전체의 관원들이 개과천선하고 환골탈태하여 새롭게 거듭나는 계기가 되길 바라시는 것 같소. 그도 그럴 것이 탐관들을 주살한다면 살아남을 만한 사람이 없으니 어찌 쉬이 주살하라는 결정을 내리시겠소. 허나 '필교(弼敎)'도 '필교' 나름이고, '명형(明刑)'도 '명형' 나름이라고 생각하오. 아무리 성심이 간곡하시어 교화와 훈육을 하시더라도 불순한 무리들은 거듭나기는커녕 더욱 기어오르려고 하는 수가 있소. 국태와 우이간 등이 바로 그런 부류에 속한다고 생각하오. 난 그 자들이 교화의 이름으로 용서받을 수는 절대 없다고 생각하오. 허나 이 일은 류 대인이 돌아온 뒤에 우리 함께 뜻을 모아 폐하께 청을 올리는 것이 바람직할 거요."

화신이 일소(一笑)와 일탄(一嘆)을 거듭하며 말을 받았다.

"나도 전 대인의 뜻에 공감하오. 허나 한 가지 간과할 수 없는 건 비적들을 섬멸만 하면 그걸로 모든 것이 끝나는 게 아니라는 거요. 출전했던 군인들을 위로해야 하고, 사망했거나 부상당한 종군가족들을 무휼(撫恤)해야 하는 등 조정으로선 비적들의 난으로 인한 경제적인 손실이 막중하다 하겠소. 이번 같은 경우 기능이

마비되어버린 평읍현도 재건해야 하고 때아닌 봉변을 당하여 전쟁터로 변해버린 옥황전도 새로이 수선해 주어야 하오. 비적들의 가족을 유배 보내고, 기존의 이재민들을 구휼해야 하며, 십오마마께서 추진하시는 산동 서부의 염지(鹽地) 개선도 막대한 은자를 필요로 하는 작업이오……. 조정으로선 돈 들어갈 데가 한두 곳이 아니오."

그는 입술을 빨며 눈꺼풀을 내린 채 마른침을 꿀꺽 삼켰다. 조정에 돈이 궁하니 국태에게서 의죄은(議罪銀) 명목으로 '왕창' 뜯어내고 그 죄를 무마해주자는 적나라한 제안도 함께 삼켜버렸다. 이 말이 국태와 우이간 사건과 무슨 관련이 있다고 그러는지 전풍은 고개가 갸우뚱해졌다. 그는 물었다.

"그럼…… 화 대인이 뜻하는 바는 무어란 말이오?"

"난 의죄은자에 손이 근질근질하는 사람이오."

마침내 화신은 정색하며 얘기를 꺼냈다.

"조정엔 돈이 들어갈 데가 너무 많소. 당장 조후이와 하이란차가 돈 먹는 하마 아니오? 서부용병(西部用兵)에는 은자를 자루째 처넣어도 모자란다는 건 삼척동자도 다 아는 일이오. 또 하나 원명원(圓明園)도 따지고 보면 어마어마한 금덩어리요. 솔직한 얘기로 성조께서 영불가부(永不加賦, 영원히 부세(賦稅)를 올리지 않는다) 정책을 제정하시고, 폐하께오서 해마다 천하의 전량(錢糧)을 면제해주시고 계시는 마당에 조정에서 땅을 파 돈을 만들어 내지 않는 이상 돈이 나올 구멍이 어디 있겠소? 관세(關稅)와 의죄은자(議罪銀子), 이 두 재원(財源)이 아니었다면 호부의 금고는 진작에 ××, 동이 났을 거요!"

그쯤 하여 전풍은 어렴풋이 화신이 뜻하는 바를 알 것 같았다.

그는 두 손을 뒤로 가져가 뒷짐을 진 채 화신의 말에 귀를 기울였다.

"난 전 대인이 무슨 생각을 하고 있는지 아오."

화신이 전풍을 비스듬히 등진 채 덧붙였다.

"알다마다!"

"난 그저 화 대인의 말을 열심히 경청하고 있을 뿐이오. 생각은 무슨!"

화신이 말했다.

"전 대인은 이렇게 생각하고 있을 거요. 화신 이 미꾸라지가 혹시 의죄은자를 받고 국태를 풀어주려는 건 아닐까? 뭐 이런 거 아니겠소?"

"그런 거 아니오."

전풍이 담담한 표정으로 대답했다.

"의죄은자(議罪銀子)도, 연공(捐貢)도 물론 경제의 정도(正道)는 아니지만 조정의 국고가 텅 비었다는 데야 무슨 용빼는 수가 있겠소? 난 이의가 없소."

화신이 웃었다. 손수건으로 입을 막고 기침을 하며 말했다.

"난 이 시대의 날고 긴다는 사람들을 거의 다 만나봤소. 품행? 재능? 학식? 단연 으뜸이라 자부하는 그런 사람들 말이오. 두광내(竇光鼐), 사이직(史貽直)과 같은 명실공히 명신(名臣)이라고 엄지를 내두르는 사람들까지도 만나봤지만 저마다 시재오물(恃才傲物) 의 한계를 넘지 못했던 것 같소. 그런데 오늘 보니 전 대인은 남다른 데가 있는 것 같소. 도어사(道御史)는 전 대인이 일월을 거머쥐기 위해 뛰어오르는 계단에 불과하다고 생각하오. 성의(聖意)를 점쳐 보았을 때 전 대인은 머지 않아 운귀총독(雲貴總督)에 제수될 것이오. 물론 그 역시 또 하나의 좀더 높은 곳으로 올라 갈 사다리에 불과할 테지만. 대학사(大學士)를 군기처(軍機處)로 들이신 걸 보면 성심을 어느 정도 엿볼 수 있지 않겠소?"

이에 전풍이 대답했다.

"폐하께서 중히 여기시는 건 알겠지만 그럴수록 난 더욱 근신하는 수밖에 없소. 화 대인의 말에 난 감히 무어라고 맞장구칠 말이 없소. 〈홍범(洪範)〉에서 팔정(八政)을 논한 걸 보면 식화(食貨)가 두 번째 속해 있었소……. 인간에게 있어 염철(鹽鐵)을 논하는 것은 치안이나 다른 고상한 그 무엇을 논하는 것보다 더 중요하다고 했소. 주린 배를 끌어안고 고통으로 신음하는 백성들에게 다가가 금수(錦繡)의 화려한 문장을 읊어댄들 무슨 소용이 있겠소? 나같이 경제의 도(道)를 모르는 학자들이 반성해야 할 바라고 생각하오. 그래서 난 화 대인의 말을 경청하고 가르침을 구하고자 하오."

이에 화신이 웃으며 말했다.

"전 대인의 뜻도 한마디로 조정은 백성들의 입에 거미줄을 치게해서는 아니 된다는 논리 아니겠소?"

그는 웃음기를 거두며 정색을 했다.

"국태는 3백만 냥의 재정적자를 내고도 압수해낸 재산은 고작 은자 백만 냥뿐이오. 다른 부(府)와 현(縣)에서도 조금씩 해먹긴 했겠으나 내 생각엔 국태가 어딘가에 은닉해 놓은 재산이 더 있을 것 같소. 목은 언제든지 칠 수 있소. 허나 은닉한 재산은 당사자의 목을 쳐버린 후에는 찾아내는 게 불가능하오. 민간에서 유행하는 말 중에 '탐관오리(貪官汚吏)는 죽어도 그 자손들은 대대로 금의옥식(錦衣玉食)한다'는 말이 있잖소. 어쩌다보니 빙빙 둘러 말이 길어졌는데, 내 생각엔 국태의 사건을 잠시 눌러버리고 일단 그의 은닉재산부터 찾아내는 것이 급선무인 것 같소."

자신을 쫓아 나와 함께 산책길에 오른 이유가 바로 이 때문이란 말인가? 전풍이 저도 모르게 냉소를 머금었다.

"의죄은자에 대한 부분은 폐하께서 화 대인의 제안을 받아들이신 것으로 알고 있소. 물론 오래 전부터 시행하고 있었지만 아직 명실공히 만천하에 공개하지는 못하는 실정이라는 것도 알고 있소. 화 대인은 국태 사건을 계기로 폐하로 하여금 의죄은제도를 공식화하게 명조(明詔)를 내려 주십사 하고 주청 올리려는 생각인 것 같소. 하지만 부재기위(不在其位) 불모기정(不謀其政)이라고 솔직히 난 이 부분에 대해 아는 바가 별로 없어서 잘 모르겠소. 그러니까 류 대인이 제남으로 돌아온 연후에 다시 의논해보는 게 어떻겠소?"

화신이 머리를 끄덕였다.

"난 전 대인을 아랫사람이 아닌 벗으로 생각하오. 우린 지금 벗들끼리 마음을 나누고 있는 중이오. 그런데 부재기위(不在其位)니 어쩌니 하는 말은 왜 필요하오. 국태와 우이간이 낭패위간하여 백성들을 수심화열(水深火熱)의 심연으로 밀어 넣지 않았다면 어찌 왕염과 공삼 같은 무리들이 산동성 전체를 농락할 수가 있었겠소? 이것만 생각하면 난 분노를 주체할 수가 없소. 생각 같아선 당장 만두소를 만들어 버리고 싶지만 한 푼이라도 은닉한 장물을 찾아낼 욕심에…… 그러니 내 속이 속이겠소?"

화신의 욕금고종(欲擒故縱, 붙잡기 위해서 일부러 풀어주는 척함)은 실로 천의무봉하여 눈치가 빠르고 명민한 전풍도 그 진의를 간파하지 못했다. 국태 사건에 있어 화신은 줄곧 애매한 태도를 보여왔고 전면에 나서길 꺼려했다. 전풍이 류용에게 재수사를 요청하지 않았더라면 '충분히 의심은 가지만 조사 결과 증거가 불충분하다'는 이유로 흐지부지해졌을 더었다. 그러던 화신이 이번엔 이 사건을 '잠시 눌러놓자'고하니 전풍으로선 화신이 대체 무슨 생각을 하고있는지 감이 잡히지 않았다. 잠시 생각하고 난 그는 담담하게 웃으며 대답했다.

"난 화 대인의 의견에 공감할 수 없소. 벗으로 허물없이 대해준다고 하니 나도 벗으로서 진심으로 충고하고 싶은 말은 국태와 우이간은 결코 호락호락한 족속이 아니라는 점을 명심했으면 좋겠소. 두 사람의 사이는 알고 보면 그리 끈끈한 것도 아니오. 기초가 부실한 건 우정이든 애정이든 쉽게 무너지게 돼 있거든. 그래서 난 이 둘이 반목하여 서로를 물고 늘어질 줄 알았소. 그런데 둘의 '우정'은 생각보다 '돈독'했소. 나의 졸렬함을 비웃듯이 그 자들은 서로에 대해 나쁜 말은 한마디도 하지 않고 있소! 은닉한 재산이 따로 있다는 말은 나도 공감하오. 허나, 그 돈이 조정의 어느 대신에게 흘러 들어가지 않았다는 보장도 없소. 난 이를 꼭 짚고 넘어가야겠소. 국태를 수사하라는 폐하의 지의는 밀유(密諭)였소. 우리도 기밀을 지키느라 대단히 조심했는데, 국태가 벌써 칼잡이들이 내려온다는 걸 알고 있었다니 섬뜩하지 않소? 그리고 엄청난 죄를 저지른 자 치고는 국태의 반응이 지나치게 담담했던 것으로 기억하오. 배 째라는 식이었소. 조마조마한 게 좌불안석일 텐데 분단장하고 무대 위로 올라가 헤헤 웃고 있는 것도 그렇고, 아무튼 겁나는 게 없었으니 난 처음엔 내 눈을 의심했었소!"

이같이 말하고 난 전풍은 입을 도로 꾹 다물어 버렸다.

하지만 그런 얘기를 듣는 화신은 한겨울에 얼음물을 끼얹듯 머리부터 발끝까지 오싹해졌다. 전풍이 무슨 낌새를 채고 하는 소린지 아니면 무심코 던진 말인지 알 수가 없었다. 생각 같아선 당장 칼로 가슴을 가르고 심장을 꺼내 확인을 해보고 싶었다. 그런 속내를 들킬세라 고개를 내리고 머리를 끄덕이며 듣던 화신은 묘한 여운을 남긴 채 뚝 멈추는 전풍의 입을 멍하니 바라보았다. 약이 오르고 궁금해서 죽을 지경이었다. 한참 후에야 그는 비로소 물었다.

"동주, 그럼 그대 생각엔 어찌하는 게 좋겠소?"

"류 대인이 돌아올 때까지 기다려 봅시다. 석암 공께선 공개처형의 뜻을 비추셨소?"

"공개처형이라고 했소?"

"그렇소. 류 공은 형명(刑名)의 달인이오. 아무리 입을 철문처럼 굳게 다물고 있던 자들도 서시(西市, 사형장)로 끌려갈 땐 친아비라도 물어버린다고 하오."

"그게……."

화신은 머리 속이 검불같이 헝클어져 도무지 정신을 차릴 수가 없었다. 류용이 마지막 수까지 고려하고 있을 줄은 정녕 몰랐다. 국태가 형장의 이슬로 사라질 마당에 '70만 냥을 뇌물로 받은' 자신을 가만히 놔둘 리가 없었다. 이를 어쩐다? 가슴이 활활 끓어오르는 것 같았다.

그러나 그 와중에도 한 가지 안도할 수 있었던 건 건륭이 봉강대리(封疆大吏)와 같은 중신(重臣)들을 처형할 때는 대부분 그 자리에서 사약(死藥)을 내리고 '떠들' 여지를 주지 않는다는 것이었다. 또 알겠는가, 노작(盧焯)처럼 형장으로 끌려갔다가 기적적으로 살아 돌아올지! 이같이 자위하며 그는 진정을 찾아갔다.

입술을 실룩거리며 그는 '조정의 체면상 공개처형은 재고해봐
야 한다'고 말하고 싶었으나 도로 삼켜버리고 말았다. 일말의 의혹
을 남기기가 무서운 상대 앞에서 그는 입조심을 하는 수밖에 없었
던 것이다.

"덕분에 많은 걸 터득한 산책이었소."

그 한마디를 남기고 멀어져 가는 전풍을 착잡한 눈길로 바라보
던 화신은 곧 자신의 공문결재처로 돌아왔다. 서둘러 팔을 걷어붙
이고 방금 전에 쓰고 남은 먹물을 찍어 아계에게 편지를 썼다.

언사(言辭)에 대단히 공을 들인 서찰이었다. 무조건 겸손하고
자세를 한껏 낮추었다. 자신이 덕망이 부족하여 사람들의 마음을
잡지 못하는 데 대한 안타까움과 '군주의 성총이 과분'한 데 대한
'좌불안석'으로부터 운을 뗐다. 또한 '유일한 어진 스승은 영원히
아계 중당뿐이고, 아계 공을 인생의 본보기로 삼아 정진 또 정진할
테니 '잘 지켜봐 달라'고 했다. 그리고는 손이 근질거려 못 견디겠
다는 듯이 국태의 '3가지 죄'를 강조하고 '이런 족속이 대신의 반열
에 올랐다는 것이 조정의 수치이고 사직의 유감'이라 못박았고
'류용과 전풍 대인과 상의한 결과 공개처형만이 인신(人神)의 공
분을 푸는 유일한 방법'이라고 끝을 맺었다.

한번 읽어보고 난 그는 만족스러운 미소를 띠우며 생각했다.
너희들은 날 고깝게 보고 내 말은 개 방귀 취급할 테지. 내 뜻과
배치되는 방향으로 나갈 줄 알고 있어! 제발 이번에도 그렇게 해
주거라! 이같이 생각하며 득의양양해 하고 있을 때 류전이 들어섰
다. 그는 말했다.

"이 서찰을 발송하고 가서 국태를 한 번 더 만나보고 오게."

"예, 그리하겠습니다!"

대답과 함께 물러가던 류전이 다시 돌아와 물었다.

"국태에게 하실 말씀이 계십니까?"

그 말에 화신은 손을 저었다.

"먼저 편지와 주장(奏章)이나 발송하고 오게."

류전을 보내놓고 그는 서안 위에 수북하게 쌓인 문서를 정리했다. 잠시 후 류전이 다시 돌아왔고 화신은 그제야 천천히 입을 열었다.

"두 서무관을 데리고 가서 국태, 우이간을 따로따로 만나보게. 재산을 어디에 은닉했는지 물어보게. 재정적자와 압수해낸 액수 차이가 워낙 커서 조정에서 쌍심지를 돋우고 있으니 어떻게 무마해 줄 방법이 없다고 하게. 둘째는 이번에 류 대인과 복 도련님이 귀몽정을 소탕하면서 압수한 그의 자산에서 30만 냥을 썼으니 그리 알라고 하게. 셋째, 어떻게든 의죄은제도의 덕을 볼 수 있도록 노력해볼 테니 그의 '의죄'를 폐하께서 윤허할지 여부는 하늘의 뜻에 달렸다고 하게. 이 세 가지만 전달하고 오게……. 그들이 누군가를 적발하려 한다든가 아니면 억울함을 호소한다든가 한다면 어서 상주문을 작성하라고 하게. 내가 중간에서 어람을 청할 수 있도록 다리를 놔줄 테니. 며칠 내에 내가 혹시 그 둘을 부를 수도 있다고 하게……."

류전이 연신 알았노라고 대답했다. 그리고는 조심스레 물었다.

"지난번 면회 갔을 때 우이간은 북경으로 압송하여 수사해 주십사 하고 주청 올리고 싶다고 했습니다. 우민중(于敏中) 중당에게 서찰을 띄우고 싶다는 뜻도 밝혔고요. 이번에 물어보면 무어라 답하죠?"

화신이 파리가 미끄러질 것 같은 턱을 만지작거리며 대답했다.

"우 중당은 이번 사건에서 한발 물러서 있을 수밖에 없는 사람이네. 우이간에게 이르게. 우 중당이 이번 사건에 개입돼 있다면 문제가 달라지겠지만 그렇지 않고 사적인 대화라면 지금은 형을 위해서라도 때가 아니라고 하게. 울며불며 하소연하지 않아도 형 입장에서 나설만한 자리라면 우리보다 더 적극적일 것이라고 달래주고 오게. 알겠는가?"

"예……."

류전이 물러갔다. 화신은 우민중을 떠올리며 마음이 착잡해졌다. 아우인 우이간이 이같이 큰 위기에 직면해 있는데 평소와 다름없이 태연하고 담담할 수가 있는 함양은 어떻게 길러냈을까? '한발' 비껴서 있는 정도가 아니라 그는 아예 등을 돌리고 있었으니, 우이간의 '생사'에 개입할 사람이 아니었다. 어찌해야 할 바를 몰라하며 화신은 씁쓸한 미소를 지으며 책꽂이에서 〈자치통감(資治通鑑)〉을 꺼내 들었다…….

한편 류전과의 '독대' 이후 국태와 우이간은 이제나저제나 하며 화신이 불러주기만을 고대했다. 둘은 순무아문에 감금되어 있었다. 국태는 상국정(賞菊亭)에, 우이간은 매화서옥(梅花書屋)에 따로 격리되어 있었다. '먹고 자고 싸고 누는 것'은 바깥의 일상과 다름이 없었지만 일거수일투족이 '특별배려'를 받는 것이 불편할 따름이었다. 그러나 지키는 이들 중에는 흠차행원에서 나온 사람들도 있고 순무아문의 호위들도 있어서 국태는 옹염이 연주(兗州)로 와 있고, 복강안이 제남(濟南)에 있다는 소식을 접할 수 있었다.

이밖에도 그는 '바깥소식'에 밝은 편이었다. 자신들의 관할경내에 역적들의 난이 일어났다는 데 대해 둘은 두렵기도 하고 기쁘기도 했다. 두려운 건 봉강대리로서 자신의 책임이었다. 그렇지 않아도 불측의 지경에 놓여있는데, 이는 설상가상이 아닐 수 없었던 것이다. 그 와중에도 기쁜 건 자신들의 사건보다 더 큰 사단이 일어났으니 조정의 관심이 그쪽으로 쏠릴 것이고, 그만큼 자신들을 향한 시선이 분산될 거라는 계산에서였다. 흙탕물에서 고기를 더듬다보면 장어 대신 미꾸라지가 잡히는 수도 있고, 어느른가 종적을 감춰버리는 수도 있고, 흐지부지해지는 수도 있었던 것이다…….

그러나, 초조하고 불안한 사흘, 닷새가 지나도 화신에게선 아무런 연락도 없었다. 9일째 되던 날, 점심을 먹은 두 사람은 마당에서 거닐고 있었다. 가까이 다가가 몇 마디라도 나누고 싶었지만 그때마다 '훼방꾼'은 어김없이 나타났으니 이들의 행적을 감시하는 호위들이었다.

어쩔 수 없이 적당한 거리를 유지하며 걷고 있을 때 시위로 늙어온 형건업(邢建業)이 두 명의 친병을 거느리고 들어왔다. 그리고는 두 사람을 향해 웃으며 말했다.

"두 분 대인이 누굴 기다리고 있는지 잘 압니다. 화 대인이시죠? 지금 와 계십니다. 서화청에서 기다리고 계십니다!"

두 사람은 깜짝 놀랐다. 정신이 번쩍 들었다. 바삐 시선을 마주치고 둘은 허둥지둥 형건업을 따라 서화청으로 갔다.

과연 화신이 웃으며 맞아주었다. 동행한 류전이 두 사람을 향해 예를 갖추며 말했다.

"두 분 대인, 중당께서 두 분을 위로하는 뜻에서 조촐한 주안상을 마련했습니다. 한잔씩 나누시면서 얘기하시죠!"

'주안상을 마련했다?'

두 사람은 흠칫 놀라며 의아스러운 눈빛으로 화신을 바라보았다. 점심 먹은 지 얼마나 됐다고 웬 주안상이란 말인가? 어리둥절해하는 두 사람을 향해 화신이 웃으며 설명을 했다.

"아…… 달리 생각할 건 없소. 설날 때도 못 봤고, 오늘이 정월 18일이니까 대보름도 지났잖소. 이제 석암 대인이 평읍에서 돌아오고 나면 더 바빠질 것 같아 오늘 모처럼 여유가 있기에 겸사겸사 한잔 나누자는 것뿐이오. 사내가 일을 저질렀으면 당당하게 감내해야지 어찌 그리 풀이 죽어 있소. 자자, 이리와 앉지! 제남은 명색이 천성(泉城)이라는 곳이지만 물맛은 별로인 것 같소. 술도 그저 그렇고……."

두 사람은 경계 어린 눈빛으로 앞서 걷는 화신의 뒤통수를 뚫어지게 노려보았다. 주안상이 마련되어 있는 서재에 들어가니 네 가지 육류에 네 가지 채소요리, 일명 팔보석(八寶席)이라는 주안상이 마련되어 있었다. 하얀 김이 모락모락 피어오르고 향이 아주 좋았다.

화신은 두 사람의 자리를 자신에게로 가까이 당겨놓으며 앉게 하고는 친히 술을 한잔씩 따라주었다.

"초면도 아닌데 편하게 대했으면 하오. 할 말이 있으면 하고 먹고 싶으면 먹고."

국태가 화신의 표정을 유심히 살피며 의자에 걸터앉듯 엉덩이를 붙였다. 그리고 조심스레 물었다.

"동주 대인은 같이 오지 않았소?"

"전풍 말이오? 제양(濟陽)에 갔소. 내일에야 올 거요!"

화신이 이것저것 음식을 집어서 두 사람의 접시에 놓아주며 말을 이었다.

"노견증(盧見曾)의 일 때문에 갔소. 그쪽에 장원(莊園)을 사둔 게 있다고 하는데, 그것이 갈효화의 소유라는 설도 있어 아계 중당이 조사해보라는 서찰을 보내와서 말이오."

그가 헌숨을 지으며 덧붙였다.

"자칫 잘못 걸리면 이번 일로 인해 기효남까지 혹을 다는 수가 있다고!"

국태와 우이간은 이제나저제나 화신이 보따리를 풀기만을 초조하게 기다렸다. 하지만 그는 괜히 사돈에 팔촌도 안 걸리는 기윤(紀昀)을 걱정하고, 이시요(李侍堯)가 이러니저러니 하며 시간만 잡아먹고 있었다.

그렇다고 아무 미끼나 덥석 물어버릴 것만 같은 초조함을 드러내고 싶진 않은 두 사람은 울며 겨자 먹기로 화신의 고담준론에 한마디씩 끼어들며 관심을 보이는 척했다. 화신이 정양문에서의 관등(觀燈) 행사 때 있었던 이야기를 시시콜콜하게 꺼내놓자 국태는 허벅지까지 두드려가며 개탄을 했다.

"야, 놈들이 간덩이가 부었구만! 어찌 감히 경사(京師)를 범할 생각을 다 했을까! 그러니 소인지심(小人之心)은 불가측(不可測)이라는 거요. 아무튼 이시요가 발빠르게 대처를 잘한 것 같소. 아계도 마침 북경에 잘 당도해줬고…… 비아류족 기심필이(非我類族, 其心必異)라고…… 그러니까…… 나랑 같은 무리가 아니면 생각이 다르게 마련이다…… 뭐 이런 뜻인데…… 허허 그것 참……."

국태는 자신의 입에서 무슨 말이 나오는지도 모르는 것처럼 두서가 없었고, 쫓기는 것 같이 여유가 없어 보였다. 우이간이 잔뜩 미간을 좁히며 입을 열었다.

"삼번(三藩)의 난(亂) 이래로 북경에서 그와 같은 난동이 일어난 건 아마 처음인 것 같소. 강하일하(江河日下)라더니, 세상이 어찌 되려고 이러는 건지 원! 어가(御駕)도 어지간히 놀라지 않았겠는데? 태후부처님께서도 놀라셨을 테고! 얼마나 자비롭고 연민의 정이 많으신 분인데……."

그 역시 무슨 말을 어떻게 해야 할지 모르기는 국태와 마찬가지인 것 같았다.

"다행스럽게도 폐하와 태후마마께선 두 분 다 눈치를 채지 못하셨소."

화신이 연신 두 사람에게 음식을 집어주며 많이 먹으라고 권하고는 웃으며 말했다.

"그러나 대가리들은 전부 도망가고 몇몇 나부랭이들밖에 붙잡지 못하여 폐하께서 진노하셨다는 거 아니오. 아계, 기윤, 이시요는 그 때문에 올해 고평(考評)에 흠을 잡히고 말았지 않았소! 북경뿐만 아니라 남경 등지에서도 등절(燈節)을 무사히 치르지는 못했다고 하오. 어떤 자가 부자묘(夫子廟)에 지뢰를 파묻고 현무호(玄武湖) 주위의 무슨 절인가를 급습하여 난동을 부리고 갔는데, 그 자들이 버리고 간 전단지(傳單紙)를 보니 '팔월대보름에 오랑캐들을 엎어버리고 새로운 시대를 맞자'는 등 별의별 대역부도(大逆不道)한 글귀들이 쓰여져 있었다고 하오……."

우이간이 걱정 어린 눈매로 자신을 바라보자 화신이 말했다.

"영형(令兄, 남의 형에 대한 존칭)은 군기처에 입직한 지 얼마 안 되는지라 괜찮다고 하니 염려할 거 없소. 실은 그 정도 처벌을 받는 건 문제될 것도 없는 거요. 내가 손꼽아보니 대신들 중에서

외성(外省)의 총독과 순무들 중에 그 정도 처벌을 받지 않은 사람은 하나도 없었소. 성총(聖寵)이 남달랐던 류통훈(劉統勛) 중당도 군기처 햇병아리일 때는 적잖이 훈계를 받은 모양이오. 폐하께서야 남을 처벌하는 권한을 타고나셨으니 예외지만……."

이같이 말하며 그는 연신 술을 권했다.

"자자자, 한 모금씩 쭉쭉 마시오."

그러나 '똥집'이 타는 국태와 우이간은 술을 '쭉쭉' 늘이마실 기분이 전혀 아니었다. 핵심을 피해가며 허튼 소리만 늘어놓던 화신의 말을 인내하여 듣고 있던 우이간이 끼어들었다.

"조정에 이래저래 예산이 많이 필요한 때일 텐데 나도 힘을 좀 보태고 싶소. 처남에게 은자 1만 냥을 받을 게 있는데, 화 대인께서 대신 받아 조정에 공납해 주셨으면 하오."

국태가 짐짓 호쾌한 척하며 단숨에 술잔을 비웠다. 그리고는 손등으로 입을 쓱 닦으며 말했다.

"내 재산도 지의를 받고 수색은 했으나 아직 몰수는 하지 않은 걸로 알고 있소. 개중에는 솔직히 외관들에게서 받은 돈도 적지 않소. 일방의 봉강대리로서 재정파탄의 책임을 피해갈 순 없으나 전임자들이 남겨 놓은 부분도 있소. 아무튼 압수 당한 재산 모두를 조정에 내놓을 생각이오. 폐하께서 이 사람의 진심을 헤아려 주셨으면 하는 마음뿐이오! 청컨대 화 대인께서 대신 주해주시고 이 못난 사람이 폐하를 직접 뵙고 죄를 청하게끔 다리를 놓아주시면 죽어도 여한이 없겠소!"

"다 소용없소. 폐하를 직접 뵙는 게 그리 쉬운 줄 아오?"

화신의 얼굴에 웃음기가 사라졌다.

"왕단망 사건이 터졌을 때 폐하께서는 누누이 조서(詔書)를 내리시어 충분히 경종을 울리셨는데, 그땐 다들 눈과 귀를 틀어막고 있었소? 폐하께선 이치쇄신에 유난히 민감하시오. 탐관오리들이 횡행하고 백성들의 원성이 날로 커져만 가는 실정이고, 게다가 물가는 천정부지로 치솟고 있소!"

그의 낯빛이 무섭게 굳어졌다. 말투는 서릿발같이 차가웠다. 국태와 우이간은 아연실색한 표정을 지으며 젓가락을 내려놓았다. 두 눈이 꼿꼿하게 굳어진 채로 마디마디 쇠망치 같은 화신의 말을 들었다.

"이치쇄신은 일각이 시급한 사안인 바 조정에서는 강도 높은 정돈을 할 수밖에 없소. 두 사람뿐만 아니라 성경장군(盛京將軍)인 쉬눠와 신임 광동총독(廣東總督) 손사의(孫士毅)도 도마 위에 올랐소. 노견증도 북경으로 압송하라는 명이 내려졌소. 솔직히 기효남, 이시요 등 조정의 대원들도 그 책임을 피해갈 수 없을 것이오! 이 마당에 두 사람은 어찌 폐하의 사면을 받을 요행심을 품고 있단 말이오?"

국태와 우이간의 머리는 고무풍선처럼 팽창되었다. 낯빛은 백짓장처럼 창백해졌다. 충격이 워낙 컸는지라 시야마저 뿌옇게 흐렸다. 나중엔 태감처럼 반질반질한 화신의 수염 없는 턱만 커다랗게 보일 뿐 무슨 말을 하는지 들리지도 않았다. 한참 후에야 국태는 무어라 중얼거리듯 한마디했다.

"느닷없는 주안상이 부담스러웠다고 했소? 나도 지의를 받은 몸이니 어찌할 도리가 없소. 두 분 잠시 자리에서 나와 무릎꿇어 지의를 받아야겠소."

화신이 의자의 등받이를 잡고 천천히 일어섰다. 그리고는 큰소리로 명령했다.

"류전, 두 분 대인 앞에 향안(香案)을 설치해 놓거라. 지의가 계신다!"

'지의(旨意)'라는 말에 국태와 우이간은 오관(五官)이 제자리를 벗어나고 온몸이 석고상처럼 굳어지고 말았다. 꼬집어도 비틀어도 고통을 모르는 듯 둘은 향안 앞에 죽어라 무릎을 꿇었다. 이어 의관을 정제한 화신이 건륭의 조유(詔諭)를 구선(口宣)했다.

전풍이 탄핵안을 올렸을 때만 해도 짐은 국태, 우이간의 죄질이 이 정도로 무거운 줄은 정녕 몰랐다. 류용과 화신의 수사 결과 둘은 한낱 은자를 삼키는 하마이고, 백성들에게 기생한 탐욕스런 기생충에 불과했다는 사실이 백일하에 드러나게 되었으니 그 각종의 추태는 실로 코를 움켜잡고 구역질을 할 일이 아닐 수 없다. 경내에 왕염, 공삼과 같은 비적들이 들끓고 양민들로 하여금 타락의 심연으로 추락하게 만든 장본인들을 짐은 결코 용서할 수가 없다! 국태와 우이간은 자결하여 경내의 백성들에게 사죄하고 진정으로 용서를 빌어야 마땅할 것이다! 경들의 죄명은 천하에 고시할만한 가치조차 없을 것이다. 천하의 백성들이 식육침피(食肉枕皮)의 한을 품고 있거늘 짐은 경들이 마지막 가는 길이라도 무사히 가게끔 배려하는 차원에서 죽음을 내리기로 한 것이다!

화신은 담담한 표정만큼이나 담담한 어조로 읽어내려 갔다. 국태와 우이간은 벌써 반쯤 혼수상태에 빠진 뒤였다.

"정신차리시오! 폐하께 사은(謝恩)을 표하지도 않을 거요?"
화신이 물었다.

"망극…… 하옵나이다……."

"여봐라! 두 분 대인을 부축하여 일으키거라!"

화신은 한숨을 내쉬며 덧붙였다.

"성의(聖意)가 워낙 단호하시니 이 사람도 마음뿐이지 어찌할 도리가 없소. 자, 자네들은 두 분 대인이 승천(昇天)하시는 걸 시중 들게. 필요한 물건들을 가져다 선택하시게끔 하라!"

'물건'이 올려졌다. 시커먼 쟁반에 주전자와 술잔 두 개, 그리고 길다란 흰 띠가 두 개 놓여 있었다. 방 안팎에는 20여 명이 사색이 되어 지켜보고 있었다. 벽 앞에 우두커니 서 있는 류전의 두 다리도 주체할 수 없이 떨려왔다. '물건'을 혼비백산한 두 사람 앞으로 옮겨 놓으며 친병이 떨리는 목소리로 말했다.

"승천을 서두르시죠……."

쟁반에 시선이 닿는 순간 국태와 우이간은 사시나무 떨듯 떨었다. 잿빛의 얼굴에 퀭한 두 눈, 죽음을 앞둔 자의 비애와 절망의 그림자였다. 그러던 두 사람이 갑자기 한 발 뒤로 물러서며 화신을 노려본 건 그때였다.

"왜? 지의를 무시하겠다는 뜻이오?"

화신이 둘의 눈빛을 피하며 냉랭하고 소름끼치는 짐승 같은 웃음을 지으며 내뱉었다.

"봉강대리씩이나 해먹었다는 사람이 뇌정우로(雷霆雨露)가 모두 군은(君恩)이라는 사실도 모른단 말인가? 군주가 죽으라고 할 때 죽지 않는 것도 신하된 불충이라는 것, 그것도 모른단 말인가?"

국태가 마침내 죽는 마당에 두려울 게 뭐가 있느냐는 표정을 지었다. 순식간에 몰라보게 담대하고 거칠어진 국태가 똑같이 냉소를 터트리며 소리쳤다.

"난 폐하께 차라리 능지처참형에 처해달라고 주청 올릴 것이오. 이렇게 죽는 건 불명불백(不明不白)하여 싫소!"

우이간도 악을 썼다.

"류 대인을 만나게 해주시오! 죽으라면 못 죽을 것도 없지만 당치도 않은 죄명까지 뒤집어쓰고 갈 수는 없소!"

"당치도 않은 죄명이라니?"

화신이 코웃음을 치며 덧붙였다.

"폐하께선 분노가 극에 다다라 계시오. 누가 감히 대신 아뢰어 줄 수가 있겠소? 그리고 류용은 현재 제남에 없소!"

"그럼 전풍이라도 만나게 해주오! 제양에 갔다며? 쾌마(快馬)로 두 시간이면 도착할 수 있는 거리요!"

우이간이 외쳤다.

"중요한 업무가 있어서 간 사람이오! 그리고, 그가 돌아온들 달라질 게 뭐가 있다고 이러는가!"

"난 폐하께 아뢸 게 있소!"

국태가 고함을 질렀다.

"누군가 폐하의 조서(詔書)를 위조하여 살인멸구(殺人滅口)를 시도한다고 말이야!"

"누구?"

"바로 너, 화신!"

국태가 발악하듯 소리쳤다.

"천벌을 받아 마땅한 놈 같으니라고! 버젓이 산동의 고은(庫銀)에서 70만 냥이나 뇌물로 받아 챙기고는 이제 와서 살인멸구를 시도한단 말이냐? 네놈이 그러고도 사람이냐? 심부름 보낸 자도 네놈이 죽였지?"

"미친놈! 이제 보니 구제불능의 미친개로군!"

화신이 갈기를 세웠다. 무섭게 탁자를 내리치며 그가 윽박질렀다.

"화신은 당당하게 하늘을 이고 사는 사내 대장부야. 청렴하고 공정한 호관(好官)이고! 정 혼자서 자살을 하지 못하겠다면 내가 도와주지. 여봐라!"

친병들이 우르르 달려왔다. 화신이 큰소리로 명했다.

"주전자째로 쏟아 부어!"

대여섯 명의 아역들이 다짜고짜 달려들었다. 국태의 눈 밖에 나서 곤장을 맞고 쫓겨났던 자들 중에서 특별히 원한이 깊은 몇몇을 골라왔는지라 아역들은 사정없이 두 사람을 포박하고 코를 비틀어 잡았다. 그런 다음 버둥대는 입을 억지로 벌리고는 독주를 마구마구 쏟아 부었다. 꿀꺽! 꿀꺽! 둘은 꼼짝없이 독주를 마시고 말았다.

"은자 스무 냥씩 추가로 상을 내린다."

괴롭게 몸을 뒤틀다가 힘없이 죽어 가는 두 사람의 풀린 동공을 확인하고서야 화신은 비로소 안도의 미소를 지었다. 극도의 긴장이 풀리는 듯 그도 머리가 어지러웠다. 몸도 나른한 것이 손가락 하나 까딱할 힘조차 없었으나 마음만은 날아갈 것만 같이 홀가분했다. 두 '원수'의 시체를 다시 한번 확인하며 그는 분부했다.

"류전, 자네는 내일 두 집에 부고(訃告)를 전하고 시체를 거둬 가라고 하게. 부의금조로 각각 은자 2백 40냥씩 내어주게……."

그는 뒷짐을 지고 한숨을 내쉬며 화청을 나섰다. 뒤따라 나온 류전은 등골을 후줄근하게 적신 땀이 식으면서 한기를 느끼고는 으스스 몸을 떨었다. 몇 번이고 화신을 훔쳐보니 그는 마치 아무런 일도 없었던 듯 담담하기만 했다. 자신이 그 동안 이토록 음험하고 악독한 자를 모셔왔다는 사실에 그는 그저 섬뜩하기만 했다. 그의 속내를 꿰뚫어 보기라도 한 듯 화신이 땅이 꺼지게 한숨을 내쉬며 입을 열었다.

"죄질이 너무 무거웠어. 나로서도 어찌할 수가 없었네……."

그날 화신은 날아갈 듯한 홀가분함과 더불어 무어라 형언할 수 없는 불안을 동시에 느꼈다. 침대에 드러누워 그 동안 못 잤던 잠을 청하려 했다. 그러나 눈은 갈수록 초롱초롱하여 도무지 잠이 오지 않았다.

류전을 부르려고 했으나 마땅히 할 말도 없었다. 할 수 없이 몇 가지 요리를 시켜놓고 혼자서 술을 두어 잔 홀짝이며 마시고 있으니 남아 있던 불안감도 가신 듯 사라지는 것 같았다. 주량이 적은 데다 빈속에 마시고 보니 한잔 술에도 벌써 술상이 빙글빙글 돌아가고 있었다. 씁쓸한 웃음을 지으며 그는 길게 탄식을 내뱉으며 혼잣말처럼 중얼거렸다.

"돈이라는 게 뭔지…… 좋긴 좋다……."

"돈이 좋긴 뭐가 좋다는 거요?"

혼미한 가운데 등뒤에서 누군가의 말소리가 들려왔다. 취기가 몽롱한 게슴츠레한 눈빛으로 돌아보니 전풍이 어느새 들어와 있었다. 그는 웃으며 맞은 편의 의자를 권했다.

"잘 왔소, 이리 와서 앉으시오! 날 때부터 지게 지고 나온 사람 없고 갈 때 가지고 갈 수도 없는데, 개도 안 먹는 돈을 어째서 사람마다 좋아할 수밖에 없는지 궁금해서 그러오! 가진 자는 그 맛을 알아 더 갖고 싶어하고, 없는 자는 한이 맺혀 불나방 신세를 자초해 가면서까지 긁어모으고……. 동주 어른, 돈이란 대체 무엇이기에 세상 모든 분쟁과 반목과 갈등의 불씨가 되는지 모르겠소!"

전풍이 술잔을 들었다. 그러나 코끝에 대보며 찡그릴 뿐 마시지는 않았다. 그가 말했다.

"천고(千古)에 일문(一問)인데, 그건 국태와 우이간에게 물었어야 했소. 난 돈이란 필요한 만큼만 있으면 된다고 보오. 그 이상 넘치는 부분은 그것이 몇백 냥이 됐든 몇천 냥이 됐든 간에 무용지물이라고 생각하오!"

"맞는 말이오!"

화신이 덧붙였다.

"황금침대에서 잔다고 황금 꿈을 꾸는 것도 아니고, 장(醬)에 인삼 찍어먹는다고 해도 과하게 먹으면 목숨을 잃는 수가 있거늘, 사람들은 어찌 돈만 보면 오금을 못 쓰는 건지!"

화신의 말이 떨어지기 바쁘게 갑자기 바깥 숲속에서 섬뜩한 괴성이 들려왔다. 이어 한무리의 귀신들이 마수를 뻗치며 화신을 향해 덮쳐 오고 있었다. 그 속엔 국태와 우이간도 들어있었다.

"잘못했어…… 잘못했어…… 살려줘…… 내 말 좀 들어봐……."

화신은 비명을 지르며 살려달라고 손이 발이 되게 빌었다.

"어르신, 화 대인……."

류전이 옆방에서 달려나와 두 다리를 번쩍 들었다 놓기도 하고 괴롭게 몸을 뒤틀며 허공을 향해 헛손질을 해대는 화신을 흔들어 깨웠다. 실눈을 떠보니 촛불 밝은 방안은 아늑하고 조용했다. 전풍도, 귀신도 없고 국태와 우이간도 없었다. 그러나 화신의 입에서는 한동안 신음소리가 이어졌다.

"연주부에서 급한 문서를 보내왔습니다. 방금 전 대인이 다녀갔습니다."

류전이 말을 이었다.

"염려하지 마십시오. 희소식이라고 합니다. 좀더 누워 계시다 일어나세요."

4. 광랑(狂浪)

화신은 벌떡 자리를 박차고 일어났다. 대충 신발을 꿰신고 내처 공문결재처로 가보니 과연 책상 위에 통봉서간(通封書簡) 한 통이 놓여 있었다. 화칠(火漆)로 밀봉하고도 모자라 압선(壓線)까지 한 편지였다.

겉봉에는 단정한 필체로 '화 대인위신친계(和大人諱珅親啓)'라고 적혀 있었고, 아래쪽 모퉁이엔 '가안돈수(柯安頓首)'라고 밝히고 있었다. 연주부(兗州府)가 아닌 연주부 소속의 제진아문(提鎭衙門)에서 발송한 서찰이었다.

가안(柯安)은 그가 친히 '키워서' 내보낸 부하였다. 사람 좋고 유능한 줄은 알았어도 이같이 달필인 줄은 미처 몰랐다. 가위로 편지의 입구를 자르고 속지를 꺼내보니 복강안의 평읍대첩(平邑大捷) 소식이 한눈에 들어왔다.

2천 명 남짓한 적을 섬멸하여 평읍성 북쪽 옥황묘 일대에는 쌓인 시체가 산을 이루고, 구거(溝渠)마다 혈하(血河)가 얼어붙고, 비적 두목인 공삼과 왕염은 끝내 항복하지 않아 처단했다고 합니다……

계속하여 읽어보니 가안은 이렇게 적고 있었다.

진군하여 책응(策應)하라는 명을 받고 악호촌(惡虎村)에 이르니 벌써 승전보가 들려왔습니다. 아쉬운 마음에 평읍으로 달려가니 참전 기회는 더 이상 없었습니다. 보국입공(報國立功)하여 중당의 위상을 드높여 주지 못한 점 심히 유감스럽게 생각합니다!

그러고 보면 며칠동안 심심찮게 들려오던 '대첩' 소식은 소문이 아닌 사실이었다! 화신의 얼굴엔 일순 실망의 빛이 역력했다. 저 자들은 나 화신을 우습게 보는 거야! 내가 바로 코앞 제남에서 군무를 책임지고 있는데, 첩보가 늦은 건 고사하고 저들은 손목이 부러져 못 보내고 가안이 개인적으로 서찰을 보내올 때까지 내가 기다려야 했단 말인가!

국태를 주살하라는 성유(聖諭)가 때마침 도착하여 만고의 우환을 제거한 홀가분함을 만끽하기도 전에 그는 무어라 형언할 수 없는 질투심에 사로잡히고 말았다. 그는 관군이 수세에 몰려 '빼지도 박지도' 못하는 지경에 이르고, 결국엔 자신이 참전하여 국면을 반전시키고 대승을 거두는 꿈을 수도 없이 꾸어왔던 것이다. 워낙 콧대높은 복강안이 이젠 더 안하무인일 터이니 눈꼴이 시어 어쩐 다?

서찰을 들고 한참 멍하니 앉아 있다가 다시 보니 옹염이 군대를 위로하기 위해 입성하였다가 전쟁의 참혹함을 목격하고는 참담한 눈물을 흘렸다는 구절도 있었다. 그밖에, 부근의 각 산채(山寨)들에서도 저마다 산채를 버리고 투항을 간청해오는 추세이고, '왕명(王命)은 황천패(黃天覇)더러 재목이 될만한 인물을 추려내어 수하에 들이라 했고, 복 도련님은 곧 몽음(蒙陰)을 통해 제남(濟南)으로 돌아올 것이며, 병사들은 개선가를 울리며 경사(京師)로 귀환할 것입니다' 라고 적혀 있었다.

화신은 더 이상은 읽고 싶지 않았다. 서찰을 내려놓고 잠시 생각에 잠겨 있던 그는 심드렁하여 세수를 하고 아침도 먹는 둥 마는 둥 하고 나가 앉았다.

마침 류전이 전풍을 안내하여 들어서고 있었다. 그를 보자마자 화신이 말했다.

"잘 왔소, 안 그래도 청하려던 참이오. 연주부에서 누군가 보낸 서찰을 받았는데, 관군이 완승을 거두었다고 하오, 2천 명이나 섬멸했다는군! 우리도 복 도련님을 영접할 준비에 서둘러야겠소. 위로금도 내어주는 등 사후 처리에도 박차를 가해야겠고!"

여전히 웃음 띤 얼굴로 그는 가안의 편지를 가리키며 말을 이었다.

"희소식이니 동주 자네도 읽어보오!"

"오, 사함(私函)이었소?"

전풍이 의외라는 반응을 보이며 편지를 집어들었다. 간밤을 뜬 눈으로 새운 듯 그의 얼굴엔 피곤한 기색이 역력했다. 눈동자는 움푹 꺼져 있었고, 눈 밑은 검푸르렀다.

그러나 편지를 읽으며 그는 차츰 미간이 펴지고 입가에 웃음이 번졌다. 한 손으로 책상 모퉁이를 잡고 그는 감격에 젖은 목소리로 말했다.

"복강안 도련님은 실로 명장의 후예답소. 화끈하게 갈아 엎어버리는 걸 좀 보오. 하늘에 계신 푸헝 공의 영혼이 이를 알면 얼마나 흐뭇해하시겠소! 사실 난 어젯밤에도 걱정을 했었소. 불승불패(不勝不敗)의 지구전에 돌입하는 날엔 그보다 더한 시름거리가 어디 있겠소! 군향(軍餉)은 군향대로 들고 말이오!"

"그러게 말이오. 나도 쭉 그 걱정을 해왔소."

화신이 잠깐의 침묵 끝에 한숨을 섞어 말을 이었다.

"그밖에도 난 역적들이 바다 건너로 도주할까봐 염려했었소! 폐하께선 실로 성려(聖慮)가 고원(高遠)하신 분이오. 단호하게 국태를 주살하라고 명하신 것도 내가 보기엔 민심을 가라앉히기 위한 요소가 내포되어 있는 것 같소……."

전풍은 편지를 내려놓고 시선을 화신에게로 돌렸다. 그는 마치 그 말의 진의를 추측하고 있는 것 같았다. 화신은 태연자약했다. 그의 질문을 받을 태세였으니 전풍이 먼저 입을 열었다.

"지의가 그렇게 빨리 내려질 줄은 몰랐소. 어젯밤에도 생각해보니 화신 공의 처사는 물론 그릇됨이 없는 것 같았소. 그러나 류용 공이 돌아온 연후에 처치했더라면 더 좋았지 않았을까 하는 생각도 해봤소. 민심을 가라앉히기 위한 것이라면 만민이 보는 앞에서 공개적으로 처형하는 것이 더 낫지 않았겠소?"

화신은 조용히 웃기만 할뿐 그 말에 즉시 대답하지는 않았다. 솜뭉치 속에 바늘을 숨기고, 웃음 속에 칼을 품은 경우를 그는 많이 보아왔다. 아직 깊은 사이는 아니었으나 그는 전풍이 결코 예사내기가 아니라는 걸 알고 있었다. 잠시 침묵한 끝에 화신이 말했다.

"공개처형을 하면 평소에 이를 갈던 사람들이 박수를 치고, 이 치쇄신에 대한 조정의 확고한 의지를 십분 반영하는 수는 있었을 것이오. 하지만 폐하께오선 '조정의 체면'을 고려하지 않을 수가 없었을 것이오."

"사람은 이미 죽었는데 더 이상 논해 보았자 무슨 의미가 있겠소."

전풍이 말머리를 돌렸다.

"복 도련님이 개선하면 적잖은 은자가 필요할 거요! 십오마마께선 감금해 두었던 비적 가족들을 멀리 유배보내기로 했던 당초의 생각을 달리하여 현지에서 '도호(盜戶)'로 간주하여 처벌하기로 했다고 하오. 민심을 안정시키기 위한 고육지책이기도 하겠지만 경비가 부담스러웠던 것 같소. 뢰봉안의 녹영을 다른 부대에 편입시킨 것도 돈을 아끼기 위함이 아닌가 싶소!"

화신은 전풍이 하는 말이 무슨 뜻인지를 모르고 있었다. 한참 멍한 표정으로 있던 그는 그제야 자신이 편지를 끝까지 읽지 않았으니 엉뚱한 소리로 들릴 수밖에 없다는 걸 눈치챘다. 그러나 내색은 하지 않고 웃으며 말했다.

"고은(庫銀)에 손을 댈 필요는 없을 것 같소. 국태와 우이간의 가산을 압수한 은자만 해도 충분할 테니 말이오. 류전, 이리 와봐! 대충 얼마나 들지 우리 계산 좀 해보자고. 전 대인께선 옆에서 참작해주시오……"

화신은 손가락을 꼽아가며 당장 예산이 필요한 여덟 개 항목을 꼽았다. 경공(慶功), 노군(勞軍), 선후(善後), 진재(賑災), 휼황(恤荒), 황하(黃河)의 조운(漕運), 수리(水利), 춘경(春耕) 준비 등에 각각 은자가 얼마씩 필요할 것이며, 어느 황무지를 개간하여 뽕나무를 재배하고 어디에 전답을 일궈 예산을 뽑아낼 수 있다는 계산이 치밀하고도 철저했다…….

은자를 만드는 경제지도(經濟之道)엔 문외한인 전풍은 자신이 생각했던 부분도 있지만 미처 생각이 미치지 못한 구석도 있어 내심 화신의 이재술(理財術)에 탄복하여 연신 머리를 끄덕였다. 팔방미인(八方美人)이고, 교언영색(巧言令色)의 달인이라는 혹평도 있지만 건륭이 총애를 하는 데는 남다른 영악함이 뛰어난 이재술에 녹아 있기 때문이라고 그는 생각했다…….

전풍이 이런저런 생각에 잠겨 있을 때 화신이 웃으며 입을 열었다.

"대강 이렇고 그 중 학전(涸田)과 염지(鹽地)를 다스리는 데는 나머지 17만 냥을 전부 쏟아 부어야겠소. 십오마마께서 특별히 유의하시고 관심을 갖는 분야라오. 국태 그 자가 얼마나 무능(無能)하고 무지(無知)하기에 풍요의 대명사인 산동성을 글쎄 이토록 빈궁하게 만들어 버렸단 말이오! 신임 총독이 아직 부임하기 전이니 우리가 군무, 정무, 재무 등 제반 분야에 관심을 기울여야 할 것이오. 수지타산을 잘 맞춰 양체재의(量體裁衣, 몸에 맞춰 옷을 재단하다)해야 하오. 나중에라도 폐하께오서 너희들이 산동에 죽치고 있으면서 대체 해놓은 일이 뭐냐고 질타해오는 일이 없도록 해야 하지 않겠소? 물론 이는 나 혼자만의 생각이오. 모든 건 석암(류용) 대인의 뜻에 따를 거요……."

전풍은 감탄을 했다.

"정말 많은 걸 배웠소! 실로 감복해마지 않소. 소문대로 운남(雲南)이나 광동(廣東)으로 발령이 난다면 정무를 보는 데 크게 도움이 될 것 같소! 난 달리 이의가 없소. 아마 류 대인께서도 마찬가지일 거라 생각하오."

두 사람의 의논이 이어지고 있던 중 시위 형건업이 화칠을 한 문서 한 통을 받쳐들고 들어왔다. 복강안으로부터 정식 보첩문서(報捷文書)가 당도했다는 걸 직감으로 안 두 사람은 약속이나 한 듯 자리에서 일어났다. 화신이 겉봉을 뜯어 문서를 꺼내 읽어보았다. 그리고는 말했다.

"류 대인은 모레 돌아오고, 복 도련님은 일주일 후에 중군을 인솔하여 제남으로 왔다가 사흘 동안 머무른 후에 귀경할 거라고 하오. 우린 준비를 서둘러야겠소!"

전풍이 물어왔다.

"십오마마 얘기는 없소?"

"십오마마께오선 거기서 귀경길에 오르신다고 하시오. 춘위(春闈) 전에 출발하실 것 같소."

화신이 알 듯 말 듯한 미소를 지으며 덧붙였다.

"십오마마께오선 이미 갈효화를 산동안찰사(山東按察使)로 임명하고 순무아문을 서리(署理)하게 해 주십사 하고 주청 올린 상태라고 하오."

천하를 시끌벅적하게 하던 큰 사건과 석파대경(石破天驚)의 소탕전이 동시에 마무리되었다. 화신은 여러 흠차들 중에서도 맨 끝에 제남을 떴다.

상술한 여덟 가지 정무 외에도 그는 덕주(德州)에서의 방법을 본따서 박돌천(趵突泉), 흑호천(黑虎泉) 일대와 소청하(小淸河) 언덕께의 부지를 시중가보다 조금 싼 관가(官價)로 조장(棗莊) 일대의 채광 개발업주들과 강남의 갑부들에게 팔았다. 그리고는 남경(南京) 진회하(秦淮河)의 격식을 본따서 대대적인 토목공사를 추진했다. 그의 말을 빌리자면 "꽃을 심어 벌을 유인해야 꿀을 먹을 수 있지 않겠느냐"는 것이었다. 한마디로 돈이 되는 것이라면 그는 진루(秦樓)니 초관(楚館)이니 극장 등 오행팔작(五行八作) 가리지 않고 대대적인 토목공사를 벌였다.

'제남왕(濟南王)'이 대도(大刀)를 휘두르는 데 누가 감히 팔꿈치를 잡는 이는 없었다. 신임 안찰사인 갈효화는 시키는 대로 고분고분 말 잘 듣는 심부름꾼에 불과했다. 곁에서 가끔씩 수군거리는 소리가 들려도 그는 깨끗이 무시해버렸다. 갈효화가 잘 따라주고 제반 공사가 정상궤도에 진입하는 걸 보고 화신은 비로소 귀경할 것을 주청 올렸다.

때는 냇가에서 오리들이 물놀이를 하느라 신이 나고, 벽수(碧水), 도홍(桃紅)에 유록(柳綠)이 완연한 봄기운을 자랑하는 삼월이었다. 화신은 귀경길에서 아우 화림의 서찰을 받았다. 편지는 '조정의 인사에 대폭적인 물갈이가 있을 거라는 소문이 나돌고 있으나 진위는 아직 미상'이라는 말을 필두로 '형수님의 건강이 근자에 더욱 흠안(欠安)하여 창졸간에 헛것을 보는 경우도 있어 심히 염려스럽다'는 말로 매듭을 지었다.

그로 인해 양춘가절(陽春佳節)의 경치를 감상하며 일로(一路)에 춘풍을 타고 귀경하려던 심사는 다 글러버리고 말았다. 조급한 마음에 쾌마가편(快馬加鞭)하여 봄을 즐기는 홍녀녹남(紅女綠男)에 눈길을 둘 여유도 없이 달리다보니 어느새 벌써 북경 근교의 노하역(潞河驛)에 당도했다. 3월 13일이었다.

지의를 받은 예부의 사관이 벌써 영접을 나와 있었다. 화림도 가인들을 데리고 반겨 맞아 주었다. 관례대로 그는 군주를 알현하기 전에는 먼저 귀가할 수 없었는지라 인사치레로 간단하게 술한잔을 나누고는 "폐하께 뵙기를 대신 청해달라"는 부탁과 함께 예부의 관원들을 돌려보내버렸다. 그리고는 아우인 화림을 따로 불러들였다.

이제 막 신시(申時)를 넘긴 시각인지라 아직 따사로운 햇살이 서쪽에서 비춰오고 있었다. 우중충한 겨울옷을 벗어 던지기 시작하는 나뭇가지들이 동쪽 별채의 창문에 긴 그림자를 드리웠다. 방안은 밖의 완연한 봄기운과 더불어 대단히 아늑하고 오붓했다. 공작보복(孔雀補服)을 입고 머리에 정자(頂子)가 눈부신 화림이 가례(家禮)에 이어 정참례(庭參禮)까지 올리려고 하자 화신이 말렸다.

"됐다, 그만하거라. 저네들에게 인사를 받느라 지겨워서 혼났는데, 너마저 이런 허례허식을 다 갖춰야겠냐? 그 개가죽부터 벗어서 내치거라. 편하게 앉아 얘기를 나누자꾸나."

적당히 욕설을 섞어 농담을 하며 그는 먼저 관포(官袍)를 벗었다. 그리고는 웃으며 말했다.

"개가죽을 벗어보는 게 얼마만이냐! 무거워서 죽을 뻔했어. 좌우지간 내일은 어가를 알현하고 오매불망 그리던 집으로 가게 됐으니 기분만은 좋구나. 헌데 취병(翠屛)이랑 여러 하녀들이 보이던데, 그들은 무엇 하러 데리고 왔냐, 민망스럽게! 우리 아들은, 잘 있더냐?"

"자식! 이제는 제법 컸다고 샐쭉샐쭉 웃고 그래요. 어제는 고기를 다져 넣고 만든 죽을 몇 순가락이나 떠먹었다고 유모가 입이 함지박만해져 있던데요. 형님을 닮아 다리 힘이 좋아서 머지 않아 걸음마를 뗄 것 같습니다!"

화림이 밝은 표정으로 덧붙였다.

"그리고 쟤들은 형수님이 보냈습니다. 밖에서 시중드는 이도 제대로 없이 옷이나 제대로 빨아 입었겠느냐며 형수님께서 걱정이 태산같습니다! 이불이니 갈아입을 옷가지들을 챙겨왔습니다. 내일 어가를 알현할 때 기왕이면 깨끗한 모습을 보이는 것이 좋지 않겠습니까!"

화신은 안락의자에 반쯤 기대어 있었다. 미소를 지으며 그는 아우를 아래위로 훑어보았다. 체구도 비슷하고 얼굴형이며 생김새도 닮은꼴인 화림은 수염을 기르고 있어서 오히려 자신보다 나이가 더 들어 보였다. 말하는 어투며 오가는 눈빛이 한동안 못 보는 사이에 전보다 훨씬 노련해 보이는 아우였다. 화림의 말에 끼어들지 않고 한참 들어주던 화신이 말했다.

"네 말을 들어보니 너의 형수가 크게 위태로운 건 아닌 것 같으니 일단 안심이 되는구나. 해녕(海寧)이 서찰을 보내왔는데 웅담을 좀 구해 놓았다는구나. 원인 모를 열(熱)을 잡는 데는 그만이라는데, 며칠 내에 전해 받을 수 있을 거야. 좋다니까 먹어나 보지 뭐……. 이 형이 오기를 애타게 기다린 이유가 형수 때문만은 아니겠지?"

"조정에 인사변동이 있을 것 같습니다."

화림이 웃음기를 거두며 말했다.

"내정(內廷)의 조씨가 그러는데, 광동 쪽에선 이시요를 고소하는 밀주문이 빗발치고 있어 구문제독(九門提督) 자리가 며칠 못 갈 것 같다고 합니다. 그리고, 〈사고전서(四庫全書)〉 편수작업은 왕이열(王爾烈)이 부총재에 위촉되었고, 노견증(盧見曾)과 노종주(盧從周) 형제가 어제 북경으로 연행됐다는군요. 군기처 장경

왕씨가 그러는데, 이번엔 기윤 중당도 무사하지 못할 거라고 합니다. 둘째마님이 이십사황숙 댁에 갔다가 들은 소린데, 누군가 노견증에게 재산을 압수수색할 거라는 기밀을 흘린 바람에 노아무개가 수많은 금은보화를 전부 어딘가에 감춰버렸다고 합니다. 노견증의 사건보다도 기밀을 누설한 자를 색출하는 데 더 주력하고 있어 단지 기윤이 그 문생(門生)이라는 이유만으로 푸헝네에도 비상이 걸렸다고 합니다. 오늘 입궐했다가 자녕궁(慈寧宮)에서 나오는 공작부인(公爵夫人, 당아)를 누가 만났는데, 안색이 많이 안 좋았다고 합니다. 복 도련님이 평읍에서 투항을 청해오는 포로들을 죽였고, 비적두목 왕염도 죽은 게 아니라 대만으로 도주해버렸다는 소문도 나돌고 있습니다…… 아무튼 조정은 겉으로 보기엔 잔잔하게 보이지만 밑에선 광랑(狂浪)이 회오리치는 강물에 비유해도 과언이 아닐 것입니다."

"잔잔하게 보이지만 광랑이 회오리친다……?"

화신이 이 말을 곱씹으며 말했다.

"그럼 육부(六部)는 상대적으로 조용하다는 얘긴가?"

"예! 육부엔 제가 자주 드나드는 편인데요, 사관(司官)이나 당관(堂官)들은 아무 것도 모르고 있습니다. 사람들의 말속에도 달리 '음미'할만한 내용이 없었고요. 상서(尙書)들의 움직임은 어떤지 잘 모르겠습니다."

화신이 앉은 채 허리를 쭉 폈다. 기윤이 무사하지 못하리라는 건 벌써 알고 있던 바였다. 이시요에게도 '약'을 먹였으니 발작할 시간이 된 것 같았다. 그러나 이 둘은 다른 누구와도 달라 건륭의 성총이 우악깊길 비견할 자가 없는 데다 푸헝과도 연이 깊었으니 '약발'이 얼마나 잘 받을지는 좀더 지켜봐야 했다…… 어찌됐건 워낙 흙탕물이 짙고 깊어 아직은 장담하기가 일렀다. 이같이 생각하며 그는 말했다.

"명심해, 이 세상에서 가장 점치기 힘든 것이 환해(宦海)의 부침이라는 걸! 그러니 요언(妖言)을 전하지 말고, 남의 등을 떠밀어 물웅덩이에 처넣지 말고, 타인의 불행에 박수를 치며 좋아하지 말거라. 이럴 때일수록 침착하게 지켜봐야 하느니라, 알겠냐? 그리고, 우민중에 대해선 들은 비기 없이?"

이에 화림이 대답했다.

"글쎄요, 워낙 고집불통이고 혼자 노니 말입니다. 아계가 군기처에서 우이간에 대해 조심스레 언급하자 그는 '골백번 죽어도 싸다'라고 한마디 퉁명스레 내뱉었을 뿐 다른 말은 일절 없었다고 합니다. 워낙 우물이 깊어 잘 모르겠지만 속으로 동생을 증오하는 건 두말하면 잔소리 아니겠습니까?"

이에 화신은 그에 대해 가타부타 아무런 말이 없었다. 잠시 침묵한 끝에 그가 말했다.

"먼저 가봐! 형수님과 이모님에게 거창하게 판을 벌이지 말라고 하거라. 집안 식구끼리 조촐하게 한 끼 먹으면 됐지. 외부 사람들이 오면 모레 다시 오라고 해서 보내거라."

"벌써 엄청나게 다녀갔어요. 내일 또 올 겁니다."

화림이 자리에서 일어나려고 하자 화신이 당부했다.

"내가 몸이 좋지 않아서 일절 손님을 맞을 수가 없다고 하거라."

"그러면 한다고 하는 명의들을 다 불러올 위인들입니다."

"그럼 공무가 다망하여 틈을 낼 여유가 없다고 하든가!"

"개중에는 정말 부탁을 거절하기가 힘든 지인(知人)들도 있습니다……"

"글쎄, 형의 말을 들으면 낭패란 없어!"

화림이 가인들을 데리고 떠나갔다. 안방 와실(臥室)이 있는 쪽에서 물소리가 났다. 일어선 김에 다가가 보니 취병이가 창가에 앉아 거품이 잔뜩 인 대야에 손을 담근 채 빨래를 하고 있었다. 그녀는 화신을 발견하고는 급히 일어섰다.

"벌써 끝나셨어요? 제가 빨래감을 들춰냈어요. 그쪽 빨래방에서 빨았다는 옷가지들도 땀 냄새가 그대로 있어서 다시 빨고 있는 걸요!"

화신이 웃으며 온돌 모서리에 슬쩍 걸터앉았다. 그리고는 한마디했다.

"류전의 솜씨가 그렇지 뭘."

능글맞게 웃는 그의 눈빛은 취병의 반반한 몸에서 비켜갈 줄 몰랐다.

취병이는 정실부인 풍씨(馮氏)의 안방에서 바느질일을 시중들던 하녀였다. 화신이 워낙 '일보등천(一步登天)'하다 보니 '상부(相府)'의 법도를 미처 세우지 못했는지라 하녀는 그리 조심스러워 하는 법이 없었다. 평소에 집안에서는 능글맞고 평이하여 상하 구분 따로 없이 농도 잘하고 편하게 대해주었는지라 모두가 허물없이 잘 따르는 편이었다.

하녀들이 여럿 있어도 이제껏 한 번도 여자로 본 적은 없었다. 그러나 몇 개월만에 돌아와 다시 본 취병은 그 동안 많이 성숙해진 것 같았다. 바지가 젖을세라 무릎 밑까지 걷어올린 종아리가 매끈했고, 크지도 작지도 않은 맨발이 앙증맞아 깨물어 주고 싶었다. 그새 다리도 미끈하게 길어진 것 같았고, 적삼자락이 건뜻 들린 걸로 보아 가슴도 더 이상 '쥐젖'이 아니었다. 갸름하니 수려한 얼굴엔 볼우물이 상큼했다. 밖에서 풍진(風塵)에 나뒹굴며 일상적인 기거 모두 남자들 틈에서 생활해오다시피 한 화신은 풋풋한 아기오리 같기도 하고, 분홍으로 익어 가는 복숭아 같은 취병을 보며 가슴이 뜨거워졌다.

그러나 하녀는 주인이 자신을 놓고 음흉한 생각을 하고 있는 줄은 미처 모르고 있었다. 자신의 몸을 아래위로 훑어보기를 거듭하자 취병이가 눈을 동그랗게 뜨고 물었다.

"어르신, 어찌 그리 뚫어지게 보시옵니까?"

"어? 오…… 아니야."

화신은 속마음을 들킬세라 부산하게 눈길을 창 밖으로 던졌다. 해는 이미 처마 밑에 와 있었다. 뜰에는 낭하에 멍하니 서 있는 몇몇 친병들 외에 오가는 사람들은 없었다. 가볍게 미소를 지으며 그는 지시를 했다.

"옷 좀 갈아입어야겠구나, 들어와 잠깐 시중 좀 들어다오. 쪽창을 내리거라. 바람이 아직은 차다."

그러자 취병이가 대답했다.

"그 부탁을 하시려고 사람을 그리 무안하게 쳐다보셨어요? 전 또 뭐가 잘못 됐는 줄 알고 괜히 가슴이 콩닥거렸잖아요!"

취병이는 까르르 웃어대며 쪽창을 닫고 재빠르게 온돌에 올라 무릎을 꿇은 채로 보퉁이를 풀었다. 화신은 바로 코앞에서 보퉁이 매듭을 푸는 취병이의 하얀 옥수(玉手)를 뚫어지게 바라보고 있었다. 처녀의 몸에서만 느낄 수 있는 은은한 향이 취할 것처럼 코끝을 간지럽혔다. 온몸에 열이 나고 숨이 가빠오며 점점 참기가 힘들어졌다. 겉옷 하나를 건네주었으나 화신은 받을 생각은 않고 취병이의 손을 와락 움켜잡았다. 그리고는 소리를 한껏 낮춰 말했다.

"취병아…… 뭘 보느냐고 물었지? 여길 봤어……."

어쩔 줄 몰라하는 하녀의 솜털이 보송보송한 얼굴을 살짝 꼬집어보고 발가락을 집게로 집듯 집어보며 그는 덧붙였다.

"헌데 여긴 도대체 뭐가 들었기에 이리 불룩하냐? 이디 보자……."

화신의 손은 급기야 하녀 취병이의 젖가슴을 마구 주무르기 시작했다.

얼굴이 홍당무가 되어버린 취병이는 우악스레 움켜잡힌 가슴을 내려다볼 엄두도 못 낸 채 몸을 뒤틀었다. 그러나 그럴수록 젖가슴은 더 아팠고, 화신의 두 눈에선 금방 불기둥이 치솟을 것 같았다. 비명을 지르며 도움을 청할 수도 없고 마구 쥐어뜯으며 반항할 수도 없었다. 젖가슴을 '반죽'하고 입술을 사정없이 '뜯기'며 하녀는 가쁜 숨을 몰아 쉬며 부끄럼을 탔다.

"어르신…… 아직…… 어둡지도 않은데…… 누가 보면 어쩌려고…… 이러시옵니까……."

그러자 더욱 힘을 주어 끌어안으며 그는 웃으며 하녀의 귀에 바람을 불어넣었다.

"괜찮아! 감히 내 허락 없이 들어올 놈은 없어. 저것들은 다 내 발 밑에 있다는 거 아니냐. 내 말 한마디에 인생이 달라지는 놈들이 얼마나 많은데, 별 걱정을 다한다. 전에는 마님 곁에 있는 채영이가 괜찮아 보였는데, 오늘 보니 네가 훨씬 낫구나! 자…… 너도 심심할 텐데 이 막대기라도 잡고 놀거라……."

화신의 언동은 더욱 노골적으로 변해갔고 손은 벌써 아래로 '돌진'하고 있었다.

"오늘부터 넌 내꺼야! 머리 올려줄 테니 아녀자는 뭐니뭐니해도 잠자리 시중만 잘 들면 되느니라. 동직문(東直門) 밖에 마당 세 개짜리 사합원 한 채가 있거든. 그걸 내어줄게, 거기 가 있어. 이십사복진 알지? 세상에 둘도 없는 멋쟁이잖아? 그보다 훨씬 멋있게 만들어 줄 테니…… 잘 만져……."

사실 감히 범접 못할 주인이라 전혀 생각을 해본 적이 없었을 뿐 취병이도 화신이 싫지는 않았다. 언제 봐도 자상하고 우스갯소리도 잘하여 재미있고 손이 커 씀씀이가 사내다운 젊은 남자를 싫어할 여자는 없을 것이다. 다른 하녀들도 은근히 화신이 '짓궂게' 해주길 바라는 눈치였다. 그 중에서 연이와 앵무는 '쟁총(爭寵)'의 조짐까지 일어 아슬아슬한 고비를 넘길 때가 한두 번이 아니었다.

집안의 모든 여자들이 가슴을 벌렁거리며 춘심(春心)을 불태우는 상대가 예기치 않게 자신을 '범하려' 드니 소녀의 쑥스러움과 민망함에 약간 부자연스러울 뿐 취병이는 자신도 놀라울 정도로 고분고분하고 나긋나긋하게 화신에게 감겨들었다. 그사이 화신의 바지춤은 점점 내려가 사타구니에 매달린 시커먼 '막대기'가 소녀의 은밀한 곳을 찾아 헤매고 있었다…….

흥분과 두려움과 기대에 찬 소녀의 입에서 저도 모르게 가벼운 신음이 흘러나왔다. 바로 그때였다. 밖에서 느닷없이 발소리가 들려왔다. 류전(劉全)이었다.

"어르신, 기윤 대인께서 걸음 하셨습니다!"

순간 한데 엉켜있던 두 사람은 기절초풍할 듯 놀랐다. 화신이 무릎까지 내려갔던 바지를 한 손으로 부랴부랴 끌어올리며 벌떡 일어났다. 그리고는 급히 대답했다.

"옷을 갈아입는 중이야! 곧 나간다고 기 중당께 이르거라!"

속곳이 아무렇게나 벗겨진 채 쑥스러워 몸을 웅크리고 있는 취병이에게로 다가간 화신은 못내 아쉬워하며 발그레한 뺨에 쪽 뽀뽀를 했다. 그리고는 말했다.

"괜찮아. 옷 입어…… 오늘밤…… 알았지?"

취병이가 부랴부랴 옷을 주워 입는 사이 화신은 히죽 웃으며 안방에서 나왔다. 기윤은 벌써 문지방을 넘고 있었다. 급히 한 걸음 앞으로 다가서며 화신은 길게 읍해 보였다.

"오랜만입니다, 효남 공! 안 그래도 내일 어가를 알현하고 첫 번째로 찾아뵈려고 하던 참이었어요. 방금 눈꺼풀이 뛰기에 혹시 기윤 공이 오시는 건 아닌가 했는데, 역시나 저의 예감이 적중했습니다!"

마음에도 없는 소리를 하며 그는 서둘러 기윤을 자리에 안내하면서 말했다.

"차를 내어오너라!"

"아니, 됐소."

기윤이 손을 가로 저었다.

"방금 폐하를 뵈었소. 폐하께선 '화신이 돌아왔다고 하는데, 가보게. 괜찮으면 같이 사이관(四夷館)으로 와 보게. 여독이 심한 것 같으면 내버려두고'라고 말씀하셨소."

건륭의 지의를 전하는 대목에서 화신은 급히 정색하여 두 손을 앞에 모으고 공손한 자세를 취했다.

"말 타고 수레 타고 엉덩이에 뿔이 나게 생겼는데, 여독이란 게 있을 리가 있겠습니까? 사이관이라면 서직문(西直門) 안에 있지 않습니까? 같이 갑시다!"

화신이 곧 분부했다.

"말을 대어놓거라!"

그제야 그는 기윤에게 아부를 했다.

"효남 공, 뭐 좋은 걸 숨겨놓고 드시기에 갈수록 젊어 보이시는 겁니까? 그새 못 뵈었더니 적어도 2년 반은 더 젊어지신 것 같습니다!"

"2년이면 2년이지 반은 또 뭐요?"

기윤이 하하하 크게 소리내어 웃었다. 그리고는 손가락으로 화신을 가리키며 말했다.

"아무튼 아부의 귀재임에는 틀림이 없다니까…… 약이 없어……."

아직 얼굴이 조금 붉은 화신을 유심히 뜯어보며 그는 덧붙였다.

"화 대인이야말로 춘풍이 만면하여 혈색이 대단히 좋아 보이네, 뭘! 낮술이라도 한잔 한 거요?"

기윤은 벌써 발을 드리운 안방을 먼발치에서 기웃거리는 시늉을 했다. 뜨끔해진 화신이 황급히 웃으며 대답했다.

"역시 효남 공은 귀신이십니다! 좋은 술이 있어 혼자 몰래 홀짝대던 중이었습니다. 나중에 근사한 자리를 만들어놓고 정중히 초대하겠습니다. 안 그래도 문득 기윤 공 생각이 나서 한 병 몰래 숨겨두었다는 거 아닙니까……."

문 뒤에 숨어 옷을 입고 머리를 매만지며 취병이는 내내 가슴이 벌렁거렸다. 건넌방에선 화신의 거짓말이 이어졌다.

"밖에선 술을 입에 대지도 않았었는데 집에 오니 갑자기 못 견디게 술 생각이 나서 말이에요. 주량도 별로 없으면서 대낮부터 웬 청승인지! 하온데 효남 공, 사이관엔 어인 일입니까?"

"아, 그게 말이오."

기윤이 화신과 함께 천천히 뜰로 걸음을 떼어놓으며 말을 이었다.

"영국(英國)에서 특사를 파견해 왔소. 마이클이라는 이가 공품(貢品)을 한 배 가득 싣고 온 모양인데, 폐하께 뵙기를 청하였다 하오. 폐하께선 이미 아계와 복강안더러 연회를 베풀어 환대하라고 명하신 모양이오. 외국사절단들이 번번이 오가지만 이번에는 폐하께오서 특별한 관심을 보이시는 것 같소. 우리더러 가서 만나보라고 하셨소."

화신에게는 귀에 익은 이름이었고 만만찮은 상대라는 것도 알고 있었다. 그는 말없이 머리를 끄덕였다. 촐싹대며 입안의 혀처럼 구는 얄미운 모습은 여전했으나 어딘가 모르게 노련미가 느껴지는 화신이었다. 기윤은 내심 '대단한 친구'라고 생각했다.

"도무지 우리의 예법을 받아들이려 하지 않소. 폐하께 무릎을 꿇지 못하겠다니 돌아버릴 일 아니오? 대국황제의 용안(龍顔)을 경앙(敬仰)하고자 수만리 해역을 누비며 찾아온 사절이 우리 대청의 예법에 따라주면 조정의 체면도 서고 참 좋을 텐데……. 일본이나 조선, 부탄과 같이 가까운 외번(外藩)들이 아니니 한번 오기도 쉽지 않은 자들이 고집은! 온 세상의 희한하고 진귀한 보물들을 한 배 가득 실어왔다고 하는데, 대신 요구사항도 얼마나 많은지 모른다네. 천주교(天主敎)를 전파하게 해 달라, 내지(內地)에서 장사를 하게 해 달라, 심지어는 북경에 사절이 머물 공관(公館)을 세우고 싶다! 아무튼 준 만큼 받아가야겠다 이건데, 무서운 작자들인 것임엔 틀림없소! 조종가법(祖宗家法)에도 없고 공맹사서(孔孟四書)에도 일찍이 선례가 없는데, 이를 어찌하면 좋단 말이오? 폐하를 알현하여 한 쪽 무릎만 꿇겠다는 거 아니오? 하나는 꿇을 수 있는데, 둘은 왜 안 된다는 건지!"

잠자코 듣고 있던 화신이 숨을 들이마시며 물었다.

"영국…… 여기서 얼마나 멀죠?"

"그건 나도 잘 모르겠소. 우리의 군함으로 몇 년은 가야 한다고 들었소……."

"그럼 천애지각(天涯之角)에 있단 말입니까? 인구는 얼마나 되고 땅덩어리는 얼마나 큰지……."

"……."

기윤이 여전히 머리를 가로 저었다.

"부처님도 안 믿고 공맹(孔孟)도 모르고, 오로지 장사밖에 모르는 상인들이라고 들었을 뿐이오."

이에 화신이 웃으며 말했다.

"간사한 자들 치고 장사에 능하지 않은 자 없고, 장사치들 치고 간교하지 않은 자는 없다고 했습니다. 오죽하면 사농공상(士農工商)이라고 했겠습니까. 그러나 특별히 문제될 건 없다고 생각합니다. 모두 그놈의 돈 때문이 아니겠습니까?"

기윤이 차츰 짙어가는 저녁놀을 바라보며 말했다.

"처음 군기처에 들어올 땐 나도 그렇게 생각했소. 헌데 지금은 생각이 조금 바뀌고 있소……. 우리 대청(大淸)이 곧 천하이고 세계라고 생각했는데, 우리와는 많이 다른 삶을 살고 있는 또 다른 바깥세상이 있는 것 같소……."

……두 사람이 말을 달려 서직문 내에 있는 사이관에 도착했을 때 날은 완전히 어두워져 있었다. 연회석이 파한 정청(正廳)엔 여덟 개의 용봉촉(龍鳳燭)이 방안을 환히 비추고 있었다. 아계는

중간자리에 앉아 있었고, 복강안은 동쪽 벽을 마주하여 뒷짐 지고 서서 자화(字畵)를 감상하며 마이클의 말을 듣고 있었다.

두 사람이 나란히 들어서자 복강안은 돌아다보며 머리를 끄덕여 보였다. 아계와 마이클이 함께 자리에서 일어났다. 아계가 두 사람에게 소개를 했다.

"마이클 선생, 이쪽은 기윤, 저쪽은 화신, 둘 다 군기대신들이오."

"마이클이라고 하오."

마이클이 팔목에 검은 우산을 걸고 둘을 향해 가볍게 허리를 숙여 보였다. 그리고는 말했다.

"존귀하신 두 분 재상을 만나 뵐 수 있어서 참으로 영광이오. 방금 복강안 공작으로부터 두 분에 대해 소개받고 있었소. 기 대인은 대청제국에서 으뜸가는 재학가이고, 화 대인은 유능하고 걸출한 인재라고 들었소. 거기다 젊고 준수하기까지 하다니, 실로 의외요……."

기윤과 화신은 흠칫 놀랐다. 마이클의 한어 실력이 이같이 뛰어날 줄은 몰랐던 것이다. 기윤은 호기심 어린 눈빛으로 마이클을 훑어보았다.

우선 좁은 바지를 착 달라붙게 입은 다리가 수숫대처럼 가늘고 길었다. 앞이 열리고 뒤가 벌어진 연미복(燕尾服)이라는 옷을 입고 있었고, 안에 받쳐입은 흰 적삼(셔츠)의 깃은 빳빳하여 손이 베일 것 같았다. 키는 천장에 닿을 것 같이 싱겁게 컸고, 시골집 굴뚝처럼 길게 올라가고 테두리가 둥근 모자를 쓰고 있는 머리도 무척 고생스레 '나온 것'처럼 길었다. 움푹하게 깊은 두 눈은 고양이의 그것을 닮은 듯 시퍼렇게 빛났고, 입술 위에는 노란 수염이 위로 말려 있어 무척이나 이색적이었다. 긴 얼굴에 긴 다리에 긴 몸, 한마디로 '길고 마르고 흰' 별나고 별난 '종자'였다. 저 자가 지금 어느 극장에 들어가면 장내는 아수라장이 될 것이라고 기윤은 생각했다.

복강안은 여전히 벽에 가득 걸린, 외이(外夷)들이 보내온 서화(書畵)에 정신이 팔려 있었다.

"인도차이나의 풍광은 너무 황홀하여 사람들을 흠뻑 빠지게 하죠."

마이클이 복강안을 힐끗 바라보고는 눈가에 미소를 띠우며 계속 말을 이었다.

"난 문명과 우의를 위해 먼길을 온 사람이오. 북경에 오는 길에 만난 각 성의 총독과 행정장관들이 내게 베푼 배려는 실로 고마웠소. 제일 좋은 방에서 맛있는 진수성찬을 대접해주고 아름다운 경관들을 구경시켜주었소. 그러나 존귀하신 장관 여러분, 난 도무지 이해할 수가 없소. 어찌하여 더할 나위 없이 잘해줬으면서 별것도 아닌 예의범절에 그리 연연하는지 모르겠소. 우리 영국에서는 위대한 여왕의 접견을 받을 때도 한 쪽 무릎만 꿇고 여왕의 손에 입을 맞추는 것으로 최대의 경의와 애정을 표하고 있소. 난 귀국의 번잡한 예의를 이해할 수가 없소!"

옅은 미소를 지으며 그 말을 다 듣고 난 아계가 천천히 입을 열어 말했다.

"오면서 여기 저기 들러 많이 구경했다니 말인데, 당신이 보기에 우리에게 뭐가 부족한 것 같소?"

"아니죠. 귀국(貴國)은 대단히 부유하죠. 부유하다 못해 전체 구라파(歐羅巴)가 질투하고 눈독들이고 있다는 거 아니오! 내가 보기엔 부족한 게 하나도 없는 것 같소."

"그래서 얘긴데, 우린 그쪽과 장삿길을 트고 싶은 마음이 눈곱만큼도 없소."

아계가 웃으며 덧붙였다.

"높고 거대한 하늘이라는 이불을 덮고 자는 세상 모든 생령(生靈)들이 모두 우리 대청의 천자(天子)께 삼궤구고(三跪九叩)의 대례(大禮)를 올리거늘 당신은 어찌하여 무릎을 꿇을 수 없다고 고집하는 거요?"

마이클은 의자에 그냥 앉은 채로 그저 고개만 조금 까딱거려 보이며 대답했다.

"건륭황제(乾隆皇帝)를 존경하고 우러러보는 건 사실이오. 그러나 예의는 우리 나라의 예의에 따르고 싶소. 물론 그대들도 우리 나라에 와서 여왕의 접견을 받게 될 때는 과분하게 두 무릎을 꿇을 것 없이 한 쪽만 꿇어주면 되겠소."

이 말을 듣고 난 복강안이 차가운 얼굴을 돌렸다. 오만하게 턱을 치켜들고 그는 말했다.

"어찌 그리 허튼 소리만 하고 있는 거요! 당신들이 뭘 안다고 예법을 운운하는 거요! 우리가 그쪽 여왕을 만날 때는 한 쪽 무릎도 꿇을 필요가 없지만 그쪽은 우리 건륭황제를 알현할 때 반드시 두 무릎을 꿇어야 하오. 8월 13일은 대청의 천자이신 건륭황제의 성탄(聖誕)이시오. 운 좋게 그때의 성회(盛會)에 참가하게 되었으니 똑똑히 보아두오. 어느 나라의 국왕과 그 사절들이 두 무릎을 안 꿇는지!"

마이클은 이 젊은 '공작(公爵)'의 자신에 대한 극도의 멸시와 하대를 진작에 느끼고 있었다. 그러나 전혀 내색하지 않고 껄껄 웃음을 터트렸다.

"우리는 평등한 사이인 줄 알았는데, 그렇지 않나 보죠? 만약 당신네들이 우리처럼 빠르고 힘센 철갑화륜선(鐵甲火輪船)이 있다면 만리 광도(狂濤)를 가르고 우리 나라에 쳐들어온 것도 열두 번일 것 같소. 알아둬야 할 게 있소. 그건 바로 우린 모두 평등하다는 거요. 오만과 무지, 편견은 멀리 더 멀리, 넓고 넓은 세계를 보는 당신네들의 시야를 흐리게 하는 수밖에 없소. 복강안 각하, 방금 시계를 들여다보던데, 그 시계가 과연 귀국에서 만든 거요?"

복강안이 갈기갈기 찢어버릴 듯한 표독스런 눈매로 마이클을 쏘아보았다. 성질대로라면 당장 시계를 땅바닥에 내던져 박살을 내고 싶었다! 그러나 어사품(御賜品)을 감히 그리할 수는 없는 일이었다. 그는 냉소를 터트렸다.

"철갑선이 있으면 뭘 하오? 우리가 허락하지 않으면 철갑선이 아니라 철갑선 할아비라도 우리 해역(海域)에 들어올 수 없는 걸! 그리고 이까짓 시계가 없어도 태양은 매일매일 새롭게 떠오르고 우리는 아쉬울 게 하나도 없소!"

그는 쇠가죽으로 만든 장화소리를 크게 내며 마이클에게로 다가갔다. 집어삼킬 듯한 시뻘건 눈으로 마이클을 노려보았다. 사람들은 복강안이 자신보다 머리 하나는 더 큰 키다리 외국인을 치받아 주먹질을 해대는 건 아닌가 여간 불안해하지 않았다. 마이클은 마침내 복강안의 시선을 피해 도움을 청하듯이 아계를 향해 두 팔을 내밀어 어깨를 으쓱했다. 그리고는 말했다.

"아시다시피 난 우호사절이오. 난 복강안 각하의 태도가 대단히 유감스럽소……."

"두려워하지 마시오. 그렇다고 내가 주먹을 날리는 일은 없을 테니."

복강안이 금세 웃음을 거두고는 정색을 했다.

"이 좋은 우피화(牛皮靴)를 신고 일부러 개똥 밟을 일이 뭐가 있겠소? 내 말은 당신네들은 괜히 영악한 척하며 꿍꿍이를 꾸미지 말라 이거야! 사람을 서상(西藏)에 보내어 반찬 활불(活佛)에게 뭐라고 했소? 그리고 동인도공사(東印度公司)가 광동에서 무슨 짓거리들을 하고 다녔는지 모르지는 않겠지? 당신네들은 힘으로 부탄국(인도와 티베트 사이에 있는 작은 나라)을 집어삼켰어. 그 부탄이 우리의 속국(屬國)이라는 걸 몰랐단 말이오? 또, 우리가 아편(鴉片)을 배척하고 아편과의 전쟁을 선언했는데, 어찌하여 자꾸만 아편을 실어 나르는 거요?"

마이클이 허리를 곧게 펴고 숨을 길게 들이마셨다. 머리를 저으며 씁쓸하게 웃더니 말했다.

"생각보다 오해가 깊구만! 우린 그런 뜻이 아니었는데……."

이대론 협상다운 협상이 이뤄질 리가 없다고 생각한 아계가 무겁게 입을 열었다.

"오늘은 이만 하고 다음날 다시 마주앉아 봅시다. 마이클 선생은 방으로 돌아가 쉬시오. 선교니 장사니 하는 부탁은 지금으로선 폐하게 대신 주해드릴 수 없소. 우리 천조(天朝)의 제도는 모든 건 군주의 윤허를 전제로 하고 있소. 당신이 이렇게 예법을 가지고 시시콜콜 따지고 드는 마당에 군주를 알현할 수 있겠소? 군주를 알현하지 못하면 당신의 부탁은 전부 헛소리가 될 수밖에 없을 테고. 가서 쉬시죠. 그리고 너희들도 명심하거라. 마이클은 멀리서 온 손님이야. 절대 무례를 범해선 아니 될 것이야!"

"예……."

부하들이 일제히 대답했다.

넷은 마이클이 물러가는 뒷모습을 보며 마주보고 웃었다. 방안에 외인(外人)이 없으니 분위기는 다소 풀리는 것 같았다. 기윤이보니 서쪽 벽 아래에 있는 길다란 책상 위에 몇 개의 자명종과회중시계 한 무더기가 놓여 있었다. 이름을 알 수 없는 구슬과금목걸이도 가득하여 불빛을 받아 반짝반짝 빛을 발하고 있었다.그는 말했다.

"따끔하게 잘 혼내주었습니다. 저런 자들은 무서운 구석이 있어야 합니다, 복 도련님!"

이같이 말하며 벽쪽으로 다가간 그는 놀라움에 겨운 목소리로혼잣말처럼 말했다.

"어쩌면 저것들은 물건을 요렇게나 잘 만들까? 우리의 장인(匠人)들은 신발 벗어 들고 쫓아가도 못 따라가겠네!"

아계와 화신도 다가왔다. 복강안은 안락의자에 반쯤 드러누운채 천장을 올려다보며 조롱 어린 말투로 말했다.

"다 도금(鍍金)이지! 얼마나 쫀쫀한 것들인데요."

화신이 웃으며 덧붙였다.

"조금 전에는 도련님께서 쇠주먹이라도 날릴 태세여서 적이 불안했습니다!"

복강안이 그 말에는 대답도 하지 않고 앞에서 했던 말을 계속이어나갔다.

"뭘 먹으라고 가져다주는 것도 잘 검사해보고 먹어야겠어요.독이 들어 있는지도 모르니까! 저 자들은 서장에서 불순분자들을책동하여 반란을 일으키고자 꿍꿍이를 꾸며온 세월이 한두 해가아닙니다. 달라이 라마와 반찬 활불이 떡하니 버티고 있지 않았다면 벌써 무슨 일이 나도 열 두 번은 났을 겁니다! 우린 저들에게 비단이니 자기(瓷器), 대황(大黃) 등 쓸만한 물건만 주는데, 저 자들은 우리와 아편장사밖에 할 게 없다고 하잖아요. 그게 장사를 빙자한 다른 목적이 있는 게 아니에요? 젠장!"

복강안은 또다시 흥분하고 있었다.

"이럴 때일수록 진정해야 합니다. 좀 전에 따끔하게 일침을 놓았으면 됐습니다."

아계가 도금한 자명종을 만져보며 말했다.

"한쪽 귀퉁이에 세워놓으면 제법 빛깔이 나겠는데? 우민중의 것까지 챙겨온 걸 보면 딴에는 꽤 신경을 쓴 것 같소. 폐하께선 이 특사를 예사롭게 생각하지 않으시오. 몇 번 겪어보니 러시아보다 더 상대하기 힘든 자들이오. 감히 어디라고 천축국(天竺國)에 마수를 뻗치고 그것도 모자라서 부탄국을 점령한단 말이오. 여타 속국들과는 달리 욕심도 무지하게 많은 자들인 것 같소. 꼭 두 무릎을 꿇게 만들려고 승강이를 벌이느니 공정(公庭)에서 납공(納貢)하고 배표(拜表)하여 칭신(稱臣)하는 것 정도라도 대단한 거라고 생각하오……."

화신은 선배 군기대신들과 복강안이 함께 한 자리이고, 복강안이 어인 까닭으로 자신에게 좋은 낯을 보이지 않으니 이럴 땐 말조심을 해야겠다고 생각했다. 징소리에 맞춰 적당히 북을 두드려가며 그는 웃으며 말했다.

"조급해할 건 없을 것 같습니다. 자기 나라를 떠나 만리길을 온 자가 어떤 가능성인들 미리 생각해보지 않았겠습니까? 시간을 끌어봤자 자기가 똥줄이 탔지 우리가 초조해 할 건 없을 것 같습니다……."

그는 손을 내밀어 자명종의 추를 살짝 건드려보았다. 어느 기관을 건드렸는지 아니면 마침 시간을 알릴 때가 됐는지 어디선가 갑자기 상쾌한 음악소리가 들려왔다. 새들이 지저귀는 것 같기도 하고, 심산유곡의 샘물이 재잘대며 흘러가는 것 같기도 한 소리와 함께 좌우양측에서 청동으로 만든 두 개의 꼬마 인형이 미끄럼틀을 타듯 쪼르르 내려왔다. 그리고는 목각인형처럼 사람들을 향해 깍듯이 읍까지 해 보이고는 돌아서 다시 문 안으로 들이기 비롯다. 마치 약속이라도 한 듯 다른 자명종에서도 똑같은 현상이 벌어지고 있었다. 방안은 삽시간에 새소리와 물소리로 가득 찼다…….

무슨 시계가 이리도 요란스러울까? 처음 보는 물건인지라 너무 신기하고 재미있고 놀라웠다. 군기대신들의 연이은 경탄에 자리에서 반쯤 일어났던 복강안이 처음엔 역시 신기해하는 듯하더니 이내 콧방귀를 뀌며 말했다.

"순 기기음교(奇技淫巧)로 누굴 현혹해 보겠다는 거야? 내가 보기엔 저들의 여왕도 망국을 초래하기 십상이네요!"

한껏 들떠 있던 군기들은 냉수 한바가지를 뒤집어쓴 듯 삽시간에 흥분이 가셔버리고 말았다.

"목록을 작성해서 올려보내야겠소."

시침(時針)이 벌써 해시(亥時) 정각을 가리키는 걸 보며 아계가 힘껏 기지개를 켜며 웃는 얼굴로 말했다.

"난 오늘저녁 군기처 당직이오. 치재(致齋, 화신의 호)도 오느라 힘들었을 테니 일찌감치 역관으로 돌아가 쉬시오."

그러자 기윤이 말했다.

"문화전(文華殿)에 보다 만 책이 있어서 가지러 갈 건데, 같은 방향이니 가목(佳木, 아계의 호)이 나 좀 태워줘야겠소. 수레가

고장이 나서 수리하러 보냈거든!"

화신은 내내 자신에겐 말 한 마디 걸어오지 않고 눈길도 주지 않는 복강안에게 다가가 웃으며 말했다.

"그럼 저도 가보겠습니다. 댁에 돌아가시면 태부인(당아)께 제가 금명간에 꼭 문후 올리러 찾아 뵙겠다고 전해주십시오. 돌아가신 큰공작어른(푸헝)의 묘소에도 다녀올 생각입니다……."

복강안은 자리에 앉은 그대로 움직이지 않았다. 그는 짤막하게 말했다.

"가목, 효남 두 분 먼저 가세요. 난 치재랑 잠깐 할말이 있어서 좀 있다 가야겠습니다."

이에 기윤과 아계는 읍하고 자리를 떴다.

화신이 기윤과 아계를 뜰까지 배웅하고 돌아왔다. 복강안은 여전히 앉은 자세 그대로 움직이지 않고 굳은 얼굴을 보이고 있었다. 어색한 분위기를 깨고자 화신이 웃으며 말했다.

"큰 공을 세우시어 구천에 계시는 푸상께서 얼마나 기뻐하시겠습니까? 헌데 정작 당사자이신 공작어른께선 안색이 그리 밝아 보이지가 않습니다?"

"물러가 있어!"

복강안이 친병들에게 명했다. 주변을 물리치고 나서야 그는 자리에서 일어나 화신에게로 다가왔다. 두 근 반 세 근 반 하는 가슴을 달래며 화신이 어색하게 웃으며 말했다.

"제가 마이클도 아닌데, 어찌 그런 눈빛으로 보시는지요? 잘못이 있으면 따끔하게 지적해 주십시오. 제발 주먹은 날리지 마십시오. 저의 가슴뼈는 닭갈비이거든요!"

복강안이 화신의 농담에도 아랑곳하지 않고 여전히 굳어진 표정으로 화신을 뚫어지게 바라보았다.

"까불지마! 아무리 창자가 십만 팔천리이고 위장술이 뛰어나다고 해도 내 대나무 꼬챙이는 당해내지 못할 걸?"

"도련님!"

눈이 휘둥그레진 화신이 뒷걸음쳤다. 공포와 황당함을 감추치 못하며 그는 물었다.

"지금 무슨 말씀을 하시는 겁니까? 무슨 오해를 단단히 하고 계신 모양인데, 전 도무지 모르겠습니다."

"몰라? 이시요의 일은 어찌된 건가? 누가 눈먼 돌을 던졌지? 그리고 기윤에게도!"

복강안이 이를 갈았다.

"대체 머리통을 몇 개나 이고 다니는 거야? 어쩌자고 그리 겁대가리 없이 구느냐고!"

아아, 그것 때문에 저리 포악을 떨었구나! 화신이 속으로 생각하며 한숨을 돌리고 나서 대답했다.

"이시요의 일은 저도 잘 모릅니다. 기윤에게도 결코 돌을 던진 적이 없습니다! 어떤 간신배들이 이간질을 하느라 도련님께 무슨 말을 했는지는 모르겠으나 저 화신은 목에 칼이 들어와도 아닌 건 아닌 당당한 사내대장부입니다!"

그는 신색(身色)이 분노로 일그러져 얼굴을 문께로 홱 돌려버렸다. 복강안을 외면한 것이다.

"우리 대청에 대체 기윤이 몇 명이나 있기에 감히 기윤에게 마수를 뻗쳐?"

"도련님, 맹세코 전 아닙니다. 그런 사람이 있다면 바로 도련님 자신입니다!"

"나라고?"

복강안이 손가락으로 자신의 코를 가리키며 물었다.

"지금 나라고 했어?"

"예, 그렇습니다."

화신이 노기가 가득한 복강안에게 말했다.

"북경을 떠나오기 전에 국태 사건과 관련하여 기윤에 대해 언급하니 도련님께선 '단단히 혼을 내주라'고 말씀하셨습니다. 기억나시죠?"

……복강안은 그만 말문이 막혀버리고 말았다. 기억력이 뛰어난 그가 몇 년 전의 일도 아니고 바로 몇 개월 전 자신이 이를 갈며 했던 말을 기억하지 못할 리가 없었던 것이다.

"그리고 제남에서 비적 소탕작전을 펴면서 오래도록 같이 있었어도 도련님께선 그 뜻을 바꾸지 않으셨습니다!"

복강안의 낯빛이 차츰 풀려 가는 걸 보며 화신은 몰래 한숨을 지으며 말을 이었다.

"기윤과 노견증의 뒤를 캐도록 지시한 건 사실입니다. 허나, 전공, 사(公私) 모두 당당하고 부끄러움이 없는 사람입니다. 공의(公義)상 기윤은 다년간 국가의 중추기관에 몸을 담고 있는 보정대신(輔政大臣)으로서 가인(家人)들을 종용하여 가산(家産)을 불렸고, 그 와중에 무고한 인명피해까지 나게 했습니다. 이는 명백한 증거가 있는 사실이죠! 노견증은 염운사(鹽運使)로 있으면서 엄청난 재정손실을 내놓고도 자기는 뒷구멍으로 온갖 실리를 다 챙긴 후안무치하고 탐욕스러운 자입니다. 그런 사돈을 둔 기윤이고요! 아직 기윤이 노견증을 비호해왔다는 확증은 없으나 언젠가는 백일하에 밝혀질 날이 있을 겁니다. 기윤이 청렴결백하다면

전 저의 눈알을 후벼 도련님께 바치겠습니다!"

화신은 복강안의 표정변화를 살피며 말을 이어나갔다.

"그 당시 기윤에 대해 칼을 뽑아들 의사를 밝히신 도련님에 대해 전 탄복해마지 않았습니다. 기윤과 푸가[傅家]의 수십 년 교분을 알기에 더욱 그러했습니다!"

화신은 어인 일인지 눈물까지 보이고 있었다.

"전 비록…… 돌아가신 공작 어른께서 손수 키워주시진 않았으나 푸가에 대한 정은 남다른 사람입니다. 도련님에 대한 충성과 경의도 가슴속에 차고 넘칩니다……. 전 결코 도련님과 공작 어른께 그 무슨 사적인 감정이 있어 애꿎은 이시요와 기윤에게 분풀이를 할 정도로 못난 놈은 아닙니다. 하늘이 알고 땅이 압니다! 하등 척을 진 바가 없고 원수를 진 일이 없는데, 제가 그 둘을 시체만들 일이 뭐가 있겠습니까? 오늘 전 도련님을 비롯한 여러 군기대신들의 냉대에 가슴이 미어지는 것 같았습니다. 돌이켜보면 한낱 별볼일 없는 말단이던 것이 그야말로 꿈같이 목마를 탔으니 우습고 하찮게 여기는 시선도 어느 정도는 감내해야겠다고 생각했습니다……. 도련님, 산다는 것이 무엇이고 승관발재(昇官發財)가 무엇인지 전 괴롭기만 합니다."

화신은 비오듯 흐르는 눈물을 닦아냈다.

복강안은 안주머니에 화신에 대한 탄핵문을 품고 있었다. 지금의 자신의 명성과 위망, 그리고 변함없는 성총으로 미뤄볼 때 화신 같은 밴댕이를 묻어버리는 건 식은 죽 먹기일 터였다. 그러나 화신의 용수철 같은 언변에 그는 마음이 흔들리기 시작했다. 미움이 썰물같이 물러가는 자리에 감동이 밀려왔다. 눈빛이 한결 부드러워졌다. 그러나 쉽게 잘못을 인정하고 싶진 않은 그는 짐짓 웃으며 말했다.

"사내대장부라며 무슨 눈물이 그리 헤픈가? 군기처에서 누군가 자네의 뒤통수를 쳤다고 오해하진 마. 그런 일은 절대 없으니까. 고참 군기대신들이 정력이 남아돌아서 별볼일 없는 새내기한테 싸움을 걸고 있겠나?"

"도련님께서 마음을 풀어주시니 전 더 이상 바랄 게 없습니다. 염려놓으세요. 도련님께서 걱정하시는 일은 없을 것입니다."

그러자 복강안이 말했다.

"아계와 기윤은 자네가 제남에서 주루(酒樓)와 기방(妓房)을 잔뜩 지어놓고 기생들을 무리로 끌어들여 미풍양속을 해친다 하여 못마땅해할 뿐 다른 불만은 없었소. 허나 난 그걸 문제삼을 생각이 없소. 선조 때의 이위(李衛)도 남경(南京)에 있으면서 관원들이 저질러놓은 재정적자를 진회하 강변의 주루와 기방에서 만회했잖소! 기윤은 공맹의 문생이고, 아계도 한 발을 들여놓았으니 쓸데없이 공자 왈, 맹자 왈만 외우고 다니는 걸 어쩌겠소. 도학파들이야 들으면 기절할 소리지, 아니 그렇소?"

그 말이 아계와 기윤을 은근히 감싸고 도는 거라는 걸 화신이 모를 리가 없었다. 그러나 그는 대범하게 웃어넘겼다.

"검은 고양이나 흰 고양이나 쥐만 잘 잡으면 좋은 고양이 아니겠습니까. 모로 가도 경사(京師)에만 당도하면 된다고, 기생들의 주머니를 털어 공장(工匠)들을 구제하고 기방에 출입하는 멋에 사는 족속들이 환락의 대가를 조금씩 지불하여 이재민들을 돕는 것도 자랑은 아니어도 나쁠 건 없다고 생각합니다. 내일 폐하를 알현해서도 전 이렇게 말씀드릴 겁니다. 워낙 먹물이 부족하니 어쩌겠습니까!"

복강안은 하하하 소리내어 크게 웃었다. 화신이 혼잣말처럼 중얼거렸다.

"그럼 대체 어느 누가 이시요의 뒤통수에 방망이를 휘둘러 댔단 말입니까?"

"차사를 맡다보면 어찌 백이면 백 까탈스러운 입맛들을 다 맞출 수가 있겠소? 그러다 보니 가끔씩 본의 아니게 불씨를 심는 경우가 있지. 내가 하는 일에도 찬성하는 사람들이 있는가 하면 눈꼴시어 하는 자들도 있을 거란 말이지. 마치 자네가 국태와 우이간을 죽인 데 대해 모든 이들이 박수를 치는 게 아닌 것처럼 말이오. 기윤과 이시요는 재위 기간이 워낙 기니 적당히 자극을 받는 것이 해이해지는 걸 예방하는 데도 좋을 거요."

화신은 미소를 머금은 채 곰곰이 복강안의 말 속에 숨어 있는 진의를 더듬어 보았다. 모든 이들이 박수를 치지 않는다는 건 우민중을 두고 하는 말인 것 같았다. 아무리 내색을 않는다고는 하지만 필경은 아우를 죽인 장본인인데 우민중의 심기가 편할 리가 없었다. 이제 그와 평화롭게 '공사(共事)'하긴 글렀고, '적당히 자극을 받은' 기윤과 이시요와는 아직 잘해볼 가능성이 있다고 그는 생각했다…….

중요한 말을 복강안은 가볍게 내뱉었으나 그는 곰곰이 되씹으며 음미해 보고는 대답했다.

"푸상께서 안 계시니 군기처는 인사(人事)가 얽히고 설킨 것이 통 정신을 못 차리겠습니다. 자신의 위치에서 진력하는 수밖에요……. 도련님께서 군기처로 입직하시면 참 좋을 텐데!"

"난 들어갈 수가 없소. 세습할 게 따로 있지 군기대신을 세습하면 국가와 개인 모두에게 좋을 게 없소."

복강안이 건륭의 훈화를 떠올리며 덧붙였다.

"대청(大淸) 어느 구석에서든 문제가 생기면 즉시 두 주먹 불끈 쥐고 달려가는 나는 대시위(大侍衛)이고, 화재를 진압하는 구조대일 뿐이오!"

5. 한창(寒窓)

  이튿날 이른 아침, 건륭은 양심전에서 화신을 접견했다. 국태와
우이간이 모든 죄를 인정하여 시름을 덜었고, 복강안이 평읍대첩
을 이끌어내어 우환도 사라졌다. 육부(六部)의 대신들은 명절이
라도 맞은 듯이 들떠있고, 십오황자 옹염은 산동성에서 정치적인
명성이 자자한 데다 평읍의 사후처리도 착착 수순을 밟아가고 있
었다. 각 지역의 천리교(天理敎), 백련교(白蓮敎), 홍양교(紅陽
敎) 등 사교(邪敎)의 신도들도 정월보름날에 잠깐 소란을 피운
뒤로는 어디로 잠적했는지 잠잠한 상태였으니 화신의 생각대로라
면 건륭은 홀가분하기 이를 데 없을 테고 광채가 만면할 것 같았
다.
  그러나 건륭은 초췌하고 기운이 없어 보였다. 얼굴 근육도 턱
아래로 축 처져 있었고, 눈언저리가 시커멓게 꺼져 있었다. 3월
중순이라서 봄기운이 완연하고 염양(艶陽)에 화풍(和風)이 따뜻

한 날씨임에도 그는 아직 두툼한 양털조끼를 입고 온돌 위에 앉아 있었다.

화신은 난각의 칸막이 병풍 앞에 있는 작은 걸상에 앉아 자신의 주사본(奏事本)을 들여다보며 미리 연습했던 바대로 거침없이 주해 나갔다. 건륭의 주의를 환기시켜야 한다고 생각되는 부분에선 어투에 힘을 주어가며 때론 잠시 멈춰가며 아뢰었다. 가끔씩 용안(龍顔)을 훔쳐보며 반시간 남짓 주하고 나니 입이 마르고 목이 아파왔다.

그러나 마침내 끝났다는 안도감에 몰래 숨을 몰아쉬며 그는 두 손으로 공손히 주사본을 태감 왕렴에게 건네주었다. 그리고는 덧붙여 아뢰었다.

"이는 그동안 신이 제남(濟南)에 있으면서 틈나는 대로 적어두었던 찰기(札記)이옵나이다. 외차(外差)를 나가 여왕벌을 잃은 일벌처럼 마구 쏘다니다보니 폐하께오서 읽어보라고 하시던 책도 미처 다 읽지 못했사옵니다. 대충 끄적인 걸로 폐하께 부연(敷衍)하려고 하오니 불안하기 짝이 없사옵니다."

"잘 썼네, 뭘! 필체도 진보가 있는 것 같고."

건륭이 왕렴에게서 주사본을 받아 대충 몇 장 넘겨보고는 도로 내려놓았다.

"우리 만주인들은 조상을 잘 둔 덕분에 고생을 모르고 살아온 게 문제네. 음풍농월(吟風弄月)에는 달인 소리를 들으면서도 경제나 민생에 대해선 문외한이니 걱정이네!"

건륭의 말을 뒤집어보면 화신의 이재(理財) 수완을 칭찬하는 것과 다름이 없었다. 화신은 건륭의 그 말을 받아 조심스레 웃어 보이며 아뢰었다.

"지당하신 말씀이옵나이다! 화림(和琳)이 산동포정사 자리를 탐내기에 신이 한바탕 꾸지람을 해서 보냈사옵니다. 포정사의 직책이 뭔 줄이나 알고 겁 없이 덤비느냐고 따끔하게 훈계했사옵니다. 군(軍)·관(官)·민(民)을 아울러 이끌고 나가야 하는 포정사이거늘 넌 백번 죽었다 깨어나도 그런 능력이 없다고 기를 팍 죽여버렸사옵니다. 폐하께오서 말씀을 꺼내신 김에 신이 아뢰올 말씀이 있사옵니다. 지난번 덕주부에서 대대적인 토목공사를 추진했던 경험을 살려 신은 이번에도 제남에서 대대적인 토목공사를 벌였사옵니다. 이에 대해 일각에서는 신을 언리지신(言利之臣)이라고 비난하고, 심지어는 '민적(民賊)'이라고 매도하는 자들도 있사옵니다!"

듣고 난 건륭이 빙그레 웃었다.

"남이 하면 '민적'이고 자기가 하면 '공신'이라고 착각하는 무리들이 의외로 많네! 그런 걸 일일이 신경 쓰고 담아두면 병이 나니 적당히 무시해 버리게!"

건륭의 한마디에 화신은 천근이나 되는 등짐을 내려놓은 느낌이었다. 내심 류용과 복강안이 무어라 고자질을 한 게 아닐까 걱정했던 화신은 크게 안도했다. 또한 전풍이 국태, 우이간 사건과 관련하여 '해묵은 장부'를 뒤지지는 않았을지 가슴을 졸여온 것도 사실이었다.

그러나 건륭의 반응을 보니 그런 건 모두 부질없는 생각이었던 것 같았다. 다행히 성총은 여전한 것 같았다. 이럴 때일수록 얼음 위를 걷는 조심성을 잃어선 아니 된다는 생각이 들었다.

"폐하께오서 못난 신을 두둔해주시니 신은 몸둘 바를 모르겠사옵니다. 영절천고(英絶千古)의 제왕을 섬기게 됐음을 삼생(三生)

의 광영으로 여기고 맡은 바 차사에 진력할 것을 약속드리옵나이다. 신이 계산해 본 결과 제남과 덕주 두 곳에서 시장을 설치해서 거두어 들인 은자의 액수는 상당하여 해마다 적어도 70만 냥의 고은(庫銀)을 절약할 수 있을 것 같았사옵니다. 일개 성으로선 엄청난 수입이 아닐 수 없사옵니다. 공맹(孔孟)의 가르침대로라면 '중농억상(重農抑商)'을 해야 마땅하겠사오나 산동은 끊임없이 이어지는 천재인화(天災人禍)로 백성들이 아사(餓死) 직전의 위기에 놓여 있사옵니다. 달리 자구책이 없사오니 교주고슬(膠柱鼓瑟)의 우(愚)를 범하느니 당장 활로를 마련해주기 위한 임시방편으로 대대적인 토목공사와 시장을 만들어 은자를 거두어들이는 방법을 시도해 보았던 것이옵니다. 공맹의 가르침에 어긋나는 짓을 하여 물의를 일으킨 점에 대해 대단히 죄송하게 생각하옵니다. 신을 공격하는 사람들의 입장도 역지사지(易地思之)하여 충분히 이해할 수 있사옵니다. 다만 신은 사정이 다르고 환경이 천차만별인 여타 성들에서 무작정 모방하여 낭패를 볼까봐 심히 우려스럽사옵니다. 폐하께오서 신이 고심하는 바를 널리 헤아려주시어 신이 산동에서 시행한 방법은 결코 타의 본보기가 된다고는 할 수 없다는 내용의 지의를 만천하에 내려주셨으면 하옵나이다."

"과연 마음이 섬세하기가 모발 같군."

건륭이 웃으며 덧붙였다.

"짐이 경의 깊은 뜻을 알았으면 됐네. 특별히 지의라고 내리면 널리 예기치 않던 물의를 빚는 수가 있으니 긁어 부스럼을 만들 건 없는 법이네. 지금도 원명원(圓明園) 공사를 두고 노민상재(勞民傷財)라며 비난하는 자들이 있지 않은가! 크게 마음에 두지 말게."

이에 화신이 허리를 굽히며 아뢰었다.

"'노민상재'라니요? 그건 실로 어불성설이옵나이다. 폐하와 조정에서 뜻하시는 바가 궁극적으론 창명치화(彰明治化)라는 걸 굳이 거론하지 않더라도 현실적으로 원명원 공사현장에서 굶어죽을 위기를 모면하고 새로운 꿈을 키워가는 사람들이 얼마나 많사옵니까? '노민(勞民)'없이 어찌 호구(糊口)를 유지해 나갈 수 있겠사옵니까? 국고가 넘쳐나 오래된 돈은 제전(制錢)을 묶었던 줄이 다 썩었다고 하옵니다. 거대한 공정을 통해 백성들에게 '노민'의 대가로 당당하게 살아가게끔 해주는데 이보다 더 큰 인정(仁政)이 어디 있겠사옵니까."

건륭은 차사를 마치고 돌아온 여느 흠차를 대하듯 간단히 접견하고 물리칠 예정이었다. 그러나 화신의 논리 정연하고 이치가 선명한 발언은 건륭을 흡인하여 감화시키기에 충분했다. 단순히 재정의 파수꾼뿐만이 아니라 인(仁)을 치국(治國)의 근본으로 여기는 공맹의 이론에 대해서도 간단히 언급하고 지나가는 것이 예사롭지 않게 느껴졌다.

흡족하고 대견스런 눈매로 화신을 바라보니 보면 볼수록 그 옛날에도 어딘가에서 본 것 같다는 생각이 들었다. 확연히 눈에 띄지는 않지만 목 아래에 빨간 줄이 길게 나 있는 것이 보였다. 그걸 궁금하게 여긴 건륭이 물었다.

"귀밑에서 목 아래까지 뻘겋게 흔적이 남아있는데, 혹시 관대(冠帶)가 조여 생긴 자국인가?"

"여기 말씀이옵니까?"

화신이 느닷없는 건륭의 질문에 손으로 턱 아래를 더듬어 만졌다. 그리고는 웃으며 대답했다.

"……이건 태기(胎記)라고, 날 때부터 있었다고 하옵니다. 다들 관대가 조인 흔적인 줄로 알고 있사옵니다. 전에 기윤 중당과 담소를 나누는 자리에서 그 분은 제가 전생에 틀림없이 대들보에 목을 매 자살한 어느 한을 품은 여인이었을 거라고 했사옵니다. 신은 갓을 쓰고 논에서 일하다 죽은 어느 농부가 아니었을까 생각하옵니다……."

이에 건륭이 웃으며 말했다.

"다른 가능성도 배제할 수는 없지 않은가! 예컨대 투구를 쓰고 전쟁터를 종횡무진 누비던 장군이었다든가……."

건륭은 눈을 슴벅이며 자꾸만 뭔가 기억을 더듬고 있는 것 같았다. 그러나 마땅히 떠오르는 것은 없었다. 그는 다시 화제를 정무로 끌어왔다.

"푸헝이 아직 한창의 나이에 서둘러 간 건 조정으로선 대단히 큰 손실이 아닐 수 없네. 그와 같은 문무를 두루 겸비한 인물은 선대에도 드물었을 뿐더러 앞으로도 장담할 수 없는 일이네. 이제 자네와 전풍(錢灃)이 올라왔으니 두 사람이 힘을 합쳐 그의 빈자리를 메워보도록 하게. 짐이 안심하고 다음 세대까지 맡길 수 있도록 부단히 정진하고 거듭 태어나는 신료가 되어주길 바라네. 전풍은 이제 곧 운남총독(雲南總督)으로 발령이 날 것이네. 2년 후 다시 군기처로 불러와 꼭 그 동안 갈고 닦은 기량을 남김없이 발휘하게 할 것이네. 그땐 중용을 하더라도 목마 태웠네 어쩌네 하는 소리는 면할 수 있지 않겠나, 차근차근 단계를 밟고 왔으니 말일세."

이에 화신이 아뢰었다.

"신도 숭문문(崇文門) 관세(關稅)를 담당하다가 하루아침에 군기처(軍機處) 장경(章京)이 되고 다시 얼마 안 지나 군기대신(軍機大臣)으로 승격된 데 대해 밖에서 거북한 소리들이 많이 들리는 것 같사옵니다. 어느 성의 순무(巡撫) 정도로 이, 삼년 있다가 오면 정적(政績)을 쌓아 그런 불쾌한 소문들을 불식시키고 군기처 차사에도 더욱 잘 임할 수 있을 것 같사옵니다."

잠시 생각을 하더니 그는 다시 말을 이었다.

"군기처에는 아계, 기윤, 우민중, 류용 그리고 이시요 등 뛰어난 거물들이 많이 있사오니 한 사람쯤 빠진다고 하여 업무에 지장을 초래할 정도는 아닌 것 같사옵니다."

앉아있는 시간이 너무 길었는지라 건륭은 천천히 몸을 움직여 온돌을 내려섰다. 찻잔을 들고 천천히 방안을 거닐며 팔다리를 놀리고 있으니 태감 왕렴(王廉)이 들어와 찻물을 바꿔오겠노라고 했다. 이에 건륭이 말했다.

"일품 오룡차(烏龍茶)를 가지고 어찌 제 맛을 내지 못하느냐. 왕치(王恥)는 죄를 지어 쫓겨나긴 했어도 차사엔 너보다 훨씬 열심이었어! 모르면 밖에 나가 어느 다관(茶館)에서 한 수 배워오든가 했어야지! 왕씨(汪氏), 진씨(陳氏)한테 묻든가 아니면 푸부에 들러 공작부인에게 가르침을 받든가 하거라. 너무 뜨거운 물에 끓여내면 향이 지나치게 짙어 은근한 맛을 느낄 수가 없는 법이야!"

말은 이렇게 하면서도 건륭은 왕렴에게 찻잔을 건넸다. 들고 온 은병에서 찻물을 따라 올리며 왕렴이 아뢰었다.

"이놈이 무식하여 폐하의 심기를 불편하게 해드렸사옵니다. 지금 당장 가서 배워오도록 하겠사옵니다. 다음에도 차맛이 시원치 않을 때는 이놈의 귀싸대기를 갈겨주시옵소서. 실은 지난번에 폐하께오서 용주(容主, 용비 화탁씨)의 처소를 다녀오시면서 그쪽 차맛이 좋다고 하시기에 이놈이 그대로 재현해 본다는 것이 그만 이렇게 되고 말았사옵니다……."

"화탁씨(和卓氏)는 짐의 만년손님이니라. 그곳에서 냉수를 마시고 왔다고 해도 짐은 맛있다고 했을 것이야! 그 머리는 무겁게 왜 달고 다니는 게냐, 아둔한 것이. 됐다, 물러가거라!"

건륭이 몇 마디 훈계하여 왕렴을 보내고는 차를 홀짝거렸다. 그리고는 빙그레 웃으며 화신에게 말했다.

"인재를 어찌 천편일률적으로 논할 수 있겠나? 제(齊)나라 환공(桓公)에게 관중(管仲)이 없었다면 어찌 안방(安邦)이 가능했겠고, 양(梁)나라 구거(邱據)가 없었다면 어찌 그 몸이 즐거울 수 있었겠나? 역아(易牙)가 없었다면 입이 즐거웠을 리가 없고, 포숙아(鮑叔牙)가 없었다면 간신을 축출해낼 수가 없었을 테지! 보다시피 왕치가 없으니 짐이 좋은 차를 못 마시고 있지 않은가. 짐도 자네를 산동에 남겨 순무직을 겸하게 하든가, 아니면 총독아문에 들이고 싶었네. 허나 어쩌겠나, 군기처에 자네를 능가할만한 살림꾼이 없는 걸. 국고가 차고 넘친다고는 하나 내정(內廷)은 그리 넉넉하지 못한 게 현실이네. 의죄은자(議罪銀子)도 청렴하고 이재에 능한 사람이 관리해 주어야겠고! 자네가 군기처에 남아 있으면 호부와 공부, 내무부 등 여러 곳을 겸해줄 수 있지 않은가. 우민중에게 이부를, 류용이 형부를, 아계가 총책을 맡으면 아귀가 얼마나 잘 맞물려 돌아가겠는가."

이같이 말할 때 왕렴이 들어와 아뢰었다.

"아계, 기윤, 우민중이 패찰을 건네고 수화문 밖에서 뵙기를 청하옵나이다."

"화신, 자네는 그만 물러가게. 집에서 며칠 푹 쉬며 여독을 풀고 다시 나오게."

화신이 물러가기를 기다렸다가 건륭이 물었다.

"기윤도 왔다고 했나?"

"예, 그렇사옵나이다."

건륭이 가볍게 콧소리를 내며 말했다.

"들이거라."

말을 마친 건륭은 다시 온돌로 올라가 앉았다. 통유리창 너머로 보니 화신이 조벽(照壁) 앞에서 세 사람을 만나 몇 마디 담소 끝에 길을 내주며 먼저 가라고 하는 것 같았다. 건륭은 천천히 찻잔을 집어들었다. 그리고는 입안에 남은 찻잎을 잘근잘근 씹으며 세 신하가 들어서기를 기다렸다.

잠시 후 주렴이 걷히는 소리와 함께 아계(阿桂)가 앞장서서 들어왔다. 우민중(于敏中)이 뒤따랐고, 기윤(紀昀)은 맨 끝에서 들어와 무릎을 꿇어 예를 갖추었다. 낯빛이 암담하고 걸음이 느릿한 데다 등마저 둥그렇게 휘어 있는 기윤을 보며 건륭은 일순 처연한 기분이 들었다. 그러나 겉으론 전혀 내색하지 않고 담담한 음성으로 말했다.

"다들 앉게!"

세 대신은 마이클을 접견한 결과를 아뢰러 들었던 것이었다. 아계가 주로 보고를 올리고 기윤이 간간이 끼어들어 보충설명을 했다. 우민중은 그 자리에 없었는지라 잠자코 앉아서 듣기만 했다. 건륭도 조용히 앉아 끝까지 들어주었다.

아계가 마이클이 가져온 예단(禮單)을 올렸을 때에서야 건륭은 비로소 가벼운 기침소리를 내며 입을 열었다.

"그렇다면 마이클은 어투가 공손하긴 한데 끝까지 짐에게 예를 갖추길 거부한다 이 말인가?"

"폐하!"

아계가 오늘따라 유난히 침울해 보이는 건륭의 안색을 살피며 더욱 조심을 했다.

"필경 외이(外夷)인지라 우리 중화(中華)의 예법에 대해 통 모르고 있었사옵니다. 이번에 북경에 온 건 자기네들이 내지(內地)로 들어와 상업활동을 할 수 있게끔 윤허해 주십사 청을 드리기 위함이었던 것 같사옵니다. 대화를 해보니 아직 의견차이를 좁혀갈 여지는 남아 있었사옵니다. 오로지 이익만 추구하고 금전밖에 모르는 자들이오니 요리하기가 그리 어려울 것 같지는 않사옵니다."

아계가 복강안이 마이클의 기선을 제압하며 입씨름을 벌였던 얘기를 들려주며 덧붙였다.

"그래도 복강안을 두려워하긴 하는 것 같았사옵니다."

건륭이 우민중에게 물었다.

"경은 이 문제를 어찌 생각하나?"

"영국인들은 득롱망촉(得隴望蜀, 농서 지방을 얻으니 촉나라가 탐이 난다는 말로, 사람의 욕심이 끝이 없음을 가리키는 말)하는 자들이옵나이다. 그 간사하고 바특함은 러시아에 비해 더하면 더했지 못 미치진 않사옵니다."

우민중이 심각한 표정으로 말을 이었다.

"군주를 알현한다는 것이 얼마나 큰 광영인지를 모르고 머리통엔 온통 '장사'와 '선교'뿐인 자들이옵나이다. 그 자들은 서장(西藏)과도 관계를 트고 싶어했사오나 달라이 라마와 반찬 활불에게 거절당하자 파병하여 부탄국을 치며 위협했던 것이옵나이다! 음흉하고 간교한 자들이오니 절대 양보해선 아니 되옵나이다. 턱만 조금 내려도 기어오르려고 할 자들이옵니다. 우리의 예법에 따르길 거부한다면 즉시 쫓아내는 수밖엔 없겠사옵니다!"

그러자 기윤이 말을 받았다.

"우민중의 말이 지당하다고 생각하옵나이다. 신은 근자에 〈성조실록(聖祖實錄)〉을 읽었사옵니다. 실록에 따르면 우리 대청(大淸)은 강희(康熙) 24년에 해금(海禁)을 풀며 해관(海關)을 설치하였다가 56년에 다시 해금할 수밖에 없었사옵니다. 해외무역으로 인한 흑자는 유혹이 아닐 수 없었사오나 화이(華夷)의 구분이 모호해지고 양인(洋人)들이 정신적인 침투를 해오고 있어 그럴 수밖에 없었다고 하옵니다. 영국은 결코 호락호락한 자들이 아닌 것 같사옵니다. 동인도공사(東印度公司)라는 곳에서 아편을 대량 판매함으로써 우리의 양민들과 군사를 무기력하게 만들고자 꾀하는 바이옵고 호시탐탐 서장까지 노리고 있사옵니다. 마이클 이 자가 굽실거리며 겸공(謙恭)을 갖추면서도 한편으로는 우리의 예의에 따르길 거부하는 걸 보면 곳곳에서 묻어나는 그 양면성을 쉽게 감지할 수가 있다고 생각하옵니다. 우리에게도 삼교(三敎)가 있사온대 저들까지 나서서 양화상(洋和尙, 신부)들을 동원하여 천주교(天主敎)인지 뭔지, 예수인지 과수인지를 전파하고자 하옵나이다! 폐하, 은자는 그 자들과 거래를 하지 않아도 충분히 쓸 만큼 있사옵니다. 우리 중화(中華)는 땅이 넓고 물산(物産)이 풍부하오니 몇몇 부호(富戶)들이 우쭐대며 박래품(舶來品)을 가져다가 겉치레를 하는 것을 빼면 우리에게 정작 필요한 것은 자급자족할 수가 있사옵니다. 하오나 선교는 말처럼 간단한 것이 아니옵나이다. 성조 때의 소어투가 바로 천주교를 믿어 성현의 가르침을 멀리하더니 결국엔 큰 사단을 자초하지 않았사옵니까! 그 자가 삼궤구고(三跪九叩)의 예를 갖추지 않는 걸 허용해 준다면 백성들은 '예(禮)'에 대한 개념이 모호해질 뿐더러 다른 속국들도 이를 모방하는 날엔 일대혼란을 겪게 될 것이옵나이다."

후세의 사람들이 들으면 유치하게 느껴질 법도 한 토의에 이들은 제법 열을 올렸다. 특히 기윤의 말이 들을수록 귀에 착착 감겨들었다.

그러나 며칠 동안의 고민 끝에 건륭은 오늘 지의를 내려 기윤을 축출하고자 마음을 먹었는지라 전혀 공감하는 내색을 보이지 않았다. 건륭은 심드렁한 표정을 지으며 내뱉듯 말했다.

"자넨 해도 그만, 안 해도 그만인 말을 아끼는 게 어떻겠나? 말끝마다 '예'를 강조하고 나서는데, 그런 자네는 얼마나 예의바른 사람인가? 그렇게 예의바른 사람이 어찌 순수하고 정갈한 마음으로 국가와 군주를 위해 일하지 못했단 말이던가?"

의정이 한참 진행되었으나 기윤에 대한 불만을 전혀 내색하지 않고 있던 건륭의 돌연한 발언에 사람들은 모두 놀라 굳어지고 말았다. 궁전 안팎의 태감들과 시위들도 잔뜩 숨죽이고 있었다!

"신이 어찌 감히 사국사군(事國事君)에 불충할 수가 있겠사옵니까?"

진작에 불길한 예감은 들었으나 막상 당하고 보니 기윤은 대경실색을 금할 수가 없었다. 사지가 주체할 수 없이 떨리고 무릎꿇어 연신 머리를 조아리는 안색은 시퍼렇게 질려 차마 쳐다보기가 무서울 지경이었다. 그는 떨리는 소리로 아뢰었다.

"필히 어느 간악한 소인배가 시비를 전도하여 이간질을 했을 줄로 아옵나이다. 우매하고 못난 일개 서생이옵니다. 폐하를 가까이에서 섬겨온 수십 년 세월 동안 추호도 불경(不敬)과 불충(不忠)을 저지를 심사가 없었사옵나이다. 부디 통촉하여 주시오소서……"

그의 목소리는 잔뜩 겁에 질려 있었고 눈물어린 두 눈에선 피가 흐를 것 같았다.

건륭은 아무런 말이 없었다. 부채 손잡이에 달린 옥으로 만든 장식물을 만지작거리며 신하들에게는 시선 한번 주지 않다가 천천히 입을 열었다.

"짐은 이미 자네를 오랫동안 지켜보고 용인(容忍)해 왔네! 경을 아끼는 마음이 유난하여 번개불에 콩 볶듯 극품대원(極品大員)에 앉혀버렸지. 상을 내릴 때도 뭐든지 맨 처음 자네를 생각했었네. 문신(文臣)임에도 불구하고 관례를 타파하여 시위(侍衛)들과 마찬가지로 먹고 싶을 땐 언제든 배불리 먹게끔 고기를 하사해 왔네. 하늘을 우러러 한 점 부끄럼 없이 경을 위하고 고굉(股肱)의 대우를 해주었지. 허나 자네는 짐의 성은에 어찌 보답했는가? 가인들을 종용하여 관부(官府)와 내통하여 가산이나 챙기게 만들고, 하찮은 일로 인명사고까지 내게 만든 장본인이 아닌가? 자네 하간지부(河間知府)에게 서찰을 보낸 적이 있지? 지금 토는 달지 말게. 짐이 주택 네 채에 장원(莊園) 네 곳을 상으로 내렸거늘 그것도 부족해 외지에서 전답을 사들였단 말인가? 노견증(盧見曾)의 사건에 경은 멀찌감치 물러나 있었나? 잘 봐주라고 호부와 이부에 청탁을 넣은 적은 없었고?"

건륭은 흥분하여 손으로 연신 서안(書案)을 치며 물었다.

"노견증의 은닉재산을 색출하는 데 누가 미리 정보를 흘렸단 말인가? 푸헝이 와병중일 때 자네가 '푸상이 죽으면 대청은 다사지추(多事之秋)를 겪게 될 것이다'라고 떠들고 다녔다면서? 또 '군기처는 군룡무수(群龍無首)의 아수라장이 될 것이다'라고 예언도 했었다며? 심지어는 궁액(宮掖)의 가무(家務)에 대해서도 고론(高論)이 있었더군! 뭐 '용비(容妃)에 대한 성총이 양귀비(楊貴妃)를 능가한다'고? 자넨 짐을 대체 어떤 경지로 몰아넣고 싶은 겐가?"

기윤은 눈앞이 가물가물하여 혼절하고 말 것 같았다. 자신이 평소에 가인(家人)이나 문생(門生)들과 가볍게 술 한잔 나누며 허물없이 '망가졌을' 때 '술'이 한 말이 어찌 토씨 하나 빠뜨림 없이 건륭의 귀에 들어갔단 말인가? 속사포 같은 건륭의 질문에 그는 자신이 이미 불측의 경지에 빠졌음을 느꼈다.

그러나 거듭되는 환해(宦海)의 부침 속에서 나름대로 산전수전 파란만장한 삶을 살아온 기윤이었다. 호랑이에게 물려가도 정신을 차리라고 했다고, 곧 죽는 한이 있더라도 할말은 해야 할 것 같았다. 그는 깊숙이 머리를 조아렸다.

"신은 도천(滔天)의 죄를 지었사옵나이다. 토막을 내어 이리의 먹이로 던져주어도 폐하의 분이 풀리지 않을 줄로 아옵니다. 하오나 폐하, 부디 신의 진정을 헤아려 주시옵소서. 불민하고 우매하여 허튼 소리를 하고 다녔사오나 진심으로 폐하를 저 하늘의 교월(皎月) 대하듯 경앙해마지 않았사옵니다. 천고불우(千古不遇)의 영명한 성주(聖主)께 신은 한 번도 불순한 마음을 먹어 본 적이 없사옵니다⋯⋯."

경악과 억울함, 분노와 서러움에 겨워 기윤은 욱욱 치미는 감정을 가누지 못하고 끝내 엎드려 눈물을 쏟고 말았다.

"자네의 재산을 수색할 뜻을 류용을 통해 전하고자 했었네. 헌데 자네가 때마침 와주었으니 이 자리에서 말해두지."

건륭이 천천히 말을 이어나갔다.

"오늘부터 군기처와 〈사고전서(四庫全書)〉의 편찬부에 나올 필요가 없네. 집에서 폐문사과(閉門思過)의 시간을 갖도록 하게. 물론 자네의 직급을 파면시키는 건 아니네. 할말이 있으면 류용에게 대신 아뢰라고 하게. 두 사람은 개인적인 교우가 깊은 걸로 알고 있네. 그러면 믿어도 될 것이네."

잠시 멈추었다가 건륭은 쏘아붙였다.

"물러가게!"

"망극하옵나이다, 폐하……."

기윤은 깊숙이 꺾은 머리를 무겁게 들었다. 힘겹게 바닥을 짚고 일어나 눈물 그렁그렁한 눈길로 건륭을 바라보았다. 그리고는 목뼈가 꺾인 사람처럼 무겁게 머리를 드리운 채 비틀거리며 물러갔다.

"그리고 이시요, 이시요에게도 류용을 시켜 지의를 전하라고 했네."

건륭이 찻잔을 들어 조금 마셨다. 그러나, 이내 미간을 찌푸리며 화난 목소리로 고함을 질렀다.

"이게 무슨 차야!"

미처 태감들이 반응하기도 전에 찻잔은 벌써 난각에 쏜살같이 날아가 박히며 산산조각이 나고 말았다. 태감들이 혼비백산하여 무릎걸음으로 다가가 자기 조각을 치우고 천으로 찻잎과 물을 조심스레 닦아냈다. 건륭이 말을 이었다.

"이시요는 기윤 쪽이 아니고 국태와 저지른 짓이 비슷하네! 광주십삼양행(廣州十三洋行)은 그가 하루빨리 폐쇄시켜야 한다며 청을 해왔던 바이고, 짐이 그것을 윤허했었지. 그러나 이시요는 양무(洋務)에 관심을 가져본 적이 없고, 십삼행은 양지에서 음지로 들어갔을 뿐 여전히 활동을 하고 있었네. 짐은 그를 선제 때의 이위(李衛)처럼 신임하고 부려왔네. 허나 그는 줄곧 짐을 기만해 왔지! 북경으로 발령을 받고 자신의 치부가 신임 광동총독에 의해 밝혀질까 봐 두려우니 떠나기에 앞서 미리 십삼양행을 복구해야 할 필요성을 피력한 구구절절한 만언서(萬言書)를 올렸지 뭔가. 십삼양행의 존재를 눈감아주는 대가로 받은 돈이 은자 10만 냥이라고 하네! 생일날에 자그마치 황금 3백 냥씩을 하례로 받은 적도 있다고 들었네. 아무리 재주와 학문이 아까워도 어찌 이런 몰염치하고 부도덕한 자를 곁에 두고 있겠나! 일단 부의(部議)에 넘기고 사람은 옥신묘(獄神廟)에 처넣을 것이네. 부의에서 중형을 판결 받더라도 짐은 달리 구해줄 방법이 없네!"

이쯤 하여 그는 고개를 돌려 아계에게 물었다.

"경의 생각은 어떠한가?"

올 것이 왔구나! 아계는 그 물음에 섬뜩하여 소름이 끼쳤다. 북경에 돌아온 이래로 군기처의 분위기가 심상찮게 돌아간다는 걸 일찌감치 감지해 냈던 아계였다. 이시요와 기윤을 둘러싼 온갖 소문이 난무했고, 푸헝의 '부재(不在)'와 관련해서도 '인사파동'이니 뭐니 귓전이 어지러웠다. 그러나 복강안(福康安)이 상중(喪中)임에도 청영(請纓)을 주청 올렸고, 건륭이 이를 윤허하면서 그는 내심 안도했었다. 기윤과 이시요라면 둘 다 푸가[傅家]의 문생이니, 그 둘이 잘못되면 복강안에 대한 건륭의 성총이 이리 각별할 리가 없다고 생각했던 것이다.

그 와중에 복강안이 평읍대첩을 일궈내고 의젓하게 개선하였고, 이에 대한 건륭의 우악한 성총은 푸헝을 능가하게 생겼으니 더 이상은 걱정할 바가 없다고 마음을 놓았던 아계는 결국 터져 버린 고름을 어찌 수습해야 할지 방책이 서지 않았다. 사전에 아무런 암시도 없이 갑작스레 두 명의 중추대신(中樞大臣)에게 벼락을 내려버리다니!

앉아서 대답하는 것이 부담스러운 아계는 급히 무릎을 꿇었다. 그리고 머리를 조아리며 아뢰었다.

"부디 뇌정(雷霆)의 분노를 거둬 주시옵소서, 폐하. 신은 하도 경황이 없고 불안하여 아직 생각에 두서가 없사옵니다. 이 둘에 대해선 조금 풍문이 있었사오나 이 정도로 심각할 줄은 몰랐사옵나이다."

"기윤은 군기대신이고, 이시요는 경이 천거한 사람이네. 원칙대로라면 경이 회피했어야 할 자리이지."

건륭이 싸늘한 표정으로 말을 이었다.

"짐이 성심을 굳힌 일에 대해선 굳이 경들의 뜻을 물어야 할 이유가 없지 않은가. 우민중도 사전에 짐이 이런 결정을 내릴 줄은 몰랐을 테지! 당초에 이시요를 북경으로 발령 낼 때 우민중도 이에 적극 찬성했었지. 경들의 책임도 묻지 않을 수 없네."

벌써부터 좌불안석이었던 우민중이 급히 무릎을 꿇었다. 아계와 나란히 머리를 조아려 사죄를 했다.

"부디 엄히 벌하여 주시옵소서……."

"공(公)은 공, 과(過)는 과, 탁한 것도 깨끗한 것도 자기가 하기 나름이라고 했네. 이 일은 나중에 다시 논하세."

건륭이 말을 이었다.

"처벌을 염두에 두지 말고 차사에나 진력하게. 사뤄번의 아들과 조카들이 또 부산을 떠는 모양이네. 이는 서장(西藏)의 정세와 무관하지 않네. 서장엔 현재 황교(黃敎)와 장왕(藏王)간에 내분이 비화되고 있는 실정이라네. 설상가상으로 영국의 동인도공사까지 끼어들어 난장판을 벌이고 있지. 이 모든 것이 군기처의 업무 범주에 속한다는 걸 명심하게. 동인도공사 이 자들은 준거얼부와 몽고에도 추근대고 있는 걸로 알려졌네. 그 저의가 불 보듯 뻔하지 않은가. 자칫 서쪽에 또 다른 대란이 야기되는 수가 있으니 군기처에서 각별히 촉각을 곤두세워야 할 것이네. 설마 짐더러 환갑을 훨씬 넘긴 예순 다섯의 나이에 총대 메고 친정(親征)을 하게끔 만들진 않겠지? 그 죄가 얼마나 무거운지를 너무도 잘 아는 경들일 테니까 말일세. 짐이 마이클을 접견하고자 하는 것도 그 자들의 속셈을 간파하여 견제하려는 심산에서네. 적을 알고 나를 알아야 결판을 보든가 말든가 할 게 아닌가? 경들도 화신, 류용과 함께 방책을 생각해 보게. 복강안이 또 금천으로 출병할 의사를 밝혀왔네. 이미 3천 기병(騎兵)을 타전로(打箭爐, 서부의 지명)에 주둔시켰네. 꼬마 사뤄번이 서장 내부의 반동세력들과 내통하는 걸 미연에 차단하고 세력을 조성하여 영국인과 인도인이 부탄에서 알아서 철병(撤兵)하게끔 압력을 준다는 생각인데, 짐이 보기에도 바람직한 것 같네. 경들이 복강안을 만나 도움이 필요한 급무가 없는지 파악하고 적극 협조해주게. 추호도 소홀히 해서는 아니 되겠네! 알겠는가?"

"예…… 신들, 지의를 받들어 모시겠사옵나이다!"

두 사람은 사은을 표하고 일어섰다. 막 물러가려 할 때 건륭이 잠시 남으라는 손시늉을 했다. 그리고는 말했다.

"기윤이 그러는데, 이번 춘위(春闈)시험에 합격한 공생(貢生) 들 중에 이름이 황보염(黃甫琰)이라는 자가 12등에 입격했다고 하네. 경들만 알고 있게. 그 사람이 바로 십오황자 옹염(顒琰)이 네. 짐이 몰래 들여보내어 응시케 했었지."

"예?"

아계와 우민중의 놀란 눈이 등잔만큼 커졌다.

"하오나 십오마마께오선 아직 산동에 게시옵고 귀경하지 않았 지 않사옵니까!"

건륭이 놀라움을 금치 못하는 두 신하를 보며 얼굴에 득의양양 한 기색을 머금었다.

"경들에게 미리 알릴 수는 없었네. 짐의 아들이지만 솔직히 자 신이 없었거든!"

건륭이 어느덧 노기를 거두고 희색을 띠우며 덧붙였다.

"기대하지도 않았는데, 은근히 가르친 보람이 있어 색다른 기분 이 들었었네…… 그놈이 참…… 허허……."

놀라움도 잠시 두 신하는 적이 마음이 놓였다. 아들에게서 위로 를 받은 건륭이 모처럼 얼굴에 웃음기를 보였던 것이다. 아계가 얼굴 가득 웃음을 바르며 아뢰었다.

"폐하께도 이런 면이 있을 줄은 실로 뜻밖이옵나이다! 초야(草 野)의 소호(小戶)들에 이런 경사가 났다면 빚을 내어서라도 떡 만들고 고깃국 끓여 동네방네 잔치가 벌어졌을 것이옵니다!"

우민중도 나섰다.

"폐하께오선 그렇다고 쳐도 왕이열 역시 감쪽같이 모른 체했다 는 것이 통 믿어지지가 않사옵니다!"

"못 믿겠으면 가서 옹염의 방사(房師)인 기윤에게 물어보면 될

게 아닌가!"

건륭이 환하게 웃으며 덧붙였다.

"태후부처님께선 옹염이 고사장에 들어간 뒤에 아시고는 저러다 미역국이라도 먹으면 어떻게 하느냐며 노인네가 얼마나 노심초사하셨는지 모른다네. 불가사의할 것도 없는 것이 짐은 황자들의 실력이 어느 정도인지를 공식적으로 검증 받게 하고 싶었네. 옹염은 황자들 중에서 재학이 중간인 편이니 더불어 다른 황자들의 실력도 알 수 있지 않겠나? 그리고 황자들이 고사장에도 직접 들어가 봐야 선비들의 고초도 알고 거인(擧人)들이 십년 한창(寒窓)을 묵묵히 감내하는 이유를 조금이나마 알 게 될 것이 아닌가? 좌우지간 좋은 점이 있으면 있었지 나쁜 점은 없을 것이네……."

건륭이 이쯤 하여 신하들에게 주의를 주는 것도 잊지 않았다.

"아무리 좋은 일이라도 소문이 나면 물의를 일으키게 될 것이니 다들 입조심을 해주게. 이력이 불분명한 황보염이 누군지 몰라 예부에서 조사에 착수했다고 하는데, 가서 뒤를 캐지 말라고 하게."

두 사람은 급히 알겠노라고 대답했다. 우민중이 말했다.

"십오마마께오선 어차피 전시(殿試)에도 참가하지 않으실 분이온데, 구태여 신들이 예부를 찾을 필요는 없을 것 같사옵니다. 회시(會試) 합격자들은 전시에 응시하지 않으면 절로 자격이 박탈되옵니다. 찾다가 못 찾아내는 건 문제될 것이 없겠사오나 신들이 가서 캐지 말 것을 권유하면 괜히 의혹이 증폭되는 수가 있사옵니다. 누군데 군기대신들이 저리 관심을 갖는 걸까 하고 고개를 갸웃하지 않겠사옵니까?"

건륭은 우민중의 말이 충분히 일리가 있다고 생각하여 그 뜻을 수용하기로 했다.

　……한편 혼비백산하여 양심전(養心殿)을 나선 기윤은 천근만
근인 듯한 다리를 질질 끌며 위태위태하게 걸어갔다. 창백한 얼굴
만큼이나 머리속도 허옇게 탈색하여 아무 생각도 나지 않았다.
술을 두어 양동이 마신 것처럼 두 다리가 휘청거렸고, 조그마한
그루터기에도 앞으로 고꾸라질 것만 같았다.

　가까스로 영항(永巷)을 나서니 따뜻한 동남풍이 천가(天街)에
서 불어와 얼굴을 비단처럼 감고 지나갔다. 겨우 정신을 차리고
보니 군기처에서 멀지 않은 곳이었다. 풍을 맞은 손처럼 부들부들
심하게 떨며 시계를 꺼냈으나 눈께로 반쯤 들어올리다가 맥없이
툭 팔을 늘어뜨리고 말았다.

　눈부신 태양이 삼대전(三大殿)과 건청문(乾淸門)에 휘황찬란
한 빛을 도배하고 있었다. 그러나 흠뻑 젖은 뒷덜미에 바람이 들어
가니 훈풍일지라도 싸늘하게 느껴졌다. 애써 정신을 가다듬으며
어찌할까 방책을 강구해 보았다.

　푸헝이 살아생전이라면 두말없이 달려갔을 텐데……. 아계와
우민중을 기다려본다? 우민중은 자기 아우도 나 몰라라 하는 '인
정머리라곤 밥에 말아먹은' 자이니 애당초 기대할 바가 못 됐다.
아계는 이시요를 천거한 죄로 자기 코가 석자일 텐데, 날 도와줄
여유가 없겠지? 윤계선도 죽었고, 화친왕 홍주도 죽고 없었다. 화
신은 '철천지원수'이고, 류용은 자신의 가산에 대한 압수수색을
명 받은 몸이었으니 찾아갈 수가 없었다.

　열 손가락을 다 꼽아봐도 마땅히 선처를 부탁할만한 사람이 없
었다. 집에 돌아가자니 벌써 류용이 기다리고 있을지도 모르니

이대로 양봉협도에 끌려가 처박히기는 싫었다. 오늘부터 군기처에 얼씬도 하지 말라고 했으니 군기처에는 들어갈 수도 없고……

더 이상 흘릴 눈물도 없고 나올 한숨도 없었다. 무거운 머리를 힘겹게 목으로 받치고 서럽게도 푸른 구름 한 점 없는 하늘을 바라보니 돌연 '천라지망(天羅地網)'이 무언시, '세상은 넓어도 내 한 몸 뉘일 데는 없구나'라던 누군가의 절규가 절실하게 가슴에 와 닿았다.

"될 대로 되라지……."

기윤은 자포자기상태로 발걸음을 돌렸다. 경운문(景運門)을 향해 저벅저벅 걸어갔다. 어차피 맞아야 할 볼기짝이라면 미리 맞는 것도 나쁠 것 같지는 않았다. 그는 아예 집으로 가기로 했다. '열미초당(閱微草堂)'에 아직 정리하다 만 원고가 있고, 〈사고전서〉를 편수하느라 빌려온 책들 중에는 금서(禁書)도 있었다. 평소에 지인들과 주고받은 서찰도 그대로 있었다. 일상적인 일을 묻고 답한 내용들이었으므로 특별히 문제될 건 없겠으나 달걀에서 뼈를 발라내는 어사들의 손에 넘어가면 어떻게 변질되어 나올지 모를 일이었다.

갑자기 그는 사촌처남이 이번 춘위 시험에 합격한 사실이 떠올랐다. 점심때 집에서 만나기로 했으니 지금쯤은 문생들로 초만원을 이루고 있을 텐데, 그래서라도 어서 빨리 책상을 정리해야 할 것 같았! 그는 가랑이에 바람을 일으키며 걸음을 재촉했다. 가끔씩 문무관원들이 허리를 굽실거리며 다가와 알은체를 했으나 그는 전혀 아랑곳하지 않고 줄기차게 걷기만 했다.

새로 이사한 기윤의 부저(府邸)는 자금성 남서쪽 앵도사가(櫻桃斜街)에 위치해 있었다. 서화문에서 3리도 채 되지 않았다. 수레에서 내리니 정오 나절인지라 햇볕이 화창한 길에는 봄나들이를 나온 사람들로 붐볐다.

북경인들은 다른 지방에 비해 낮잠을 자는 경우가 극히 드물었다. 골목길엔 문을 활짝 열어 젖힌 다관(茶館)으로 몰려드는 사람들이 꽤 있었다. 저마다 차를 마시며 이야기꽃을 피우고 있는가 하면 연날리기에 열을 올리는 아이들은 골목을 벗어나 저만치 대로에서 깔깔대며 즐기움에 겨워있있나.

골목 남쪽으로는 유명한 팔대(八大)골목이 있었다. 대낮임에도 거문고를 타고 가야금을 뜯는 소리와 함께 앵무새 같은 노랫소리가 은은히 들려왔다. 집이 저만치 바라보이는 골목길 귀퉁이에서 기윤은 점괘를 봐주는 곳에 눈길이 멈췄다. 어제까지만 해도 무심코 그냥 지나쳤던 곳이 오늘은 어쩐지 발걸음이 자꾸만 그리로 당겨지는 걸 어쩔 수 없었다. 기윤은 수레꾼들을 먼저 보내며 자신이 점집에 들렀다는 사실을 가족들에게 해선 안 된다고 신신당부했다.

손바닥만한 단칸방엔 자그마한 탁자가 놓여있었고, 그 위에 지필(紙筆)이며 향로(香爐), 서첩(書帖), 산가지를 꽂은 대나무 통이 놓여 있었다. 담청색 벽지를 잘 도배한 방 한가운데는〈공자문례도(孔子問禮圖)〉가 걸려 있었고, 그 밑엔〈태극팔괘도(太極八卦圖)〉가 버젓이 붙어 있었다. 그 외에 방안에는 달리 아무 것도 없었다.

마흔 살 중반쯤 되어 보이는 사내가 등나무의자에 반쯤 기대어 앉은 채 눈을 감고 흔들거리며 한 손으로 염주를 돌리고 있었다. 기윤이 발을 걷어올리는 인기척에 사내가 벌떡 일어나 앉았다. 그리고는 자리를 권하며 기윤의 낯빛을 유심히 살폈다.

"용색(容色)이 참담하고 미간에 시름이 잔뜩 서려 있습니다. 마음속의 울분을 잠재우고 앞날이 궁금하시다면 파자괘(破字卦)를 보시는 게 어떨는지요!"

이에 기윤이 미소를 지어 보이며 말했다.

"생면부지(生面不知)의 영고사(榮枯事)를 묻지 마라. 그 얼굴에 모두 씌어 있거늘! 누군가 했던 말이 생각납니다. 솔직히 난 우려가 깊고 시름이 무거워 길을 가다 들렀으니 가르침을 주시오. 급한 일이 있어 장시간 머물 수는 없으니 간단하게 봐주시오. 많지 않으나 이걸로 고기라도 한 근 사서 드시오."

기윤이 이같이 말하며 소매 속에서 한 냥 짜리 은자를 꺼내어 책상 위에 올려놓았다. 그리고는 말했다.

"솔직히 말씀드리면 난 이 골목에 사는 기 학사(紀學士)요. 순간의 불찰로 죄를 지은 몸이니 선생의 고론을 오랫동안 귀담아들을 시간이 없소. 그러니, 핵심만 짚어주시면 고맙겠소."

선생은 놀라는 법도 없이 머리를 끄덕였다.

"아까 대교(大轎)에서 내리시는 걸 봤습니다. 조화(朝靴)도 신고 계시고. 말씀하지 않으셔도 어르신의 신분은 어느 정도 점치고 있었습니다. 용무가 급하시다니 어서 한 글자 내리시죠."

이에 기윤이 말했다.

"이런 경우를 들어 평소엔 부처님 전에 얼씬도 않더니 급한 걸음에 달려와 부처님 다리를 껴안는다고 하는가 봅니다. 부끄러운 마음 금할 길 없고……. 혹시 어르신 존성대명(尊姓大名)을 알 수 없을까요?"

"말씀 낮추십시오. 무슨 존성대명씩이나요. 전 성이 동(董)이고, 이름이 초(超)입니다."

"외람된 말씀입니다만 그 함자로 저의 길흉을 점쳐주십시오."

이같이 말하며 기윤은 붓을 들었다. 단정한 해서체로 '동초' 두 글자를 썼으나 아직 손이 떨려 필체가 반듯하지가 않았다.

동초가 종이를 들어 자세히 들여다보았다. 한참 후에야 그는 웃으며 말했다.

"염려놓으셔도 되겠습니다. 목숨에 지장이 있거나 하는 정도로 위태로운 건 아닌 것 같습니다. '초(超)'자부터 보면 '소주(召走)'의 합체로 볼 수 있죠. '동(董)'자는 '천리초(千里草)' 세 글자로 분해할 수 있겠고요. 기 대인께선 멀리 원정길에 오르시겠습니다. '소(召)'에 말씀 '언(言)' 변(邊)이 없는 걸로 보아 필히 구전조유(口傳詔諭)가 내려질 것입니다. 행선지는 천리 밖의 풀이 무성한 곳임에 틀림없습니다."

천리 밖의 풀이 무성한 곳이라? 그렇다면 흑룡강(黑龍江)일 수도 있고, 온두얼칸 초원일 가능성도 있었다. 운남(雲南), 귀주(貴州) 쪽일 수도 있었다. 멍하니 생각에 잠겨 있던 기윤이 다시 붓을 들었다. 한 글자를 더 적어주며 부탁했다.

"좀더 상세히 말씀해 주시오."

"'명(名)'자군요."

동초가 한 손으로 턱을 잡고 잠시 생각에 잠겼다. 그리고는 천천히 풀이를 했다.

"이 글자는 아래가 '구(口)'자이고 윗부분이 '외(外)'자의 부수인 '석(夕)'자입니다. 이걸 보면 대인께서 원정가실 행선지는 구외(口外)이고, 일석(日夕)이 서쪽에 있으니 필히 서역(西域)입니다."

"동초 선생, 실로 고명하십니다. 하나 더 궁금한 건 제가 그림

다시 돌아올 수 있겠습니까?"

"'명(名)'자의 형태로 볼 때 '군(君)'자와도 비슷하고 설핏 보아 '소(召)'자로 착각할 수도 있습니다. 나중에 반드시 경사(京師)로 돌아오게 될 것입니다."

"무리한 질문인지는 모르겠으나 그게 언제쯤이 될 것 같습니까?"

"'구(口)'가 '사(四)'에 두 획이 빠진 것이니, 아마도 4년이 채 안 걸려 성은을 입어 다시 돌아올 것입니다."

동초가 확신에 찬 표정으로 말했다. 기윤은 묵묵히 머리를 끄덕이며 사은을 표하고 점집을 나섰다.

4년! 결코 짧은 시간이 아니었다. 그것도 멀리 서역이면 만리 길인데…… 생각할수록 아득하고 끔찍했으나 지금으로선 삼십육 계 줄행랑이 최선의 선택일 것 같았다.

이 시각 그는 자신이 마치 광대무변한 황야에 홀로 서 있는 느낌이 들었다. 머리 위엔 시커먼 먹구름이 낮게 깔리고, 간담이 서늘한 천둥소리가 고막을 째고 화조금사(花鳥金蛇)를 연상케 하는 번개가 당장이라도 자신을 한줌 재로 쳐버릴 것만 같은 공포에 사로잡혔다. 이 번개가 국태와 우이간을 치더니 이젠 이시요와 내 차례인가! 아계가 국태를 주살할 것을 주청 올리는 자리에 기윤도 있었었다. 그 당시 건륭은 장기를 두고 있었고, 장기 알을 들어 어딘가에 힘껏 박아두며 지나가는 말처럼 대수롭지 않게 한 마디했었다.

"자살하라고 하게. 장기도 한 수 잘못 두면 자살이거늘!"

그렇게 국태와 우이간에게 자살을 명하는 지의는 눈 깜짝할 사이에 내려졌다. 길에서 흔히 보는 백마지(白麻紙)에 먹물 두어

방울 떨어뜨리는 사이 두 대신에겐 죽음이 결정된 셈이었다!

한치 앞을 가늠할 수 없는 상황에서 원정 4년이 뭐가 대수란 말인가? 천만다행이고 오로지 눈물 흩뿌리며 감사할 따름이지……

광채 없는 눈빛으로 자신의 집을 멍하니 바라보고 있던 기윤은 번쩍 정신이 들었다. 곧 죽어도 '기 중당'인데 자신만을 믿고 따르는 저 안의 가인들을 위해서라도 죽을 때 죽고, 떠날 때 떠나더라도 당당해야 한다! 가인들은 벌써 소식을 접하고 초상난 집이 따로 없을 텐데, 나마저 된서리맞은 가지 모양을 하고 나타나면 가인들에게는 설상가상이 아니고 무엇이랴!

이같이 생각하며 그는 짐짓 의연한 태도로 다가갔다. 가벼운 기침소리를 내니 문지기가 반가이 맞아주었다. 이어 자그마한 백구(白狗) 한 마리가 좋아라 달려나와 앞발을 치켜들고 옷섶에 매달리는가 하면 그 자리에서 뱅글뱅글 돌아가며 동그랗게 말려 올라간 꼬리를 살랑거리며 엉덩이춤까지 춰대고 있었다…… 그사이 여러 명의 노복(老僕)들이 주인을 맞으러 나왔다.

아니나다를까 가인들의 표정은 하나같이 어둡고 불안해 보였다. 뜰에 들어서니 처마 밑에 가인들이 전부 나와 있었다. 햇볕이 워낙 강렬하여 열려 있는 대청 안이 잘 보이지 않았다. 그러나 희미하게나마 식탁마다에 음식이 그대로 있고 수저가 정연하게 배열되어 있는 걸 보니 미처 연회가 시작되기도 전에 안 좋은 소식을 접했던 것 같았다. 그래서 사촌처남의 공생(貢生) 합격을 축하하러 왔던 손님들도 전부 돌아가 버린 것 같았다.

류보기(劉保琪), 갈화장(葛華章) 그리고 이번에 춘위에 합격한 서너 명의 공생들도 나와있었다.

기윤이 감격 어린 미소를 지어 머리를 끄덕여 보이며 쭈그리고 앉았다. 오늘따라 유난히 '예쁜 짓'을 잘하는 멍멍이를 쓰다듬어주며 물었다.

"뭐 좀 먹었나? 아, 아파! 핥아줘야지 물어버리면 어떡해!"

멍멍이가 주인의 팔에 감기고 등에 업히며 반가워했다.

"오늘 헛걸음시켜 안 됐네."

기윤이 그제야 손님들에게 말을 걸었다. 표정과 말투는 이미 완전히 진정된 것 같았다. 마치 낮잠을 맛있게 자고 일어난 사람처럼 평온한 표정으로 그는 말했다.

"안 그래도 정리할 문서도 있고, 황사성(皇史宬)에서 빌려왔던 책들도 반환해야겠다 싶어서 류보기 자네를 부르려던 참이었는데, 잘 됐네. 좀 있으면 류용이 올 거네. 종이 한 장일지라도 그의 허락을 받아야 들고 나갈 수 있게 됐어. 잠깐 기다려봐."

이같이 말하며 그는 다시 분부했다.

"누가 들어가서 부인께 내가 귀가했다고 아뢰거라. 그리고 청매, 명당 너희들은 마님의 불당을 깨끗이 청소하고 마님더러 그리로 거처를 옮기시게끔 하거라. 그리고 집에 은자가 얼마나 남아있는지 전부 챙겨놓고. 좀 있다 흠차가 오면 수사할 때 협조해야 할 거 아니냐."

들어오자마자 멍멍이를 데리고 놀아주는 기윤을 보며 상황이 그리 험악하게 돌아가는 건 아닐지도 모른다고 일말의 기대를 품고 있던 가인들은 그만 실망과 긴장이 교차하여 어찌할 바를 몰라했다. 주인의 명을 받고 저마다 제자리로 돌아간 자리엔 몇몇 새내기 공생들만 남았다.

얼굴에 난감한 기색이 역력한 이들을 보며 기윤이 가볍게 웃음을 터트리며 말했다.

"자네들은 용문(龍門)에 들기 바쁘게 호혈(虎穴)에 빠지고 말았군! 세상 험한 꼴 좀 봐두는 것도 앞으로의 장구한 인생에서 나쁘지만은 않을 것이네. 이제 전시(殿試)가 남았네. 재학의 승부이기도 하나 각자의 운에 달렸네. 나도 처지가 처지니 만큼 무슨 '교회(敎誨)'를 줄 수가 없을 것 같네. 뇌정우로(雷霆雨露) 모두 군은(君恩)임을 명심하고 분배받은 차사가 맘에 들든 들지 않든 최선을 다하도록 하게. 보다시피 이 바닥의 부침과 영욕은 뜻대로 안 되고 때론 전혀 예상치 못한 사태가 닥치는 수도 있으니, 개인의 영달만을 너무 추구하지는 말게."

기윤이 일일이 손을 잡아주며 이름을 물었다. 그러자 갈화장이 옆에서 소개를 했다.

"왼쪽으로 차례로 마상조(馬祥祖), 조석보(曹錫寶), 방영성(方令誠)입니다……"

기윤이 어깨를 두드려주며 격려의 말을 한마디씩 해주었다. 그리고는 웃으며 갈화장에게 물었다.

"혜동제(惠同濟)와 오성흠(吳省欽)이라는 친구도 있다며? 이 자리에 안 왔나?"

"왔다가 집에 일이 있다며 방금 전에 돌아갔습니다."

갈효장이 덧붙였다.

"진반강(陳半江), 진학문(陳學文) 형제와 갈승선(葛承先), 진헌충(陳獻忠) 등은 부(部)에서 찾을까봐 서둘러 돌아갔습니다. 내일 다시 찾아 뵙겠다고 했습니다."

류보기가 끼어들었다.

"진헌충 그 자가 잘난 척은 혼자 하면서도 일이 닥치면 줄행랑

놓는 데도 일등이라고 했더니, 어르신께선 안 믿으셨죠? 보세요 그 인간들, 승냥이 온다는 소리에 벌써 기겁하여 도망가버렸잖습니까……."

기윤은 묵묵히 듣기만 했다. 그리고는 빙그레 웃으며 말했다.

"말은 그렇게 하는 게 아니네! 그 사람 입장이 되어보지 않고 함부로 입을 놀려서는 안 되지."

기윤이 애써 웃음을 머금으며 조석보 등 여러 공생들에게도 한마디씩 부탁의 말을 했다.

마당에 선 채로 사람들은 거의 '훈회'를 들었다. 비록 미소를 지어 보였지만 기윤의 낯빛은 여전히 암담했고, "그만 돌아가라"고 했으나 눈빛엔 아쉬움이 가득 묻어났다. 도덕과 문장의 대가로서 수십 년 동안 그의 문장으로 내적인 풍요를 일궈낸 사람들이 수없이 많고, 만천하 학자들이 본받고 싶어하고 닮길 원하던 이 시대 최고의 학문가가 하루아침에 뇌정의 화를 입고 이같이 불측의 경지에 빠지다니! 가인과 문생들은 저마다 눈자위가 축축해져 고개를 떨구었다.

갈화장이 분통을 터뜨렸다.

"요즘 세상엔 호인(好人)이 없습니다! 호인 노릇을 하기가 하늘에 별을 따는 것보다 어려운 걸요! 사부님께선 그 많은 금수(錦繡)의 문장을 쓰시고 수없이 많은 인재들을 양성하신 걸 크게 자부하시고, 저희들도 그런 위대한 사부님을 모시는 것을 늘 영광스럽게 생각해왔습니다. 그러나 오늘 이렇게 당하고 보니 사부님께서 학문에만 전념하시지 말고 폐하의 면전에서 쳇바퀴 돌며 재주 넘는 자들처럼 아부하는 법도 적당히 배우셨더라면 이런 일은 없었을 걸 하는 생각이 불현듯 듭니다!"

"가서 일들 보게, 허튼 소리 하지 말고!"

기윤이 억지로 문생들의 등을 떠밀어 보냈다. 그리고는 류보기에게 말했다.

"서재로 오게, 할말이 있네."

류보기가 따라가며 물었다.

"류 대인이 아직 안 오는 걸 보니 그새 성심(聖心)에 변화가 생긴 건 아닐까요?"

이에 기윤이 당치도 않다는 듯이 웃어 보이며 대답했다.

"그럴 리가! 이는 석암(류용의 호)이 날 배려하는 거야……."

서재의 마당에 들어서니 담장 하나를 사이에 두고 있는 내원(內院)에서 여인네들이 울고 있는 소리가 들려왔다. 대뜸 안색이 흐려진 기윤이 서재에서 시중드는 하인에게 말했다.

"가서 이르거라. 초상난 집도 아니고 대낮부터 어인 곡이냐고! 썩 눈물 거두지 못하느냐고 내가 불호령을 내렸다고 하거라!"

서재로 들어가 앉은 기윤은 류보기에게 몇 마디 당부의 말을 했다. 그러나 흠차가 오지 않았으나 류보기로서는 아직 물건을 가지고 밖으로 나갈 수가 없었다. 무어라 위로의 말을 해야 할지 몰라 그는 연신 길고 짧은 한숨을 내쉴 뿐 말이 없었다. 둘은 그렇게 오래도록 말없이 앉아 있었다. 지지리도 무거운 침묵 속에 한참 눌려 있노라니 멀리서 징 소리가 은은히 들려왔다.

"둥둥둥둥, 둥둥둥둥둥둥둥!"

모두 열 한 번이었다.

'문무백관, 군민인등제회피(文武百官 軍民人等齊回避)'라는 말을 대신하는 징소리였다! 류용이 오고 있다는 걸 짐작한 기윤은 천천히 자리에서 일어났다. 그리고는 조마조마하여 잔뜩 풀이 죽어 있는 가인들에게 말했다.

"정당(正堂)에 향안(香案)을 설치해두거라. 류보기만 남고 나머지는 전부 들어가 있거라……"

이같이 말하며 그는 벌써 한 발 밖으로 나와있었다.

그사이 류용(劉鏞)은 이미 깨끗하게 비질을 한 앞마당 입구에 당도해 있었다. 흰 허리와 느리고 힘겨워 보이는 걸음걸이, 마당 모퉁이에 모습을 드러낸 기윤을 보는 순간 마음이 짠해진 류용이 빠른 걸음으로 다가갔다.

기윤이 무릎을 꿇어 예를 행하려 하자 류용이 다급히 앞으로 다가와 두 팔을 잡으며 말렸다.

"효남 공, 어찌 이러십니까? 전 아무리 세월이 흘러도 영원히 효남 공의 제자입니다! 지의를 어길 수 없어 무거운 걸음을 한 제 마음을 이해하시죠? 방금 가목(佳木) 공을 만나 상황을 쭉 들었습니다. 절대 마음 약하게 먹지 마시고 힘을 내십시오……"

"이해하고 말고."

기윤은 애써 담담한 표정을 지으려고 노력했다.

"지의를 전하십시오. 방금 서재에서 류보기에게 몇 가지 차사를 맡겼습니다."

그는 덧붙였다.

"이번 사건과 별개인 문서와 개인적인 책들이 좀 있어서 들려보내고자 하오니 대인께서 검열해 보시고 보내주셨으면 합니다."

류용이 머리를 끄덕였다.

"물론이죠."

그런 다음 뒤를 향해 소리쳤다.

"형무위(邢無爲)!"

부름을 받고 서른 살 가량의 아역이 앞으로 나왔다. 류용이 그에게 분부했다.

"절대 기 대인의 가인들에게 무례를 범해선 아니 될 것이야. 그리고 마침 방문을 한 손님들이 있으면 억지로 붙잡아두지 말고 밖으로 잘 모시거라!"

류용은 무거운 한숨을 쏟아내며 방안으로 들어갔다. 그리고는 향안 뒤에서 남쪽을 향해 돌아섰다. 조서(詔書)는 없고 구두(口頭)로 지의(旨意)를 전했다.

"기윤은 무릎꿇어 지의를 받들라!"

6. 성심(聖心)

마당에는 흠차를 호종(扈從)한 친병들과 가인들로 가득했다. 2백 명은 족히 될 것 같았다. 뭇 새들마저 숨죽인 적막감은 묘지 (墓地)의 오싹함을 닮아 있어 사람들은 저마다 잔뜩 숨을 죽이고 있었다. 기윤은 그 와중에도 의관을 정제하고 관포(官袍) 자락을 잡고 무릎을 꿇었다. 그리고는 머리를 조아리며 가늘게 떨리는 목소리로 아뢰었다.

"죄신(罪臣) 기윤이옵나이다……."

"묻겠다."

지의를 전하는 류용의 태도는 근엄하기 이를 데 없었다. 목소리는 끓여서 식힌 물처럼 무미하고 건조하기만 했다.

"헌현(獻縣) 후릉촌(侯陵村) 이대(李戴)라는 자의 노새가 자네 소유의 논에 들어가 벼를 몇 가닥 뜯어먹은 일로 양가의 싸움이 소송으로 번져 이대가 억울하게 옥살이를 하다 죽은 사건이 발생했다고 하는데, 자넨 이 사실을 알고 있었나?"

"아뢰나이다, 폐하."

기윤이 말했다.

"죄신은 사전에 집안에 그런 일이 있었는지를 전혀 몰랐사옵나이다. 가인 하나가 헌현에 다녀오면서 여차여차하여 이대의 노새를 가인들이 가둬버렸다고 했사옵니다. 이아무개가 워낙 어육향리(魚肉鄕里)하여 평판이 좋지 않았던지라 저희 기가(紀家)의 몇몇 종친들이 이참에 따끔하게 '훈계'할 목적으로 노새를 붙잡아놓고 이대더러 고악대를 앞세우고 화홍채례(花紅彩禮)를 준비하여 떠들썩하게 사죄하러 올 것을 요구했다고 하옵니다. 소식을 접하고 죄신은 놀란 마음에 급히 고향에 서찰을 보내어 노새를 조용히 돌려보내고 이웃간에 좋도록 하여 화목하게 지낼 것을 부탁했사옵니다. 하오나 미처 서찰이 당도하기도 전에 사건은 이미 발생하고 말았던 것이옵니다. 평소에 가인들에 대한 훈계가 부족하여 부덕한 가인들이 향리에서 무례하게 횡행하며 양민을 괴롭혀 결국엔 치사까지 초래했으니 결국 죄의 장본인은 신이옵나이다. 폐하께오서 신의 죄를 물으시오니 신은 오로지 머리 조아려 인정하는 수밖에 없사옵니다."

류용은 기윤의 이야기를 다 듣고 나서 잠시 숨을 돌리고는 다시 물었다.

"이대는 소송과정에서 현(縣)에서 부(府)로, 부에서 도(道)로, 성(省)으로 상소를 해왔다고 하네. 하지만 번번이 '미말(微末)의 사건이라 입안할 가치가 없다'는 이유로 도로 현으로 회부됐다고 하네. 이대가 공당(公堂)을 포효하고 현령에게 독설을 퍼부은 것도 관부와 기가가 내통하여 사건을 일방적으로 자신에게 불리하게 몰고 간다는 이유 때문이고, 그로 인해 원한을 안고 자결했다고 하니 물론 이아무개의 협애(狹隘)한 흉금을 탓할 순 있네. 하지만 과연 이 사건의 전말에 있어 자네 기윤은 과연 관계 부문에 청탁이나 압력을 넣은 적은 없는가?"

"그런 일이 있사옵니다……."

기윤이 머리를 조아리며 아뢰었다.

"처음에 죄신은 여러 차례 서찰을 보내어 가인들에게 '좋은 게 좋은 것'임을 강조했사옵니다. 이대가 자존심 꺾이는 걸 원치 않는다면 조용히 마주앉아 적당한 선에서 합의를 보라고 했사옵니다. 하오나 한편으로 죄신은 천자(天子)의 측근에 몸담고 있사온데 순순히 그 자의 비례(非禮)를 받아주고 너그럽게 처신하는 것만이 능사는 아니라는 생각이 들었사옵니다. 일방의 관대함은 곧 무지한 상대의 발호를 종용하는 격이라고 사려되었기에 하간지부인 갈아무개에게 서찰을 보내어 이치와 법에 어긋나지 않는 선에서 적당히 조율을 해보라고 부탁한 적이 있사옵니다. 하오나 이아무개가 그 일로 수모를 운운하며 자진(自盡)할 줄은 정녕 몰랐사옵니다. 죄신의 의중과는 달리 사건이 이렇게 크게 비화된 것에 대해 죄신은 그 책임을 회피할 수가 없을 것이옵니다. 인명(人命)이 지중(至重)하거늘 비례(非禮)와 불인(不仁)으로 폐하의 인정치국(仁政治國)에 막대한 누를 끼친 죄신을 엄히 벌해주시옵소서!"

기윤의 용기에 내심 놀라워하며 류용은 목청을 가다듬은 다음 다시 물었다.

"노견증이 자네의 친인척이란 말이 과연 사실인가?"

"예. 죄신의 소실 곽씨 소생의 둘째딸의 시어른이옵나이다."

"노견증이 양회(兩淮), 무호(蕪湖), 덕주(德州) 등지의 염운사(鹽運使)를 역임하면서 고은(庫銀)을 고래가 물 삼키듯 했거늘 경은 정녕 이를 모르고 있었단 말인가? 혹시 내통한 사실은 없는가?"

"폐하, 이들 지역의 염운사는 고항(高恒)과 주속장(朱續章), 서융안(舒隆安), 곽일유(郭一裕), 오사작(吳嗣爵) 등이 맡아왔사옵니다. 노아무개가 부임했을 때는 이미 적자가 상당했던 걸로 알고 있사옵니다. 죄신은 노아무개더러 자신이 초래한 적자이든 아니면 해묵은 적자이든 간에 단계적으로 갚아나갈 것을 권한 적은 있사오나 그 자신이 훗날 전임들의 전철을 밟을 줄은 정녕 몰랐사옵니다. 아울러 신은 그 자의 탐묵(貪墨)을 종용하거나 내통하여 공금을 횡령한다는 것은 꿈에도 생각해본 적이 없사옵니다. 통촉하여 주시옵소서!"

"노견증 사건이 표면화된 후 육부(六部)에 선처를 호소한 적은 없었는가?"

"맹세코 그런 적은 없사옵니다. 죄신과 노아무개의 관계를 아는 육부의 관원들이 간간이 사건과 관련하여 궁금한 점을 물어오긴 했사오나 죄신은 법규정에 따라 엄히 벌해줄 것을 매번 강조하였을 뿐 청탁을 넣은 일은 없사옵나이다."

기윤은 연신 머리를 조아렸다. 그는 고향에서 가인들의 불찰로 일어난 인명사고가 몇 년 전의 일이고, 건륭은 이 사건을 새삼스레 들춰낼 만큼 관심을 보이지 않았다고 태감 왕치에게서 들은 바가 있었다. 또한 노견증이 아무리 자신의 사돈이라고는 하지만 추호도 '해당사항'이 없는 자신에게 큰 죄를 물을 리는 없다고 자신했다.

그가 진정 염려하는 것은 건륭이 푸헝과 군기처의 인사와 관련하여 자신이 '술김'에 흘리고 다닌 말들에 대해 심기가 대단히 불편해 있다는 것이었다. 그로 인해 초조하고 불안하기 이를 데 없었다.

청천의 벼락만은 떨어지지 말기를 내심 빌고 또 빌며 류용이 대신 하문하기만을 기다렸으나 류용은 한참동안 입을 열지 않고 있었다. 때문에 그대로 엎드려 있는 수밖에 없었다.

류용 역시 긴장하고 불안한 표정인 것 같았다. 진정하고 숨을 고르는 시간이 필요했던 것이다. 한참 후에야 그는 하문이 아닌 건륭의 지의를 전했다.

"명색이 조정의 대신이라는 자가 가인들의 전횡을 방치하여 인명송사에 몰리고 친인척에 대한 훈회와 교화가 부실하여 타의 본보기가 되기는커녕 사회적인 물의를 빚었으니 짐은 결코 이를 용서할 수가 없다. 기윤의 군기대신의 직위를 박탈하고 겸하고 있는 모든 차사를 파직시킨다. 류용은 즉시 그 재산을 압수수색하고, 기윤은 수사가 마무리되어 정죄(定罪)할 때까지 폐문(閉門)하고 근신해야 할 것이다! 이상."

"망극하옵나이다…… 폐하!"

기윤은 길게 엎드려 머리를 조아렸다. 혁직(革職)도 예상했던 바이고, 압수수색도 각오하고 있었으니 달리 충격을 받은 건 아니었다. 다만 조유(詔諭)의 언사가 의외로 날카롭지 않고 담담한 것에 그는 놀랐다. 양심전에서의 대성질호(大聲叱呼)에 가까운 질책과는 거리가 멀었던 것이다. 오장육부를 난도질하는 것 같은 각박하고 섬뜩한 언사도 없었고, '부의(部議)에 넘겨 의죄(議罪)'하고 '감옥에 수감'한다는 내용도 없었다!

그는 홀연 적잖은 짐을 덜어낸 듯한 홀가분함을 느꼈다. 그러나 그것도 잠시였다. 건륭이 '아' 하면 '어' 할 정도이고, 그가 기침만 해도 이내 독감에 걸려버릴 정도로 가까이에서 시중들어 온 세월이 수십 년으로 군주의 성정을 훤히 꿰고 있는 기윤이었다. 어떨 때는 구혈(狗血)이 낭자하게 욕설을 퍼붓고 대성질호를 하다가도 '높이 들었다 가볍게 내려놓는' 식으로 신하들로 하여금 순식간에 지옥과 천당을 오가게 하는 수가 있었으니 종잡을 수 없는 것이 성심(聖心)이었다. 또한 기분 좋게 담소를 나누다가도 붓을 들어 '주홍글씨'를 써버리는 건륭이었으니, 진정한 의중을 점쳐내기란 하늘의 별 따기였다.

잠시 생각하고 나서 그는 말했다.

"류 대인께오서 대신 주해 주십시오. 죄신 기윤은 행실이 불건전하여 이 같은 비례를 저질렀음에 크게 참회하고 회개하오나 모든 걸 바로잡기엔 이미 너무 늦었사옵나이다. 부디 엄히 벌해주시어 타인의 경계로 삼게 해주시옵소서. 이 못난 죄신은 구천지하에서도 성은에 감격하며 살 것이옵나이다……."

더 이상 말을 잇지 못하고 기윤은 눈물을 비오듯 쏟으며 엎드려 어깨를 들썩였다.

지의를 전하고 난 류용은 곧 평소의 그다운 모습으로 돌아왔다. 두 손으로 기윤을 부축하여 일으켜 세웠다. 그리고는 한숨과 함께 소탈하게 웃어 보였다.

"너무 상심하지 마십시오. 나중에 폐하께오서 필히 은지(恩旨)를 내리실 겁니다. 차사는 부하들에게 맡겨버리고 우리는 조용히 이야기나 나눕시다."

이같이 말하며 그는 다시 물었다.

"헌데 기윤 공께선 대체 북경에 저택을 몇 개나 소유하고 계신 겁니까? 친인척들이 살고 있습니까?"

기윤이 눈물을 닦고 적이 평온해진 어투로 대답했다.

"폐하께오서 네 곳에 저택을 하사하셨소. 이참에 전부 반환해야겠지. 친인척들이 들어있는 경우는 없고 다만 몇몇 가인들이 빈집을 지키고 있소. 류 대인께 말씀드리고 싶은 건 폐하께오서 네 곳의 저택 말고도 장원도 세 곳이나 장만해주셨소. 헌현에 조상 때부터 물려받은 땅이 조금 있을 뿐 난 따로 전답을 사들이거나 재산을 불린 일이 없소. 은닉재산이라도 발견되는 날엔 난 기군죄(欺君罪)를 범하는 것이고, 그때 가선 구차하게 목숨을 부지하려고 애쓰지도 않을 거요!"

류용이 물었다.

"그럼 이 '열미초당'은 누구의 소유로 되어 있죠?"

이에 기윤이 대답했다.

"집이 자금성에서 너무 멀고 군기처에선 절대기밀을 요하는 차사를 보기가 불편할 때가 있어 이곳에 내가 장만한 거요. 폐하께오서도 이 누추한 처소를 찾아주신 적이 있고, 이 사실을 알고 계시오."

류용이 곧 분부했다.

"이봐, 형무위! 가산에 관해서는 철저히 수색하여 기록하고 어사물품(御賜物品)에는 노란 딱지를 붙이거라. 가솔들을 놀라게 하지 말고 재물을 훔치는 자에겐 가차없이 엄벌을 내릴 것이니, 그리 알라 전하거라. 각종 서류와 자화(字畵)들을 헝클어뜨리지 말고 잘 보관하고 분류하여 챙겨놓거라. 폐하께오서 친히 어람하실 것이야!"

"예!"

형무위가 급히 응답하고 돌아서서 나갔다. 그리고는 병사들을 여기저기 사전에 배치했던 대로 풀어 수사에 착수하게 했다. 서재와 창고, 서쪽 별채에서 와장창 물건을 뒤지고, 부르고, 받아 적고, 확인하는 목소리가 들려왔다.

류용과 기윤은 큰방의 대청에 마주앉아 있었다. 기윤은 비스듬히 의자에 등을 기대고 앉은 채 뻐끔뻐끔 곰방대만 힘껏 빨아댔다. 전혀 다른 말을 꺼내어 담소를 이끌어낼 만한 분위기가 아니었다. 한참 침묵 끝에 류용은 단도직입적으로 말했다.

"폐하께오서 진노하신 이유는 방금 내가 대신 하문한 사안뿐만이 아닙니다. 천가(天家)는 궁위(宮闈)의 세지말엽(細枝末葉)에도 대단히 민감할 수밖에 없습니다. 헌데 기윤 공께서 사석에서 궁위에 대해 언급했다는 사실에 폐하께오선 크게 심기를 다치신 것 같습니다. 오늘 폐하를 알현한 자리에서 폐하께오서 이미 이에 대해 불편한 심기를 비추셨다고 들었습니다."

기윤이 무겁게 머리를 끄덕였다.

"앞으로 어찌할 생각을 하고 계신지요?"

"생각이라고 할 게 뭐 있소."

기윤이 목에 바투 잠긴 단추를 풀어내며 길게 한숨을 내쉬며 말을 이어나갔다.

"일이 이 지경에 이르렀으니 하늘의 뜻에 맡기는 수밖에. 과거에 급제하여 벼슬길에 오른 이래 실로 춘풍득의(春風得意)한 나날들을 보냈지."

그는 자조 섞인 웃음을 지어보였다.

"어찌나 자부가 지나치고 오만방자했던지 '춘범(春帆)'이라는 자(字)까지 만들어 으스댔었지! 순풍에 돛단 듯이 모든 일이 척척 술술 풀리라는 뜻이었는데, 달도 차면 기운다는 심오한 도리를 미처 깨닫지 못했던 것이 오늘날의 화근이 된 것 같소. 폐하의 면전에서 겁 없이 학문을 과시하고 동료들에게 안하무인의 나쁜 인상을 심어주었으니 어찌 보면 오늘날 배가 뒤집어지는 것은 예고된 게 아니었던가 싶소. 그런 까닭으로 난 날 탄핵하고 질타한 사람들을 원망하지는 않고 오로지 나 자신을 원망하고 미워할 뿐이오."

"대신 폐하께 아뢰어 드리겠습니다. 자신의 착오를 인지하고 진심으로 회개하시는 모습이 바람직하다고 생각됩니다. 소 두어 마리 잃고 외양간 고치는 것은 앞으로 열 마리를 잃지 않기 위한 현명한 처사가 아니겠습니까?"

류용이 간곡하게 말했다. 그리고는 또 물었다.

"이번 춘위 시험문제는 기 공께서 출제하셨죠? '공즉불모(恭則不侮)'라는 제목에 대해 어떤 호사가는 폐하께오서 미신(媚臣, 아첨하는 신하)을 좋아하신다는 뜻으로 풀이하였고, '인생칠십고래희(人生七十古來稀)'는 폐하에 대한 풍자를 담고 있다고 하여 폐하께오서 크게 노하시어 필묵을 내던져 박살을 냈다고 합니다. 기윤 공에게 유난히 심기가 불편하시게 된 것도 이번 춘위 시험이 발단이 되었다고 합니다."

과연 그게 사실이란 말인가! 듣고 보니 그것이 발단이 되려면 얼마든지 되고도 남을 것 같았다. 건륭의 면전에서 감히 춘위 시험의 제목을 들먹이며 '호사가' 노릇을 할 수 있는 사람은 아무리 생각해봐도 우민중밖에 없을 것 같았다. 화신은 설령 악의를 품었더라도 그럴만한 '재학'이 없었다.

불끈 치밀어 오르는 분노를 애써 삭이며 그는 일어나 붓을 들었다. 먹을 힘껏 찍어 일필휘지(一筆揮之)로 그가 써 내려간 것은 〈사서(四書)〉의 구절들이었다.

王何必曰利
二吾猶不足
麻縷絲絮
子男同一位

다 쓰고 난 기윤이 말했다.
"이것 좀 보오, 석암. 건륭 36년에 우 중당이 출제했던 제목들이오."
류용이 한번 훑어보고는 어리둥절한 눈빛으로 기윤을 바라보았다. 기윤은 말없이 다시 써내려 가기 시작했다.

恭則不侮
祝鮀治宗廟
天子一位
子服堯之服
萬乘之國
年已七十矣

붓을 내려놓고 손을 털며 기윤은 글귀의 앞 글자를 하나씩 짚어 보이며 말했다.
"자, 보오! 앞 글자를 하나씩 따 읽어보면 '공(恭), 축(祝), 천

(天), 자(子), 만(萬), 년(年)'이지? 작년에 출제할 때 폐하께오선 성수(聖壽)가 육십 오 세였소. 내가 천자의 만년을 공축하자는데 뭐가 문제란 말이오? 자, 그럼 이제 우 중당이 건륭 36년에 출제한 제목들을 보시오. 도학(道學)의 종사(宗師)임을 자부하여 삼강오상(三綱五常)을 입에 달고 다닌다는 사람이 출제한 걸 좀 보오. 앞 글자들을 하나씩 붙여보면 '왕이마자(王二麻子)', 즉 왕곰보란 뜻이 아니냐 이 말이오! 굳이 문제를 삼자면 어느 쪽이 문제가 되겠소?"

류용은 그의 정연한 논리에 연신 머리를 끄덕였다. 대학문가와 마주앉아 학문을 논할 자리는 아니었지만 아무튼 신선하고 놀라웠다.

"제가 왈가왈부할 문제는 아닌 것 같고 대신 아뢰어 드리겠습니다. 폐하께오서 직접 성재(聖裁)할 수 있도록 말입니다. 단 한 가지 부탁드리고 싶은 것은 이럴 때일수록 바깥출입을 삼가하시고 당분간은 절대 근신하시는 것이 바람직할 것 같습니다. 바람이 불 때는 옷섶이 훨훨 날리고, 꼭 방정맞은 자들이 있어서 다리를 보고도 엉덩이를 보았다고 요상한 소문을 퍼뜨리게 마련이니까요."

둘은 차사에 관해 많은 대화를 나누었다. 해가 서쪽으로 기울 무렵에야 앞마당, 뒷마당 모든 수사는 끝이 났다. 형무위가 장부책을 한아름 안고 들어와 아뢰었다.

"기 대인의 장부는 명세기록이 잘 되어 있는 것 같습니다. 장부책을 가지고 갈까요, 아니면 남겨 놓을까요?"

"가져갈 필요는 없어. 나중에 재수사할 때 찾기 쉽도록 잘 챙겨 놓기나 해!"

류용이 덧붙였다.

"나머지 세 곳의 저택에서 빈집을 지키고 있는 기가(紀家)의 가인들을 전부 보내고 형부에서 사람을 파견해 지키고 있게. 이곳 '열미초당'은 잠시 봉하지 말게. 기윤 공 일가가 편히 머무를 곳이 있어야 하지 않겠나? 일상기거는 예전과 다름없이 배려해 드려야 할 것이네."

류용의 처사에 기윤은 내심 간격하여 눈시울이 붉어졌다. 치사를 마친 류용이 떠나가려 하자 그가 불러 세웠다.

"하나만 물어봅시다."

류용이 멈춰 섰다.

"이시요는 어찌됐소?"

"탐오횡령, 뇌물수수죄가 이미 적용이 되어 양봉협도의 옥신묘에 수감되었습니다. 그쪽에도 찾아볼 겁니다."

기윤이 기운 없이 중얼거리듯 말했다.

"알았소……. 죄를 지었으면 죄값은 치러야겠지……. 알았소, 그만 가보시오……."

느릿느릿 고개를 돌려 그는 내원(內院)으로 향했다. 와병중인 부인 마씨와 시첩(侍妾), 가인들이 모두 내원에서 조마조마하게 소식을 기다리고 있을 터였다…….

류용은 그날 저녁 귀가하지 않고 형부의 공문결재처에 남아 있었다. 오후 나절에 이시요를 양봉협도의 감옥으로 압송하고 기윤의 재산을 압수수색하는 두 가지 대사를 연이어 치르고 보니 마음도 울적하고 아직 못 다한 일들이 많았기 때문이었다.

군기대신으로서 여느 부원(部院)의 신하들처럼 차사를 마치고 나면 그만인 것이 아니었다. 기윤과 이시요의 사건을 정리하고 차사에 대해 빈틈없이 기록을 남겨 건륭이 하문할 시에 논리 정연하게 보고하고 자신의 주장을 설득력 있게 피력하려면 사전준비가 철저해야 했다. 자신의 말 한마디가 군기처를 소용돌이에 몰아넣고 조정의 국면을 움직일 수도 있다는 생각에 더욱 신중해질 수밖에 없었다.

특히 이 사건과 관련하여 아계, 우민중, 화신은 각각 어떤 견해를 보일 것이며, 아계가 이시요를 천거한 죄를 물어 처벌을 받은 걸 보면 혹시 푸헝의 '부재'로 인한 군기처의 '인사변동'이 사실로 비춰지는 건 아닐까 싶었다. 그러나 다시 생각을 고쳐서 해보니 국태와 우이간은 푸헝의 측근이 아님에도 주살당한 걸 보면 꼭 푸헝의 '계보'에 손을 대려는 건 아닌 것 같았다. 푸헝은 평생 근신하고 공정한 태도를 지켜왔고, 아들들도 모두 반듯하게 장성하여 중용되고 있는 시점이었다. 건륭이 정녕 '결당(結黨)'을 의식하고 군기처를 '다사지추(多事之秋)'로 몰아넣는다면 절대 '당수(黨首)'를 손보지 않고 '당우(黨羽)'들만 징계할 리는 없었다…….

그게 아니라면 과연 불세출의 학자와 흔치 않은 인재를 얼마든지 한눈을 질끈 감아버리면 될 정도의 작은 착오 때문에 크게 죄를 묻는다는 것이 도무지 이해가 가지 않았다. 사건의 이면을 짚어내지도 못하고, 죄를 가늠하는 척도도 짐작할 수가 없었다!

촛불이 갑자기 "탁!" 튀면서 불꽃이 커졌다. 순간 류용의 눈빛이 뭔가 계시를 받은 듯 번쩍 뜨였다. 때론 복잡하고 난해한 문제도 의외로 답은 간단명료하다는 생각이 들었던 것이다.

푸헝에 대한 성총에 대해서는 예나 지금이나 불변함은 이의를 달 바가 아니었다. 그러나 20년 동안 군기처의 '살림'을 도맡아

오다시피 한 푸헝이었으니 그 영향력이 뿌리깊게 박혀 있는 것
또한 사실이었다.

이제 옛 사람은 가고 없고 새로운 사람들이 빈자리를 메워야
했다. 그러나 신인(新人)들은 대선배들 앞에서 움츠러들 수밖에
없고, 자신의 기량을 맘껏 펼 수 없게 됨은 자명한 사실이었다.
더욱이 복강안을 군기처에 들이지 않은 걸 보면 건륭은 우민중,
하신 등 군기처의 신인들에게 독창적인 '새로운 군기처'를 만들어
내길 기대하고 있는 것이다!

그제야 비로소 만장심연(萬丈深淵)과 같이 깊은 제왕(帝王)의
심술(心術)을 어느 정도 엿볼 수 있을 것 같았다. 물론 이는 영원
히 공개되지 않을 심술일 테고, 신하들이 더듬어 추측하고 성의
(聖意)를 헤아려나가는 수밖에 없었다!

그는 쓰고 짙은 보이차(普耳茶)를 한 잔, 두 잔 연신 마셨다.
담배도 기윤이 보내준 '관동홍(關東紅)'이라는 연엽(煙葉)을 한
줌씩 곰방대에 쑤셔 넣고 뻑뻑 빨아댔다. 눈이 우묵하게 꺼진 데다
곰방대를 힘껏 빨아 볼까지 움푹하게 들어가 있는 얼굴이 자욱한
연기에 가려 마치 무덤 속의 해골을 보는 것 같이 섬뜩했다.

동창(東窓)이 환하게 밝아올 때까지 그는 책상 앞에 앉은 그대
로 새벽을 맞이했다. 대충 고양이 세수를 하고 구부정하게 허리를
구부린 채 그는 약간 열이 느껴지는 이마를 쓸어 올리며 분부했다.

"입궐할 채비를 하거라……."

과연 류용이 예측했던 바대로 융종문에 들어서자 벌써 분위기
가 평소와 사뭇 달라져 있었다. 군기처 각 방의 장경들도 일찍
나왔다고 하여 한가로이 담소하거나 차를 마시는 이들이 없었고,
아침부터 입천장이 훤히 들여다보일 정도로 하품을 하며 무료하

게 관보(官報)나 뒤적이는 이들도 없었다. 모두가 헛총질에 겁먹은 산토끼 마냥 바삐 움직였다. 먹을 간다, 화선지를 쓰기 좋게 잘라놓는다, 찻물을 끓여낸다, 서류를 한 아름 안고 왔다갔다하는 등 대단히 분주해 보였다. 걸음은 작고 빠르고 표정들은 하나같이 석고처럼 굳어 있었다.

어제철패(御製鐵牌) 밖에는 명을 받고 차사를 보고하러 온 열댓 명의 관원들이 역시 사뭇 긴장된 표정으로 삼삼오오 모여 무언가 귀엣말을 나누고 있었다. 철패를 수호하는 군기처의 시위와 태감들도 어둡고 심각한 표정들이었다. 류용이 들어서자 그들은 일제히 그 자리에 멈추어 고개를 내렸다.

그 순간, 류용은 전에 느껴보지 못했던 뿌듯함을 맛보았다. 전에도 나름대로 '대접'은 받아왔으나 그것이 모두 부친의 후광 덕분이라고 생각했었다. 그러나 산동으로 내려가 백성들의 우환이었던 탐관들을 숙청하여 크게 이름을 날렸고, 평읍의 난을 평정하는 데 가장 큰 공을 세운 복강안의 군무를 협조하여 대승을 이뤄내는 데 크게 기여했다는 평을 받으면서 그는 완전히 아버지의 그늘에서 벗어난 것이었다.

일제히 자신에게로 향하는 눈길을 의연하게 받으며 군기처를 향해 두어 걸음 옮기니 태감 하나가 종종걸음으로 달려나와 굽실거리며 아뢰었다.

"우 중당은 예부로, 화 대인은 호부로 다니러 갔습니다. 방금 류 대인께서 오시면 봉선전(奉先殿)으로 들어와 직접 아뢰라고 하시는 지의가 계셨습니다."

"봉선전?"

류용은 적이 놀라운 표정을 지어 보였다. 건륭은 이제껏 그곳에

서 신하들을 접견한 적이 없었던 것이다. 잠시 생각하고 난 그가
물었다.

"계 중당은 어디 계신가? 다른 군기대신들은 폐하를 알현했는
가?"

"계 중당께서는 회시(會試) 준비차 보화전(保和殿)으로 가셨
습니다. 어제 계 중당으로부터 지시를 받았습니다. 나머지 대인들
께선 아직 어가를 알현하지 않았습니다!"

류용은 아계가 의도적으로 건륭이 자신을 독대하게끔 자리를
마련했다고 생각했다. 그러나 하필이면 봉선전이냐 하는 의혹은
여전했다.

서둘러 건청문을 통해 동쪽으로 경운문, 육경궁을 거쳐 어차방
(御茶房) 북측에 이르니 한백옥(漢白玉) 계단이 거울바닥처럼 평
평한 월대(月臺)를 받치고 있는 웅장한 궁궐의 금와(金瓦)가 햇
볕을 받아 눈부시게 빛나고 있었다. 이곳이 바로 청실(淸室)의
열성조들의 신위(神位)를 모신 봉선전이었다.

왕렴이 궁문 앞에서 손짓을 하고 있었다. 류용이 빠른 걸음으로
계단을 올라 월대로 가니 왕렴이 소리내지 말라는 시늉을 하며
발끝을 들고 살금살금 대전 입구로 향했다. 스스로 이름을 말하고
들라고 했으니 어찌나 조용한지 바늘 떨어지는 소리까지 들릴 법
한 주홍색 문 앞에서 류용은 아뢰었다.

"군기대신(軍機大臣), 영시위내대신(領侍衛內大臣), 태자태보
(太子太保), 문연각대학사(文淵閣大學士) 겸 형부상서(刑部尙
書) 신 류용이 대령하였사옵나이다!"

"들게."

안에서 건륭의 차분한 음성이 들려왔다.

"예!"

류용이 한 손에 두루마기 자락을 잡고 가벼운 걸음으로 궁전 안으로 들어갔다.

햇볕이 강렬한 바깥과는 달리 궁전 안은 어둡고 차가운 기운이 감돌았다. 유난히 춥게 느껴지는 금전(金磚)은 사람의 모습이 거꾸로 비칠 정도로 반질반질했고, 밖에서 보기에 눈부시게 찬란했던 유리창은 안에서 보니 어둡게만 보였다. 강렬한 햇살에 적응된 눈이 방안의 어둠에 익숙하지 않아 더욱 그러한 것 같았다. 향을 사른 냄새인 듯 기름칠을 한 냄새인 듯 알 수 없는 은은한 향이 용무늬가 선명한 기둥 주위에 감돌고 있었다.

한참 눈을 슴벅이며 둘러보니 그제야 건륭이 궁전 한가운데의 신안(神案) 앞 청동사단정(青銅司丹鼎) 옆에서 자신을 등지고 서 있는 모습이 보였다. 커다란 진주가 박힌 비단 관모(冠帽)에 노란 용포(龍袍) 차림이었다.

류용은 급히 엎드려 머리를 조아렸다.

"신이 시력이 부실하여 이제야 폐하를 알아보았사옵니다. 신의 불경을 용서하여 주시옵소서."

"일어나게!"

건륭의 목소리는 대전에서 윙윙 메아리처럼 울렸다.

"짐을 따라 열성조들의 성용(聖容)을 경앙하세."

"망극하옵나이다!"

류용이 조심스레 건륭 가까이에 다가갔다. 힐끗 건륭의 눈치를 살피고는 곧 궁전 중앙의 벽에 높이 걸린 역대 대청황제들의 존용(尊容)을 우러러보기 시작했다. 신위(神位)마다에 적혀 있는 걸 보니 첫 번째는 단연 청태조(清太祖)인 누르하치였고, 그 뒤에 태종(太宗) 황태극(皇太極)의 신상(神像)이 걸려 있었다.

하나 건너서 네 번째 신상 앞에서 건륭은 멈춰 섰다. 묵묵히 세 번의 절을 했고, 류용도 급히 따라 엎드려 머리를 조아렸다. 건륭이 향을 사르길 기다려 다시 일어나 따라 움직이니 네 번째 패위(牌位)에는 이 같은 글이 새겨져 있었다.

聖祖合天弘運文武睿哲恭儉寬裕孝敬誠信功德大成仁皇帝

건륭은 류용이 유심히 읽어보자 잠깐 기다려 주었다. 그리고는 다시 천천히 걸음을 옮겼다. 옹정(雍正)에게도 향을 사를 것이라 짐작하여 무릎꿇을 준비를 하였다.

하지만 건륭은 묵묵히 신상을 응시하기만 할뿐 그대로 비켜갔다. 그리고는 궁전 서쪽 벽에 마련된 자그마한 수미좌(須彌座)에 올라가 앉았다.

류용도 따라 움직였다. 어쩐지 열성조들의 신상을 경앙하고, 그 앞에서 자리를 뜨고 나니 마치 마음속을 누르고 있던 천근바위를 들어낸 듯 홀가분해지는 느낌이 들어 류용은 소리 없이 크게 숨을 몰아쉬었다. 그리고는 한 쪽에 숙립하여 훈회가 이어지길 기다렸다.

"빠르다! 빠르다! 세월만큼 빠른 게 있는 것 같지는 않네."

건륭이 혼잣말처럼 말하며 한숨을 내쉬었다.

"실로 눈 깜짝할 사이에 짐이 벌써 환갑을 훌쩍 넘겨버리고 말았네. 소싯적에 성조(聖祖)의 감독 하에 글공부를 하며 따뜻하고 큰손에 고사리 손을 잡혀 서예 연습에 열을 올리던 때가 엊그제 같은데 말이야!"

이에 류용이 허리를 낮추며 또박또박 힘주어 아뢰었다.

"폐하께오서 열성조들의 성상(聖像)을 알현하시니 감회가 북받치시는 모양이옵나이다. 폐하께오선 아직 춘추가 정성(鼎盛)하시옵니다. 열성조들의 풍범(風範)을 발양광대(發揚光大)하시어 선대의 위업을 잇고, 후세에 회자될 문무의 공적을 높이 쌓으셨음을 열성조들께오서도 필히 알고 계실 것이옵니다. 얼마나 기뻐하시고 감격하실지 모르옵니다. 세월의 유수 같음에 탄식하실 필요는 없을 듯하옵니다."

건륭이 한가닥 미소를 머금었다. 그리고는 말했다.

"경의 말이 맞네. 근자에 태후부처님께서도 미력하시고 여러 가지로 심서(心緒)가 안녕치 못하던 중에 열성조들을 뵙고 나니 감개가 새로워져서 그러네."

정색을 하며 건륭이 말을 이었다.

"성조께오선 언젠가 당신께서 즉위하실 때 더도 말도 덜도 말고 30년만 보좌에 앉아 천하를 다스리게 해 주십사 기원했었다고 말씀하신 적이 있네. 헌데 상천(上天)이 어찌 잘 보셨기에 꿈에도 생각지 못했던 두 개의 갑자년(甲子年)을 선물하셨는지 신통하다고 하셨지. 짐은 이곳에서 즉위했고, 절대 성조의 뇌지(雷池)를 넘지 않겠노라고 서약했었네. 상천이 짐에게 천명을 내리신다고 하더라도 짐은 결코 즉위 60년을 넘기지 않을 것이네. 60년 되는 해에 짐은 쾌히 보위를 다음 주자에게 내어줄 것이네. 아직 몇 해는 더 남아 있지만 체력이 전에 비해 훨씬 유약해진 것 같아 걱정이네."

건륭은 자조 섞인 웃음을 지으며 덧붙였다.

"60년을 맞기나 할는지!"

건륭의 말뜻을 음미하며 류용이 더욱 조심스레 아뢰었다.

"어찌 그런 말씀을 하시옵니까? 폐하께오선 아직 강건하시고 기력이 왕성하시옵나이다. 성수(聖壽)가 백년은 되실 기골이시온데, 어찌 그리 심약한 말씀을 하시는 것이옵니까? 폐하의 건재하심과 영양(榮養)은 곧 천하 신민(臣民)들의 복이옵고 바람이옵나이다."

"마음을 편히 갖게. 주대(奏對)하는 자리가 아닌데, 괜히 분위기 딱딱하게 만들지 말고."

건륭이 수염을 쓸어 내리며 자상한 미소를 보였다.

"원수(元首)가 영명하고 고굉들이 양선(良善)함은 곧 천하가 대길하고 백성들이 태평할 일이지. 경의 말이 맞네."

건륭이 말투를 한결 부드럽게 하여 말을 이었다.

"……푸헝과 윤계선은 보기 드문 양신(良臣)들이었지. 짐보다 젊은 나이에 갑자기 떠나버린 것이 실로 안타깝네. 화친왕도 구제 불능의 '황당친왕'으로 불리긴 했으나 음으로 양으로 짐을 많이 보필해 왔네. 그 역시 전날까지 철딱서니 없이 굴어서 짐에게 한소리 듣더니 이튿날부터 갑자기 너무 '철이 들어' 버렸지. 자네 부친 류통훈도 그렇게 보내기엔 너무 아까운 고굉이었지. 머리를 조아릴 필요는 없네. 짐이 괜찮다고 했으면 편하게 말하고 편하게 행동해도 되네. 건강 하나는 장담하던 사람이 아닌가. 오죽하면 짐이 다음 세대까지 맡기려 들었겠나. 휴! 다들 거기에 꿀단지라도 파묻어 놓았는지 어찌 그리 서두른 건지. 군기대신은 세습제도가 아니네. 허나 제도는 때에 따라 적당히 변하는 수도 있네. 현량(賢良)한 신하들에게 짐은 자승부업(子承父業)의 길을 열어줄 것이네. 자네와 복강안에게 짐은 후망(厚望)을 걸고 있네. 자네를 열성조들에게 인사시킨 것도 그 때문이네."

건륭이 류통훈에 대해 언급하자 류용은 벌써 무릎을 꿇었다. 건륭은 주름 사이의 행간을 확인할 수 있을 만큼 가까이에 있었다. 마치 자식을 대하듯 가족들 대하듯 하는 건륭의 자상한 말투에 류용은 가슴이 뭉클해지며 눈물이 고였다. 눈을 깜빡이며 애써 참으려 했으나 눈물은 집요하게도 밀고 올라왔다.

소맷자락으로 빠르게 문질러 닦으며 그는 목이 메인 소리로 아뢰었다.

"폐하의 지우지은(知遇之恩)을 시시각각 명심하여 마지막 피한 방울까지 폐하와 종묘사직을 위해 바치겠사옵니다……."

건륭이 일어나라는 손시늉을 했다.

"그럼! 짐은 경을 믿네. 자네는 충신의 자제가 되기에 손색이 없네. 혹자는 짐더러 의심이 많은 군주라고 쓴소리를 하지만 짐은 결코 맹목적으로 사람을 의심하지는 않네. 짐은 다만 누구이든 막론하고 상벌이 분명할 따름이네. 기윤과 이시요의 실각에 대해 짐이 보기에 자넨 토사호비(兎死狐悲)하는 느낌이 없지 않아 있는 것 같네. 외간에서도 의논이 분분할 테지만 그 요언들을 믿지 말게. 이는 푸헝과 전혀 무관하네. 문생이 아니라 푸헝 본인이 살아생전에 그와 같은 착오를 범했다고 할지라도 짐은 똑같이 벌을 내렸을 것이네. 그 둘은 스스로 무덤을 팠거늘 푸헝과 무슨 상관이 있단 말인가?"

"신은 감히 그같은 생각을 해본 적이 없사옵니다."

류용이 밤새도록 고민했으면서도 자신의 속내를 감추고 말했다.

"산동에서 돌아오자마자 기윤과 이시요 사건에 착수하면서 신은 충격을 금할 수 없었사옵니다. 국태와 우이간도 앞뒤로 몇 차례씩이나 성은을 입어 포상을 받았음에도 그 동안 저지른 각종의 악행을 들춰보니 실로 경악 그 자체였사옵니다. 기윤과 이시요는 중추(中樞)에 몸담고 있는 대신들로서 폐하를 보필하는 데 진력해도 부족할 판에 신하된 도의를 저버리고 당치도 않은 일에 관심을 기울여서 화를 자초했다는 것이 놀랍고 애석할 따름이옵니다. 이런 사건에 착수할 때마다 번번이 신은 새삼 신하된 어려움도, 영명한 군주가 되기 위한 어려움도 정직하고 한 점 부끄럼 없는 범상인(凡常人)이 되는 것보다 더 어려우랴 싶은 생각이 드옵니다!"

그는 길게 숨을 들이마셨다.

건륭은 어좌(御座)에 앉은 그대로 상체를 이리저리 움직였다. 일어날 듯하다가는 다시 앉았다. 생각에 잠긴 듯 궁전의 출입문을 뚫어지게 바라보며 침묵을 지키고 있던 건륭이 한참 후에야 다시 입을 열었다.

"철학적인 의미가 다분한 말이네. 대다수 사람들은 높은 자리에 오르면 자신이 범상치 않다고 생각하는 것부터가 문제의 발단이 되는 거지. 공자(孔子)도 잊고, 맹자(孟子)도 떠나보내고, 주자(朱子)도 누구였더냐는 식으로 턱이 있는 대로 높아지다 보니 근본을 잃게 되고, 그리되면 시비를 가리는 혜안에 콩깍지가 끼어 결국엔 난신적자(亂臣賊子)로 전락하게 되는 법이네!"

특별히 '주자(朱子)'에 대해 언급한 것은 기윤에 대한 불만을 표출한 것이라고 류용은 생각했다. 건륭은 사실 주자의 성리학(性理學)을 탐탁지 않게 여겨오고 있었다. 이학(理學)은 성명의리(性命義理)만을 표방하여 지극히 배타적인 파벌과 문호가 자생하는 온상을 만들어냈으며, 성리학의 그릇된 이론에 편승한 강희와 옹정 연간의 대신들이 붕당을 우후죽순처럼 만들어 부자간에 의심하고 형제간에 질투하며 신하들끼리 공격하는 병폐가 심한 풍토를 조성했다고 강렬하게 비난해 왔었다. 그는 강희와 옹정 연간으로 이어진 파벌과 붕당 그리고 천가의 명쟁암투를 이학의 책임으로 돌렸고, 축취부악(逐臭附惡)의 무리들이 공맹(孔孟)의 도(道)를 멀리했기 때문이라고 단언했었다. 대신들과 같이한 자리에서도 건륭은 공공연히 성리학의 창시자인 주회를 비난했었고, 류용도 여러 번 들은 바가 있었다. 그랬으면서도 기윤을 '주자'를 공경하지 않는다는 식으로 몰아붙이는 것에 대해 류용은 씁쓸한 느낌을 지울 수가 없었다!

미운 털이 박히면 뒤통수조차 밉다는 말이 이런 경우를 두고 하는 것 같았다. 군주가 신하에게 죽음을 주었을 때 신하가 죽지 않을 수 없듯이 주회를 비난하던 건륭이 그에 적극 호응하던 기윤에게 '주자를 불경스럽게 했다'는 죄명을 덮어씌우는 것도 어찌 보면 그리 놀라울 것도 아닌 것 같았다!

그렇다고 까발리며 용린(龍鱗)를 건드릴 수도 없는 노릇이었다. 몰래 한숨을 삼키며 그는 이시요와 기윤에 대해 건륭이 간간이 물어오는 것에 대답했다.

건륭은 열심히 들었다. 기윤이 자신이 출제한 시제에 대해 '공축천자만년(恭祝天子萬年)'이라는 깊은 의미를 부여했다는 얘기를 듣고는 머리를 끄덕이며 알 듯 말 듯한 미소를 지어 보였다. 류용의 말이 끝나자 그는 일어나 몇 걸음 떼어놓으며 정벽(正壁) 서쪽의 빈자리를 가리키며 말했다.

"여긴 짐의 자리가 되겠지. 짐이 '만년(萬年)'을 살고 나면 자네가 자주 찾아와 주게. 오늘처럼 군신간에 장벽이 없는 대화를 나누게. 성조께서는 생전에 늘 이런 말씀을 하셨었네. 어떤 일은 천자도 마음대로 할 수 없는 일이 있다고 말일세. 그땐 천자가 마음대로 못하는 일이 대체 뭐가 있으랴 싶어서 쉬이 공감할 수가 없었네. 지금에 와서 돌이켜보니 이제야 그 깊은 뜻을 알 수 있을 것 같네. 선제께서 연갱요(年羹堯), 커룽둬를 과연 같은 하늘을 이고 살 수 없을 만큼 미워서 주살하셨을까? 눌 다 태묘(太廟), 자광각(紫光閣)에 족적을 남기게 하고 싶을 만큼 애중히 여기던 신하들이거늘! 사실 짐이 나친과 장광사(張廣泗)에게 죽음을 줄 수밖에 없었던 것도 부득이한 경우라 어찌할 도리가 없었기 때문이네. 손뼉도 마주쳐야 울린다고 했듯이 어느 한쪽만 노력하는 건 하등 소용없는 일이네. 지게도 양쪽 모두 무게가 비슷해야 지고 갈 수 있는 법이네."

열성조들의 면전에서 군주와 독대하고 있다는 것만 해도 황감하고 광영된 일이거늘 '자주 찾아와 달라'고 미리 당부까지 하니 류용의 가슴은 그야말로 감격으로 물결쳤다. 끝 부분에서 건륭은 또 '고장난명(孤掌難鳴, 혼자 힘으로는 하기 어려움)'의 심오한 도리를 상기시키면서 류용이 연아무개와 나아무개 등의 전철을 밟지 않게끔 예방주사를 놓고 있었다. 류용은 코끝이 찡해지며 가슴이 뜨거워졌다.

"폐하의 훈회를 가슴 깊이 아로새기겠사옵니다. 신은 추호도 공로와 이익에 연연하지 않고 오로지 폐하께 일심전력으로 충성을 다 바치겠사옵니다."

이같이 말하며 그는 잠시 숨을 돌리고 여쭈었다.

"광동총독(廣東總督) 손사의(孫士毅)가 파직당하여 광동포정사가 총독서리를 맡게 되었사오니 이제 포정사의 빈자리는 누굴 점지하고 계시옵니까?"

"광동은 지역 특성상 재정(財政)과 양무(洋務)에 능한 인재가 필요하네."

건륭이 잠시 침묵한 끝에 말을 이었다.

"서두르지 말고 좋은 인재를 물색하여 보내는 것이 어떻겠나?"

건륭이 밖으로 나가자는 손시늉을 해 보이자 류용은 자리에서 일어서며 대답했다.

"지당하신 말씀이옵니다. 하오나 워낙 요직이니 만큼 눈독을 들이는 관원들이 너무 많아 장시간 비워두면 또 다른 폐단이 생겨날 것이 염려되옵나이다."

"경에게 천거할만한 사람이 있는가?"

건륭이 문지방을 넘으며 물었다.

"마땅한 자가 없사옵니다. 신은 형부에 몸담고 있사오니 폐하께오서 법사아문이나 치안에 능한 인재를 물색하신다면 한자루 담아내어 올 수 있을 것이옵니다."

건륭은 무겁게 궁전을 나와 월대에서 거닐었다. 반쯤 엷은 구름에 가려진 태양은 자다 깬 사람처럼 흐려 있었다. 잠시 생각을 거듭하는 것 같던 건륭이 말했다.

"……그럼 화림(和琳)을 보내보지. 군기처에서 지의를 전하고 내일 아계더러 데리고 들어와 인견(引見)하라고 하게."

류용이 알겠노라고 대답하고 났을 때 구룡벽(九龍壁) 저편에서 태감 고작약(高芍藥, 고봉오)이 다가오고 있는 것이 보였다. 건륭이 그에게 물었다.

"화탁씨 몸에 아직도 열이 나나? 약은 누가 지었나?"

이에 태감이 대답했다.

"용주(容主)께오선 하(賀) 태의가 처방한 약을 조제해 드시고 벌써 쾌차하셨사옵니다. 용주께오선 어제 폐하로부터 보월루(寶月樓)에 대한 설명을 들으시고는 잠을 이루지 못하셨다고 하옵니다. 하 태의가 빙편(氷片)과 단삼(丹蔘)으로 차를 끓여 올리라고 하여 신이 차고(茶庫)에 다녀오는 길이옵나이다."

이에 건륭이 말했다.

"빙편에 단삼, 찻잎을 함께 넣어 차를 만들면 화탁(和卓)이 그 향에 거부감을 느낄 수가 있네. 그렇게 하지 말고 빙편과 단삼을 잘 빻아서 꿀을 조금 타 환약으로 만들어주거라. 먹기에 더 나을 것이야. 그리고 보월루는 화탁을 위해 특별히 지은 궁전인 만큼 언제까지나 화탁의 소유이니 조급해 하지 말라고 하거라."

그사이 태감 진미미도 나타났다. 건륭이 물었다.

"무슨 일인가? 부처님께서 원하시는 물건이라도 있는 게냐?"

"부처님께오선 오늘 기분이 좋으시옵니다. 동백산(桐柏山)에서 채취한 차를 마시고 싶다고 하셨사옵니다. 노비가 두 근을 받아가는 길이옵나이다."

이같이 말하며 약간 내린 고개를 들어 류용을 힐끗 바라보며 진미미는 말을 이었다.

"황후마마께오서 태의 맹헌하(孟憲河)가 처방한 약을 복용한 이후로 두통과 어지럼증이 더한 것 같다고 하시며 다시는 맹헌하에게 진맥을 허락하지 않으시겠노라고 하셨사옵니다. 이에 부처님께오선 늘 조심성 있게 진맥하고 언제 한번 착오를 범한 적이 없는 맹 태의가 어쩐 일이냐고 하시며 한달 동안의 월례를 벌봉(罰俸)하는 것으로 용서해주라는 의지(懿旨)를 내리셨사옵니다……."

그는 뭔가 망설이는 듯 다시금 류용을 힐끗 바라보고는 입가에 맴돌던 말을 삼켜버리는 것 같았다.

류용은 워낙 일이 많았던 어제, 오늘을 겪고 보니 이시요와 기윤을 어찌 처벌할 것인지를 주청 올릴 방법을 생각하느라 경황이 없었다. 그러니 당연히 태감의 어투의 미묘함을 알아차릴 리가 없었다. 다만 황태후와 황후, 그리고 용귀비 모두 미력하고 건륭이 국사(國事)와 가무(家務)로 인해 심경이 불쾌하다는 것 정도만 깨닫고 있었다.

잠시 후, 건륭의 말소리가 들려왔다.

"부처님께오서 동백산의 찻잎을 애용하시면 내무부…… 아니, 화신에게 일러 대량으로 구입하라고 하거라. 부처님께 짐이 곧 문후 여쭈러 들 것이라고 전하고, 황후에게는 그 태의를 신임하지 못하겠다면 다른 태의를 들이라고 하거라!"

건륭의 어투는 끝 부분에서 화가 나 있었다. 감정을 추스르는 데 시간이 필요한 듯 편각의 침묵 끝에 건륭은 비로소 류용을 향해 말했다.

"곧 춘황(春荒)이네. 청황부접(靑黃不接, 보릿고개) 때는 진재(賑災), 방역(防疫), 치안(治安) 세 가지에 각별히 유의해야 하네. 치안은 자네가 챙겨야 할 부분이니 신중에 신중을 기해야겠네. 은자가 필요할 때는 과감하게 지출하게. 부족하면 화신을 찾아보고, 액수가 클 때는 짐에게 아뢰도록 하게. 이시요와 기윤, 손사의…… 이런 대신들은 즉석에서 목을 친다고 해도 관가에서만 전전긍긍할 뿐 백성들로서는 한낱 구경거리에 지나지 않을 것이네! 백성들에게 정작 중요한 것은 치안이네. 몇몇 몰지각한 대신들의 생사만을 염두에 둘만큼 자네는 한가한 사람이 아니라는 걸 명심하게. 무슨 말인지 알겠는가?"

"예, 폐하! 치안은 신이 확실히 책임지겠사옵니다. 완고불화하여 전혀 개과천선할 가능성이 없는 자들에겐 가차없이 중형을 안기겠사옵니다. 수해지역의 인색한 부호들에 대해서도 신은 엄히 문책하여 백성들을 위로해줄 것이옵니다!"

"좋은 발상이네!"

건륭이 흡족해마지 않아 하며 류용을 바라보았다.

"여가를 내어 왕이열(王爾烈)과 옹염(顒琰)을 만나보게. 이제 막 산동에서 귀경했네. 셋이 모이면 제갈량도 능가한다는데, 같이 좋은 방책을 강구해보게. 가서 일보게!"

류용은 곧 작별을 고하고 물러갔다. 아직도 미련이 남아있는 듯 건륭은 한동안 봉선전을 바라보다가 한숨을 지으며 천천히 계단을 내려섰다. 왕렴과 고작약이 교부(轎夫)들을 불러 승여(乘輿)를 대는 걸 보며 건륭이 손사래를 쳤다.

"승여는 필요 없다! 멀지 않으니 짐은 걸어갈 것이야. 저네들더러 자녕궁 입구에 가서 기다리라고 하거라."

무뚝뚝하게 이같이 말하며 그는 곧 경운문 쪽으로 걸어갔다.

경운문(景運門)은 천가(天街)의 동대문이었다. 옹정 연간에 천가 서쪽에 군기처를 설치하면서부터 작은 조회(朝會)는 모두 양심전에서 열렸다. 그러다 보니 조정의 신료들이 뵙기를 청할 때는 대부분 서화문에서 패찰을 건넸다. 황실의 자제들이 매일 새벽 육경궁에서 글공부를 하느라 들락거리고, 태후가 재계(齋戒)하고, 황제가 제(祭)를 지낼 때를 제외하고는 경운문은 정적이 감돌 정도로 조용했다. 그런 곳으로 건륭이 나타나니 단연 눈에 띌 수밖에 없었다.

건청문에서 대기하고 있던 대태감(大太監)인 복인(卜仁)이 벌써 건륭을 알아보고는 "폐하께서 납시었다!" 하고 외치며 무릎을 꿇었다. 화신과 우민중도 영항 서쪽 입구에서 건륭을 보고는 급히 그 자리에서 무릎을 꿇었다.

넓은 천가로 나와서인지 침울하던 기분이 한결 가시는 것 같았다. 건륭은 미소를 지으며 건청문에서 두 눈 부릅뜨고 이리저리 살피며 경계를 하고 있는 대시위(大侍衛) 빠터얼에게로 다가갔다. 가볍게 어깨를 다독여주며 건륭이 그에게 말했다.

"성경장군(盛京將軍)으로 발령이 났는데, 떠날 채비는 하지 않고 여기서 뭘 하나? 십오공주가 임지로 따라가서 잘해줄 테니 오손도손 깨가 쏟아지게 살아보게. 필요한 것이 있으면 언제든 짐에게 주하고."

왕년에 건륭이 망원경과 호박(琥珀) 하나를 주고 커얼친왕의 손에서 바꿔올 때만 해도 빠터얼은 죄를 지은 노비였다. 열 다섯 살의 용감하고 의젓히던 몽고소년은 어느새 반백을 넘긴 나이가 되어 언제나 그러하듯 묵묵히 그 자리에 있었다. 여전히 검고 혼신에 힘이 넘쳐 보이는 건장한 몽고사내였다. 돌기둥처럼 서 있던 빠터얼이 건륭의 말에 몇십 년 세월을 거쳤어도 끝까지 매끄럽지 못한 한어(漢語)로 말했다.

"러시아 그놈들이 우리의 동북 변방을 노리지 못하도록 이번에 단단히 혼을 내어주고 오겠사옵니다. 갈 때 가더라도 떠나는 순간까지 저는 폐하의 대시위이옵니다. 가기 전까지는 여기 서 있어야 용안(龍顔)을 한 번이라도 더 볼 수 있을 것 같아서 나왔사옵니다!"

그는 시위들과 대신들을 통틀어 유일하게 자신을 '신'이라 칭하지 않고 '저'라고 말하는 사람이었다. 처음부터 그래온 습관이었고, 건륭도 이를 묵인해 왔다. 건륭이 흡족한 미소를 지으며 머리를 끄덕였다. 그리고는 말했다.

"짐이 해마다 그리로 한 번씩은 갈 것이야. 그러니, 앞으로도 자주 만날 수 있으니 염려하지 말게. 갈 때 커얼친 초원으로 돌아가게. 나서 자란 고향이고, 여러 가지 좋고 궂은 추억들이 많은 곳이잖은가. 이번에는 커얼친왕도 무릎꿇어 자네를 영송(迎送)해야 할 것이네!"

뒤통수를 긁적이며 수줍어하는 빠터얼과 몇 마디 담소를 주고받고 난 건륭은 저만치에서 무릎을 꿇고 있는 화신(和珅)과 우민중(于敏中)을 발견하고는 다소 빠른 걸음으로 다가갔다. 일어나라고 명하지도 않은 채 그는 물었다.

"무슨 요무(要務)라도 있는가?"

이에 우민중이 머리를 조아리며 아뢰었다.

"방금 6백리 긴급 군보(軍報)를 받았사옵니다. 하이란차는 이미 창길(昌吉)을 점령하고 천산장군(天山將軍) 수이허더와 합세하여 우루무치 성에서 북쪽으로 20리 지점에 주둔하고 있다 하옵니다."

이어 화신이 아뢰었다.

"신은 마이클과 교섭을 거듭한 끝에 외신(外臣)들과 함께 폐하의 접견을 받으며, 두 무릎을 꿇어서 예를 갖추기로 합의를 이끌어냈사옵니다. 결코 작은 일이 아니온지라 서둘러 폐하께 아뢰기로 했사옵니다."

"잘했네, 잘했어!"

건륭이 크게 기뻐하며 연신 치하했다. 청량한 쾌감이 온몸에 퍼지는 것 같았고 늘 보던 경치지만 이 순간엔 더욱 멋지고 아름답게 느껴졌다. 급히 손을 내밀어 일어나라는 시늉을 하며 그는 즐겁게 웃었다. 그리고는 말했다.

"짐은 태후부처님께 문후 올리러 가려던 중이니 좀 있다 양심전으로 들게. 상세한 군무는 거기서 아뢰도록 하게! 화신, 자네는 태의원을 잘 알고 있으니 하 태의의 아들더러 태의원에서 최고로 꼽히는 명의 두 사람을 입궐시켜 황후와 용귀비를 진맥하도록 하게."

홀연 자신이 너무 기쁜 나머지 대신들 앞에서 실수를 했다는 느낌이 들었는지라 그는 웃음을 거두며 무릎꿇어 있는 한 무리의 관원들을 가리키며 물었다.

"저네들은 품계가 낮은 관원들인 것 같은데, 어찌하여 저러고 있는 건가?"

우민중이 재빨리 화신을 쓸어보며 대답했다.

"저들은 지방에서 올라온 연납공생(納捐貢生)들이옵나이다. 아계가 몇 사람씩 불러들여 접견한 연후에 인견(引見)하여 차사를 주어서 지방으로 내려보낸다고 하옵나이다."

건륭이 잠시 무슨 말인지를 못 알아들은 듯 침묵하더니 잠시 후에 입을 열었다.

"오오, 술직(述職)을 온 관원들인가 보네. 주현(州縣)으로 보내면 되겠지만 어디 자리가 그리 많겠는가……."

"제후(諸侯)들이 천자(天子)를 알현하는 것을 '술직'이라 하옵나이다. 술직은 차사가 있는 자가 자신의 직무에 대해 논함이요, 차사가 없는 자들은 술직이 무엇인지를 모를 것이다, 라고 했사옵니다……."

우민중이 〈맹자(孟子)〉 중에서 한 부분을 인용하며 말을 이었다.

"저들은 술직차 인견(引見)을 바라는 것이 아니옵고, 돈을 내고 관직을 사게 해 주십사 하고 인견을 청하는 것이옵나이다."

거륭의 용안(龍案) 위에 근자엔 〈맹자〉가 놓여있는 걸 본 적이 있는 화신이 뒤질세라 입을 열었다.

"돈으로 관직을 사니 광채가 나지는 못하오나 꾸준한 연마를 거치면 몰라보게 진보하는 것도 저들이옵나이다. 맹자 왈, '부자가 되길 원하면서 십만 냥은 거부하고 만 냥을 받는 건 진정 부자가 되겠다는 뜻인가?'라고 했사옵니다."

"자넨 뜬금없이 그 무슨 귀신 씨나락 까먹는 소린가!"

거륭이 웃으며 화신에게 말했다. 그리고는 두말없이 자리를 떴다. 한 무리의 관원들이 등뒤에서 머리를 조아리며 떠들어댔으나 못 본 척하고 서둘러 자녕궁으로 들어갔다.

자녕궁으로 들어서니 태감 왕렴과 진미미 등이 어느새 문 앞으로 뛰어나와 맞아주었다.

방금 양지로 나가 산책을 하고 돌아온 태후는 안락의자에 앉아 있었다. 막 약을 먹고 난 듯 물로 입안을 헹구고 있었다. 두 궁녀가 옆에서 시중들고 있었다. 거륭이 들어서자 두 궁녀는 작은 소리로 말했다.

"폐하이시옵니다."

거륭이 빠른 걸음으로 다가가 궁녀의 손에서 물수건을 받아 직접 태후에게 받쳐 올렸다. 그리고는 웃으며 말했다.

"어제는 안 와도 좋다는 모친의 명을 받고 그냥 있었사옵니다.

며칠동안은 바빠서 경황이 없었사옵니다. 방금 류용을 데리고 봉선전을 다녀오는 길이옵니다. 지금도 아계 등이 기다리고 있사옵니다!"

태후가 입을 닦고는 애써 웃음을 지어 보였다.

"바쁘기도 할 테지만 요즘 들어 폐하께선 심신이 안녕치 못하신 것 같습니다. 이쪽 옆으로 가까이 와서 앉으세요. 너희들은 나가보거라."

궁인들이 모두 물러간 자리엔 모자간만 오붓하게 남았다. 백발이 성성한 태후의 눈에도 피곤이 서려 있었다. 모친의 안쓰러워하는 눈길을 받으며 자신의 몸을 내려다보던 건륭이 말했다.

"어마마마, 보신 대로입니다. 소자도 이젠 나이가 들어 기력이 떨어지는 줄로만 알았사오나 생각해보니 지난 겨울에 교비(敎匪)들의 난동에 이어 곳곳에 수해소식이 꼬리를 물고, 기윤과 이시요, 손사의 등 다섯 명의 극품대원들이 줄지어 사단을 일으키면서 소자도 대단히 힘겨웠던 것 같습니다. 지난 원소절에 비적들이 경사(京師)를 범하려 시도한 것도 대범한 척했사오나 기절초풍할 일이 아닐 수 없었습니다. 설상가상으로 영국인들까지 우리의 내분을 재촉하고 큰 사뤄번이 죽으니 이젠 새끼 사뤄번이 금천의 내분에 휘말려 있는 실정입니다. 어째 잠잠하다 싶었는데, 러시아 그놈들이 또 우리의 동북 변방을 위협하고 있습니다. 그쪽엔 빠터얼을 파견하기로 했습니다……"

이런저런 골칫덩어리를 풀어놓은 김에 건륭은 모친에게라도 한바탕 하소연을 하고 나면 홀가분해질 것 같아 천천히 말을 이어나갔다.

"지금 천하가 부유하다고는 하오나 빈부가 워낙 불균등하여 토지겸병이 갈수록 심해지고 있는 실정입니다. 빈부의 격차가 늘어날수록 변란이 일어날 위험은 비례하는 데다 비적들까지 선동을 해대는 바람에 사단이 일어났다 하면 크게 번지는 수가 있습니다. 그래서 감히 고은(庫銀)을 낭비할 엄두를 못 내고 차곡차곡 모으고 있는 중입니다. 전쟁이 발발하면 엄청난 은자가 필요할 테니까 말입니다. 조후이와 하이란차, 복강안 모두 군사에 탁월한 재주를 보이는 만큼 손 또한 커서 은자를 펑펑 써대니 많이 비축해 두지 않을 수가 없습니다. 수해복구에도 넉넉하게 내주고 싶어도 탐관오리들이 층층이 딴 주머니를 차는 바람에 감히 그리할 수가 없는 실정입니다. 성세(盛世)는 성세이지만 은우(隱憂)도 많습니다! 어마마마께선 연극을 좋아하시니 당(唐)나라의 명황(明皇)을 아시겠군요. 그의 묘호(廟號)가 '현종(玄宗)'인데 '현(玄)'자가 밝았다 어두워지는 계명성(啓明星)의 또 다른 이름인 현성(玄星)할 때 현(玄)자가 아니옵니까? 그 많은 글자 가운데서 하필이면 '현(玄)'자를 달고 다니더니 결국엔 번화와 부귀의 극치인 개원지치(開元之治)가 천보(天寶)의 난(亂)으로 맥없이 끝나버리지 않았사옵니까! 우리도 이 고비를 잘 넘겨야 한다고 봅니다. 류용이 치안을 유지하고 난을 미연에 방지하려면 추결(秋決)만 가지고는 부족하니, 봄에도 여름에도 겨울에도 처형은 얼마든지 할 수 있다는 인식을 확산시킬 필요가 있다고 주하기에 그리 하라고 윤허했습니다."

건륭이 숨을 길게 들이마셨다.

"과연 마음 고생이 이만저만이 아니겠습니다, 황제."

태후가 내심 아들의 노고를 덜어주지 못하는 것에 마음 아파하며 덧붙였다.

"어미는 그런 소릴 들으면 조바심만 났지 달리 도움을 줄 수도 없고 속만 상합니다. 어제 다섯째숙모가 입궐하여 자기 손자가 어찌어찌 장래가 촉망되는 아이라며 한바탕 자랑을 늘어놓더니 결국엔 어디 마땅한 자리 하나 없을까 해서 청을 하려는 게 아니셨습니까. 말을 들어보니 광동 쪽에 좋은 자리가 하나 생겼다면서요? 그래서 내가 폐하도 요즘 여러 가지 일이 겹쳐 노심초사하시는 것 같던데, 우리 노인네들은 가만히 있어주는 게 도와주는 거라고 말했더니 못내 애석해하며 돌아갔습니다."

광동에 '좋은 자리'가 난 건 어찌 알고 벌써 청탁을 넣는 사람이 있단 말인가? 내심 놀라워하며 건륭은 말했다.

"역시 어마마마십니다! 그렇게 하시는 것이 소자를 도와주시는 겁니다. 진짜 재주가 있는 사람들은 구차하게 그런 청을 넣지 않습니다. 물론 다재다능하고 여러모로 '바로 이 사람이다' 싶으면 싫다고 해도 제가 눌러 앉히죠! 별볼일 없는 자들에게 황실의 자제라는 이유만으로 중요한 임무를 맡기는 것은 조정에도, 그 자신에게도 득이 될 일이 없는 위험천만한 발상입니다!"

태후가 머리를 끄덕였다. 그리고는 다시 물었다.

"아까 누가 공을 세웠다고 하는 것 같던데, 누굽니까?"

이에 건륭이 웃으며 대답했다.

"하이란차라는 장군입니다! 자주 문후 여쭈러 드는 고명부인(告命夫人)들 중에 정아(丁娥)라고 있지 않습니까? 바로 그 여인의 남정(男丁)입니다!"

태후가 그 말에 반색을 했다.

"아아, 덕주(德州)에서 본때있게 악당들의 목을 쳐버렸다던 그 장군이군요! 역시 멋있는 아이입니다……."

건륭도 웃으며 화답을 했다.

"아이요? 벌써 마흔을 넘기고 쉰을 바라보는 나이인 걸요!"

"상을 내리셔야 합니다!"

태후가 덧붙였다.

"내 와실(臥室)에 있는 진주유리병풍을 정아네 집으로 보내주라고 해야겠네요!"

고개를 들어 잠시 생각하던 태후가 덧물었나.

"황제, 그리고 류용더러 사람을 너무 많이 죽이지는 말라고 하세요. 지나고 나면 땜질할 수 있는 목도 아니고 쳐버리면 그만인데, 불쌍하고 가여운 중생들 아닙니까! 아녀자가 간여할 일이 아닌 줄은 압니다만 여러 가지로 우환이 끓을 때는 신중해서 나쁠게 없는 법입니다. 사단이 나려면 어줍잖은 일에서도 나곤 합니다. 내가 불자(佛子)라서가 아니라 한 사람을 죽이면 가장을 잃은 그 부모형제와 자식들은 불문곡직하고 조정에 원한을 품을 게 아닙니까? 아무튼 어미가 노파심에서 하는 소리이니 잘 생각해보세요."

처음엔 웃고만 있던 건륭은 들을수록 일리가 있다고 느끼며 웃음기를 거두었다. 정색하여 일어나 예를 갖추며 말했다.

"모친의 훈회가 실로 지당하십니다. 그렇지 않아도 경각성은 높이되 살인은 신중하라고 류용에게 일러두겠습니다. 심려 놓으세요, 어머니."

"자식은 아무리 장성해도 항시 물가에 내놓은 어린애 같다고들 하지 않습니까? 이 어미도 그래서 하는 말입니다."

태후가 웃으며 덧붙였다.

"이 어미도 벌써 여든 해를 넘게 살았습니다. 애신각라(愛新覺

羅) 가문에 들어온 지도 60년이 넘었고요. 안에 들어앉아 있어도 귀동냥하고 눈요기한 것만 해도 장편소설을 쓰고도 남을 겁니다. 이제는 어디서 자그마한 화재가 났다는 소리만 들어도 가슴이 벌렁벌렁한 게 이 어미 속마음입니다. 하온데 황제, 황후전에는 요즘 들어 걸음이 좀 뜸한 것 같습니다. 어인 까닭인지 여쭤봐도 되겠습니까?"

가려고 일어서던 건륭이 다시 자리에 앉았다. 황후의 죄는 추궁할라치면 능지처참을 당해야 마땅하거늘 그리하지 못할 바엔 차라리 솜이불로 덮어 '질식사'를 시켜버리는 것이 낫다고 건륭은 생각해왔다. 차마 입 밖에 낼 수도 없이 추하고 악랄하고 징그러웠다. 대국(大局)을 위해서라도 가슴속에 참을 '인(忍)'자 셋을 새기며 인내하여 넘겨버리고자 했거늘 태후가 어찌 눈치를 챘단 말인가? 필히 나라씨나 뉴구루씨가 등뒤에서 수군댔을 거라고 생각한 건륭은 불끈 화가 치밀었으나 내색하지는 않고 짐짓 웃음을 지어 보이며 물었다.

"누가 어마마마께 뭐라고 했습니까?"

"그런 건 아닙니다. 어미가 그리 느꼈을 뿐입니다."

태후는 건륭을 쳐다보지 않고 말을 이어나갔다.

"어미가 늙고 기력이 떨어졌어도 판단이 흐려질 정도로 정신이 없는 건 아닙니다. 알고도 모른 척할 때가 더 많지요!"

건륭이 모친에게 따끈한 차를 한잔 따라 올리며 말했다.

"어마마마, 아직 정정하십니다. 정신이 없다니요! 황후뿐만이 아니라 다른 후궁의 처소에도 요즘은 뜸할 수밖에 없습니다. 어마마마께서 마냥 '물가에 내놓은 코흘리개'처럼 생각하시는 소자도 이제는 육십대 후반의 나이입니다. 낮에 아무리 정무에 시달렸어도 자고 나면 또다시 기력이 샘솟듯 하던 청장년 시기는 아니지 않습니까? 요즘은 기력이 갈수록 떨어져 며칠 쉬고 싶어도 워낙 어수선할 때라 다른 소문이 나돌까봐 이러지도 저러지도 못하고 있는 겁니다. 부찰황후가 있을 때도 가끔씩은 몇 개월씩이나 종수궁을 찾지 않은 적도 있었습니다. 그때마다 황후가 들어와 시중을 들었지요. 아마도 근자에 소자가 화탁씨의 처소를 자주 찾아준다고 하여 다른 후궁들이 질투를 하는 것 같습니나. 사실 소사가 그 처소를 자주 찾는 건 사실입니다만 잠자리는 거의 안 하는 편입니다! 어마마마께오서도 아시다시피 화탁씨의 오라버니와 숙부, 그리고 사촌오라버니가 조후이와 하이란차의 군중(軍中)에 합류하여 조정의 길라잡이가 되어주며 얼마나 큰 공로를 세웠습니까? 앞으로 서역을 평정하는 데 있어서도 그 일가의 전폭적인 지원이 필요한 실정입니다. 멀리 수천리 밖에서 숙부가 직접 데리고 난병(亂兵)들의 포위망을 헤쳐가며 여기까지 어렵게 온 여인입니다. 여러 가지로 다른 후궁들보다 유별하게 대할 수밖에 없습니다! 보월루를 지어주었다고 질투를 하는 모양인데, 보월루 하나로 서역의 평화를 도모하고 수십만 생령(生靈)들을 지켜줄 수만 있다면 그까짓 보월루가 문제이겠습니까?"

건륭의 말을 들으며 어느새 태후의 표정은 활짝 피어 있었다. 수긍이 간다는 듯 머리를 끄덕였다.

"화탁 그 아이는 볼수록 귀엽고 순진무구한 것이 정감이 갑니다. 한인 여식들같이 영악하고 간사한 면이 없으면서도 솔직하고 당당한 모습이 보기 좋은 것 같습니다. 황제의 의중이 그리 깊으신 줄은 미처 몰랐습니다. 그 정도라면 보월루가 아니라 뭔들 못해주겠습니까! 후궁들이 그것을 질투하여 수군대는 경우는 아닌 것 같습니다. 의심을 접으세요. 후궁의 일은 이 어미가 더 훤하지 않겠습니까? 아녀자들은 선천적으로 담력이 부족해 자기네들이 입 한번 잘못 놀려 큰 사단이 일어나는 수도 있다고 생각하면 감히 입방아를 찧지 못합니다. 바쁘더라도 황제의 기척만 고대하고 외로운 심궁(深宮)의 밤을 지새우는 다른 후궁들도 가급적이면 자주 찾아주세요. 그네들이 바라는 게 뭐가 있겠습니까? 가끔씩 손을 잡아주고 웃어주고 따뜻한 말 한마디 해주는 걸로 그네들은 만족합니다."

7. 세상인심

잠깐 짬을 내어 문후 올리러 자녕궁에 들었던 건륭은 태후가 예기치 않게 말 보따리를 풀어놓는 바람에 그만 발이 묶이고 말았다. 그러나 모두 건륭의 마음을 무겁게 짓누르고 있던 말들이었고, 다른 누구에게도 속내를 털어놓을 수 없었던 부분이었는지라 건륭은 차츰 모친과의 대화에 마음을 열었고 덕분에 근심걱정을 모두 쏟아내고 나니 속은 한결 홀가분해지는 것 같았다. 들어올 때는 발걸음이 다소 무거웠으나 나갈 땐 가벼울 것 같았다. 끝까지 앉아 모친의 '잔소리'를 즐겁게 들어주고 난 건륭은 시간이 예상보다 많이 흐른 것에 내심 조급해하며 자리에서 일어났다. 그리고는 밝은 표정을 지어 보였다.

"며칠 뒤에 좀 안정이 되면 원명원(圓明園)으로 가보시죠. 경치가 가장 수려한 곳을 찾아 어마마마를 모시겠습니다. 여러 가지 일들을 매듭짓고 나면 짬을 내어 어마마마와 황후, 그리고 여러 후궁들에게 좀더 마음을 쓸 것입니다. 어마마마께서 지정하신 곳에 무대를 만들어드리겠습니다. 밖에서 어느 연극단이 호평을 받는다는 소문이 들리면 어마마마께서 그네들을 불러 연극구경을 할 수도 있지 않겠습니까?"

이에 태후가 웃으며 말했다.

"연극은 둘째치고 경(經)을 읽는 것으로 하루를 시작하고 갈무리하는 이 어미에겐 조용한 불당(佛堂) 하나만 있으면 됩니다. 원명원에 가면 묘원(廟院)과 거리가 너무 멀 것 같아서 말입니다……."

"당연하지요, 어머니. 불당은 필히 만들어 드려야죠!"

건륭이 웃으며 말했다.

"소자도 그 유명한 '장춘거사(長春居士)' 아닙니까! 원명원 근처에 청범사(淸梵寺)도 아직 그대로 있습니다. 먼저 예불을 올리시고 어디 수리할 데는 없는지 돌아오셔서 소자나 화신에게 말씀해주세요. 즉시 손을 봐 드리겠습니다!"

태후의 흡족해하는 표정을 보며 건륭은 웃으며 물러났다. 올 때와는 달리 이번에는 십육인교(十六人轎)에 앉아 양심전으로 돌아갔다.

아계와 우민중이 양심전 바깥의 정전에 무릎을 꿇어 있었다. 이제나저제나 건륭이 오기만을 기다리고 있던 둘은 건륭의 기척이 들리자 급히 머리를 조아려 문후를 올렸다. 궁전에 들어선 건륭은 "난각으로 들라"는 말과 함께 동난각으로 들어갔다. 다리를 괴고 앉아 한 손으로 찻잔을 들어 마시며 한 손으로는 용안 위에 쌓여 있는 상주문을 뒤적여 보았다. 두 신하가 들어서자 찻잔을 내려놓고 구석을 가리키며 말했다.

"다들 걸상에 앉게. 차를 내어오너라!"

그리고는 아계를 힐끗 바라보았다.

"기색이 썩 좋아 보이지는 않는데, 몸이 어디 불편한 데라도 있는 건가?"

이에 아계가 앉은 상체를 깊이 숙이며 아뢰었다.

"황감하옵나이다, 폐하. 신의 견체(犬體)는 아직 건강한 편이옵나이다……. 3일 동안에 백여 명의 외관들을 접견했사옵니다. 보결(補缺, 공석인 관직을 메우다)을 청드는 이들이 많아 이부(吏部)와 상의하여 몇몇을 선발해 두었사옵니다. 어떤 곳은 기근에다 전염병까지 덮쳐 사정이 급박한 실정이옵나이다. 안휘성(安徽省)의 몇 개 주현(州縣)들에선 기근을 참다못해 기어갈 기력이라도 있는 사람은 전부 강남(江南) 쪽으로 걸식을 가고, 나머지는 초근목피(草根木皮)로 연명을 해 왔사오나 지금은 그마저도 여의치 않아 죽기를 각오하고 관음토(觀音土)까지 먹고 있다 하옵나이다. 신은 몇몇 사관(司官)들을 불러 긴급회의를 소집하여 대책마련에 돌입할 것을 지시했사옵니다. 어젯밤에는 십오마마를 따라 공부(工部)로 가서 조운(漕運)의 문제점과 해결책을 밤늦도록 토의하고 있던 중 여덟째마마의 왕명을 받고 예부(禮部)로 가 그곳 관원들과 함께 전시(殿試) 준비에 대해 의견을 주고받았사옵니다. 날이 밝을 무렵 군기처로 돌아오니 벌써 접견을 기다리는 사람들이 있었사옵니다. 고작 이틀 밤을 샜다고 이 모양이옵니다……. 신도 갈수록 부실해지는 것 같사옵니다!"

"짐의 인삼탕(人蔘湯)을 아계에게 내어주거라."

건륭은 자신이 군기처 앞을 지날 때 아계가 영접을 나오지 않았다 하여 내심 불쾌하게 생각하고 있던 중이었다. 그러나 이틀 밤을 지새울 정도로 바빴던 자초지종을 알게 되는 순간 불쾌함은 가뭇 없이 사라지고 가슴이 뭉클해졌다.

볼품없이 초췌한 아계를 바라보며 그는 한결 부드러워진 어투로 말했다.

"주현관들은 한 명씩 접견하느라 하지 말고 장경들더러 부류별로 분류해 놓으라고 하게. 보결(補缺)을 원해서 온 자들, 인견(引見)을 기다리는 자, 수해복구면 수해복구, 치안이면 치안에 대해 보고차 접견을 청하는 자 이런 식으로 분류해 놓고 한 무리씩 불러들이면 훨씬 용이할 텐데! 그리 중요하지 않다고 생각되는 일들은 다음 기회로 미뤄버리든가. 무쇠로 된 인간도 아닌데 그리 쳇바퀴 돌아가듯 해서야 어디 버텨내겠나? 어제 전풍(錢灃)의 상주문을 받아보았네. 부세(賦稅)를 균등하게 징수해야 한다는 주장이었는데, 장장 5천 글자의 글중에 어느 한 구절 마음에 와 닿지 않는 부분이 없었네. 귀주순무(貴州巡撫)임에도 강남의 백성들을 위해 호소하는 걸 보니 과연 대신(大臣)의 풍모를 엿볼 수 있었네! 소주(蘇州), 송주(松州), 태주(太州) 세 곳의 부세(賦稅)는 원(元)나라 때에 비해선 세 배, 송(宋)나라 때보다는 무려 일곱 배나 증가했다면서 횡적으로 비교했을 땐 상주(常州)의 세 배, 진강(鎭江)의 다섯 배이고, 심지어는 스무 배나 차이가 나는 곳도 있다고 정확한 조사결과를 첨부해 보냈더군. 아무리 풍작이 들어도 부세가 워낙 가중되니 백성들은 뼈빠지게 일해도 입에 거미줄을 치게 생겼다 이건데, 자네가 방금 말했듯이 안휘성(安徽省)이나 다른 수해지역에서 모두가 '강남, 강남' 하니 멋모르고 밀려드는 통에 강남으로선 버텨내기 힘든 게 아니겠나? 경기(京畿) 지역으로 오는 조운식량(漕運食糧)을 더러 떼어 강남을 지원하는 건 어떻겠는가?"

침묵하고 있던 아계가 미처 대답하기도 전에 우민중이 가볍게 기침하여 목소리를 가다듬으며 아뢰었다.

"인자지언(仁者之言)이시옵나이다! 역대로 부세를 징수한 자료들을 보면 관전(官田)은 1무(畝)당 닷 되 세 홉 오 작(勺, 1작은 10분의 1홉)을 징수하고, 민전(民田)은 세 되 세 홉 오 작, 중조전(重租田)은 여덟 되 오 합 오 작을 징수해 왔사옵니다. 원(元)나라 이래 4백 년동안 불변했던 이 규정이 타파된 데는 성조 때 삼번(三藩)의 난이 계기가 되었던 걸로 알고 있사옵니다. 군사력을 대거 동원하다 보니 군량이 턱없이 부족했고, 이를 확보하기 위한 차원에서 장주(長洲) 지역에선 부세가 지난 해 대비 최고 열 배는 더 치솟았다고 하옵니다. 하오나 신이 황사성(皇史宬) 자료를 보니 모천안(慕天顔)이란 사람의 상주문(上奏文)에서 '관부(官府)에서는 규정대로 징수해 본 예가 없고, 백성들은 정해진 양을 납부한 적이 없으며, 해마다 사정은 같지 아니 했다' 라고 적고 있었사옵니다. 강남 지역의 부세가 다소 높이 책정된 건 사실이오나 백년의 태평성세에서 강남만큼 여러 면에서 혜택을 본 곳도 드물기 때문이라고 생각하옵니다. 대부분의 농사꾼들은 거의 수입이 더 좋은 어초(魚樵)와 과수(果樹) 혹은 뽕나무 재배 쪽으로 생산품목을 바꾼 상황이옵니다. 천혜의 지리적 우세로 해외무역이 늘고 해산품을 가공하여 양인(洋人)들에게 수출하는 이들은 세상 어느 지역보다 부유하다고 생각하옵니다. 이 점을 유념하여 주셨으면 하옵나이다."

말을 마친 우민중은 허리를 펴고 자세를 고쳐 앉았다.

정확한 숫자까지 동원하여 자신의 주장을 피력하는 우민중은 사실상 전풍의 주의(奏議)에 전면적으로 부정을 하고 나선 셈이었다. 건륭의 시선이 아계에게로 향해졌다. 그러나 아계는 우민중의 말은 무시한 채 말했다.

"신은 아직 전풍의 상주문을 읽어보진 못했사옵니다. 아울러 구체적인 건의내용과 그가 주장하는 바를 잘 모르겠사오니 먼저 주장(奏章)을 읽어보고 나서 논의하는 것이 바람직할 것 같사옵니다."

이에 건륭이 웃으며 말했다.

"과연 재상(宰相)의 성부(城府)답네! 그리 시급한 일이 아니니 잘 알아보고 토의하도록 하지. 전풍은 〈大學(대학)〉의 이재지도(理財之道)를 예로 들고, 〈주관(周官)〉의 부세균등 이론을 제시하며 강남의 부세를 어느 고정된 틀에 맞추기보다는 그 해의 작황에 따라 융통성 있게 징수하는 것이 바람직하다는 뜻을 피력해왔네."

듣고 있던 우민중은 이찌된 영문인지 고개가 갸웃해졌다. 그도 그럴 것이 태감 고운종(高運從)이 미리 그에게 누설한 정보에 따르면 '폐하께오선 전풍(錢灃)의 주장을 읽으시고 불쾌한 기색이 역력하셨다'라고 말했던 것이다. 이에 우민중은 전풍의 이론을 반박하여 건륭의 뜻에 편승하고자 밤새워 사료(史料)를 뒤져 이 자리에서 '쾌변(快辯)'을 선보였던 것이다. 그러나 고운종의 말과는 달리 건륭은 전풍의 상주문에 대해 대단히 만족해하고 있었으니 그로선 심정이 암담하고 착잡할 수밖에 없었다. 아계는 대단히 기뻐했다.

"전풍의 건의는 중용지도(中庸之道)를 구현했다고 생각하옵니다. 역시 학문의 토대가 튼튼하오니 전체적인 국면을 헤아려 백성들의 정서에 부합되는 대안을 내놓을 수 있었던 것 같사옵니다!"

아계의 말이 이어지고 있을 때 밖에서 화신이 스스로 뵙기를 청하는 소리기 들려왔다.

건륭이 웃으며 불러들였다. 인사를 올리지 않아도 되니 그냥 자리에 앉으라는 시늉을 하며 건륭이 말했나.

"방금 부처님께서 그러시는데, 국정을 운영하는 것도 뭇 중생들이 가정을 꾸려나가는 것과 다를 바가 없다고 하셨네. 모든 것이 풍조우순(風調雨順)하여 술술 잘 풀리다가도 일이 터질 것 같으면 화불단행(禍不單行)인 것이 세상을 사는 이치라고 하셨네. 그런데, 그 말씀이 참으로 지당하신 것 같네."

건륭의 심사가 다소 무거워 보이는 느낌을 받은 화신의 눈동자가 팽그르르 돌아갔다. 늦게 들어와 구체적으로 논의하는 바는 알 수 없으나 그는 분위기 파악을 하는 데는 선수였다.

"수해복구에도, 서부전사(西部戰事)에도, 원명원 공사에도 아직은 예산이 많이 필요한지라 폐하께오서 염려하시는 것 같사옵니다. 하오나 심려를 거두시옵소서, 폐하. 관세수입이 몇백만 냥은 족히 됩니다. 신이 수중에 장악하고 있고, 예부에 위탁하여 관리하고 있는 의죄은자(議罪銀子)도 수십만 냥은 족히 되오니 필요할 때 적재적소에 요긴하게 쓰실 수가 있사옵니다. 안휘성의 몇몇 주현에 기근이 심각하다고 들었사온데, 신의 소견으론 은자 30만 냥만 풀어버리면 그들이 춘궁기를 무사히 넘기고 가을의 풍작을 기대할 수 있다고 생각하옵나이다."

건륭의 안색은 빠르게 피고 있었다. 화신의 바라보는 눈길에 신뢰와 감동이 묻어 났다.

"돈이 있고 먹을 것만 있으면 마음이 초조하지 않고 여유로우니 모든 일이 더 잘 풀린다는 말이 실감이 나네. 하이란차가 창길(昌吉)을 점령했다고 하네. 조후이가 화탁부(和卓部)의 배후로 쳐들어가는 데 걸림돌을 치워버린 셈이지. 하이란차는 역시 짐의 기대를 저버리지 않았어. 짐의 침울한 기분을 한 방에 날려버렸네. 군기처에선 조후이에게 공격을 서두르라고 하게. 파죽지세로 쳐들어갈 수 있게끔 길을 만들어주었는데 뭉그적거리고 있을 이유가 없지 않은가? 짐도 지의를 내려 독촉을 할 것이네! 부처님께오선 이미 하이란차의 가족에게 상을 내리셨네. 짐도 상을 내릴 것이네. 하이란차 부인에게 동주(東珠) 두 개를 하사하고, 그 아들을 일등차기교위(一等車騎校尉)에 진급시킨다는 지의를 전하게. 병부에서는 은자 30만 냥을 출자하여 하이란차 부대의 전우가족들을 위로해주도록 아계 자네가 책임지고 처리하게. 화신의 협조하에 둘이 알아서 하고 일일이 짐에게 아뢸 건 없네. 하이란차의 관품(官品)과 작위(爵位)문제에 대해선 전사(戰事)가 완전히 끝난 연후에 상의하도록 하지."

말을 마친 건륭은 차 한 모금을 마셨다. 그리고는 찻잔을 내려놓으며 화신에게 물었다.

"자네가 마이클을 설득했다고 했는데, 그 뻣뻣한 자가 어찌 그리 쉽게 수락을 했단 말인가?"

"아, 예!"

뭔가 다른 생각에 잠겨 있던 화신이 느닷없는 질문에 잠시 멍한 표정을 짓더니 급히 대답했다.

"한 쪽 무릎은 꿇을 수 있으나 두 무릎을 다 꿇지는 못하겠다는 자에게 공맹(孔孟)을 논한들 무슨 소용이 있겠으며, 삼강오륜(三

綱五倫)을 가르친들 귀에 들어가기나 하겠사옵니까? 그래서 좀더 현실적인 방법으로 다가서기로 했사옵니다. 명분보다는 실리를 추구하는 자들이라고 들었사옵니다. 알아보니 그 나라 사람들은 하나같이 도박꾼들이고, 내기라면 오금을 못 편다고 하옵니다. 그래서 신이 알고 있는 여러 가지 놀이를 가르쳐주고 본국으로 돌아가 돈을 많이 딸 수 있게끔 '슬쩍' 하는 법도 몇 수 일러주었사옵니다. 그랬더니 그 큰 입이 귀에 걸리더군요. 그리고 틈이 나는 대로 우리의 궁전과 성지(城池), 제궐문물(帝闕文物), 의장위의(儀仗威儀)를 구경시켜주면서 솔직히 너희들 영국보다 못하다고 생각하면 무릎꿇을 것 없고, 낮다고 생각하면 누가 시키지 않아도 강자 앞에 무릎꿇는 건 사내의 도리가 아니냐고 따졌사옵니다. 그랬더니 고개를 끄덕끄덕하는 그 자를 끌고서 무작정 자금성(紫禁城)을 한바퀴 돌았사옵니다. 그러자, 어느새 눈이 휘둥그레지더니 원명원을 다리에 쥐가 나게 구경하고 나서는 코뼈가 콱 꺾여버리는 걸 느꼈사옵니다. 거기다 몽고의 왕공들이 오문(午門) 밖에서 대궐을 바라보며 머리 조아리는 모습을 두 눈으로 똑똑히 보여주고는 혈통이 고귀하기로 치자면 너희들은 상대조차 되지 않는 칭기즈칸의 자손들이라는 걸 강조하며 은근히 압력을 넣었사옵니다. 그랬더니 이틀만에 백기를 들어버리는 것이었사옵니다. 하오나 어렸을 적에 무슨 병인가를 앓았었는데 목을 굽힐 수가 없어서 머리를 조아리면 엉덩이까지 곤두박질치기 십상이라고 하옵나이다. 그래서 신이 우리 폐하께오선 그 정도는 충분히 용서해주실 분이시라고, 군기대신 중에 류용이라고 있는데 허리가 잔뜩 휘었다고 하여 곤장을 쳐서 곧게 펴라고 하시진 않았다고 면박을 주었사옵니다!"

잠시 말뜻을 못 알아차린 듯 잠잠하던 신하들이 뒤늦게 곤장을 쳐서 류용의 등허리를 편다는 말에 모두 웃음을 금치 못했다. 건륭이 웃으며 말했다.

"무쇠를 녹이느라 과연 노고가 많았네. 목뼈가 굳었으면 굳은 대로 절 받는 거지, 그렇다고 부러뜨릴 일이 있나!"

아계는 화신의 말이 진솔한 부분도 있으나 적잖이 뻥을 튀겼다는 걸 알고 있었다. 기윤이 있었으면 즉석에서 그 요상한 거짓말을 까발려 놓았을 텐데……. 기윤은 지금 무얼 하고 있을까? 그렇게 생각을 하며 아계는 일순 마음이 무거워졌다. 먹구름이 가시고 화창하게 개인 건륭의 얼굴을 보며 아계는 말을 꺼내기 저어되었으나 이럴 때 짚고 넘어가지 않으면 언제 하랴 싶어 조심스레 입을 열었다.

"이시요와 기윤이 혁직(革職)당하여 대죄(待罪)하고 있는 데 대해 밖에서는 충격이 대단히 큰 것 같사옵니다. 기윤은 워낙 해내(海內)에 문명(文名)을 떨친 대학자이고, 이시요 역시 잘 나가던 조정의 대원이었는지라 국태 사건과 맞물려 일파만파로 충격이 번지고 있는 것 같사옵니다. 이시요의 부하들은 좌불안석하옵고, 기윤의 문생들도 성문(城門)에 붙은 불이 연못까지 번져 물고기들이 수난 당하는 격이 아닐까 전전긍긍하고 있사옵니다. 대죄기간이 길어지는 건 인심을 안정시키는 데 불리하다고 생각하옵나이다."

"경들은 어찌 생각하는가? 그 둘에게 어떤 죄를 묻는 것이 마땅할 것 같은가?"

건륭이 물었다. 그의 얼굴엔 웃음기가 가신 듯 사라졌다. 그의 눈길은 우민중에게서 멈췄다.

"지금까지 수사한 바로는 기윤에게 탐오와 뇌물수수죄는 적용 시킬 수 없을 것 같사옵니다."

우민중이 덧붙였다.

"그의 부동산은 대부분 어사방산(御賜房産)이었사옵니다. 그의 신분과 지위로 볼 때 현재 영위하고 있는 생활도 호화, 사치와는 거리가 있었사옵니다. 그의 주요 죄목은 역시 몇 년 전에 고향인 헌현(獻縣)에서 발생했던 이대(李戴) 사건이옵니다. 여러모로 판단했을 때 신은 경죄(輕罪)를 물어야 마땅하다고 사려되옵나이다. 솔직히 천하 모든 학자의 전형(典型)으로 추대되어 왔사옵고, 폐하의 신변에서 정무를 보좌해오며 문사(文事)에 있어서의 공로는 적으나마 인정해 주어야 한다고 생각하옵니다. 그의 목숨만은 살려두어야 문인들을 비롯한 민심을 안정시킬 수가 있다고 생각하옵니다."

우민중은 미리 답변을 연습을 하기라도 한 듯 일사천리로 말을 쏟아냈다. 처음엔 미간을 찌푸리던 아계는 곧 우민중의 의중을 확실히 알 것 같았다.

화신을 바라보니 화신 역시 그에게 시선을 보내고 있었다. 둘은 아주 잠깐 눈길을 마주치고는 서로 피해갔다. 이어 건륭이 심드렁하니 물어왔다.

"그럼 이시요는 어찌 하는 것이 바람직할 것 같은가?"

"이시요도 적당히 충격을 주는 것으로 가벼운 벌을 내리시는 것이 마땅하다고 생각하옵나이다."

우민중이 단호한 어조로 덧붙였다.

"광주십삼양행(廣州十三洋行)으로부터 은자 10만 냥을 받아챙긴 것이 문제이온데, 그 은자를 관부에 바치지도 않고 자기 주머니에 넣지도 않고 적당한 곳에 둔 채로 풍색(風色)을 관망했다는 것이 당당하고 떳떳한 처사는 못 된다고 생각하옵니다. 하오나 어찌됐든 궁극적으론 은자를 광동성(廣東省) 번고(藩庫)에 입고 시켰사옵니다. 다년간 병마(兵馬)를 이끌어오고 봉강대리(封疆大吏)까지 몇 년간 지냈다는 사람이 사재(私財)는 겨우 십 몇만 냥에 불과했사옵니다. 여느 장군이나 제독에 비하면 청렴함에 있어서 괜찮은 편이라고 봐야 할 것 같사옵니다."

말을 마친 그는 속시원하게 하고픈 말을 다했는지라 자세를 고쳐 허리를 펴고 앉았다.

화신은 몰래 눈꺼풀을 들어 건륭을 힐끔 훔쳐보았다. 그리고는 다시 눈을 내리깔았다. 일순간에 수많은 생각들이 떠올랐다. 마음을 굳히고 나서 그는 아뢰었다.

"신은 반대 의견이옵나이다. 그 둘에게 중죄를 물어 타인의 경계로 삼아야 하는 게 마땅하다고 생각하옵나이다. 기윤의 주된 죄목은 이대 사건을 초래한 것이 아니오라 폐하의 면전에서 재학을 뽐내며 군전무례(君前無禮)를 범한 적이 한두 번이 아니라는 것이옵니다. 군부(君父)를 손바닥에 올려놓고 희롱한 죄를 결코 용서할 수가 없사옵니다! 또한 함부로 궁위(宮闈)를 논하고 풍자하였사오며, 감히 망국을 초래한 선조(先朝)의 고사(故事)로 당금(當今)을 비유하는 크나큰 불경죄(不敬罪)를 지었사옵니다. 이 시요는 위선과 간계로 군주를 기만하고 발호와 전횡으로 매사에 임해왔사옵니다. 그 자가 영명한 군주를 만났으니 망정이지 난세에 태어났더라면 틀림없는 조조(曹操)의 이세(二世)였을 것이옵니다!"

건륭의 미간이 좁혀졌다. 종이를 누르는 데 사용하는 청옥(靑

玉)을 만지작거리며 그는 아계에게 시선을 돌렸다.

"신 화신의 주장에 전적으로 찬성하옵나이다."

아계 역시 복고(腹稿)를 적어놓은 지 오래된 생각이었는지라 침착하게 아뢰었다. 그러나 그의 어투에는 다분히 비장함이 서려 있었다.

"신과는 둘 다 사사로운 교류가 깊은 사이이옵나이다 신의 본심은 그들이 무사하길 바라옵고, 함께 역량을 모아 폐하를 위해 평생 차사에 진력하고 싶은 것이옵나이다. 하오나 형률(刑律)이 엄연하옵고, 그들의 죄목이 명백하온데 무슨 수가 있겠사옵니까? 군기처가 중심을 잡지 못하고 공정성을 잃는다면 어찌 폐하를 보필하여 천하를 다스릴 수 있겠사옵니까? 이시요의 공로를 무시하는 건 아니오나 그는 수신양성(修身養性)에는 실패한 자이옵고, 대리(大利) 앞에서는 대의(大義)를 헌신짝처럼 내팽개치는 자라고 생각하옵니다. 기윤 역시 학문은 특출하오나 뿌리깊이 폐하를 모멸하는 의식이 잠재해 있사옵니다. 신도 처음엔 사교(私交)도 깊고 이 사건이 몰고 올 파장이 대국(大局)에 미칠 영향을 고려하여 폐하께 선처를 호소하고자 했었사옵니다. 하오나 기윤의 근로왕사(勤勞王事)가 나친에 비할 바가 아니고, 이시요의 공훈도 장광사에 미치지 못하온데, 이 둘을 살려둔다면 조정의 지공무사(至公無私) 원칙은 도마 위에 오를 수밖에 없게 될 터이니 어쩔 수가 없었사옵니다……."

그는 울먹이며 말을 이었다.

"망설이고 주저하실 때가 아니옵나이다, 폐하……."

세 신하의 진술이 끝나고 난각에는 무거운 침묵이 흘렀다. 얼굴에 무표정한 건륭은 다리를 포개어 앉은 자세 그대로 연신 차만

마시고 있었다. 찻물이 넘어갈 때마다 깊고 깊은 한숨도 함께 삼켰다.

'하늘의 아들', 천자(天子)! 이는 고독과 적막의 대명사였다. 수많은 신료들과 절세의 미인들에게 에워싸여 있으면서도 늘 외로운 존재가 바로 천자(天子)였다.

함께 있으면서도 나홀로인 적막을 달래기 위해 강희(康熙)는 포의사부(布衣師傅)인 오차우(伍次友)를 곁에 두었고, 옹정(雍正)에겐 방포(方苞)와 못 말리는 막가파 '십삼황자'가 있었다. 그러나 건륭에겐 그럴만한 사람이 아무도 없었다. 적막이 몰려올 땐 스스로 풀어왔고 심서(心緖)가 복잡할 때도 홀로 삼켰다. 신하들이 이같이 이전투구를 벌일 때마다 그의 외로움은 더해만 갔다. 거짓과 위선인 줄을 알면서도 그 창호지를 뚫어버릴 수는 없었다…….

시간이 얼마나 흘렀을까. 그는 마침내 가볍게 기침하여 목청을 가다듬었다. 세 신하 모두 귀를 쫑긋 세우는 걸 보며 그는 속으로 웃었다. 그리고는 무겁게 입을 열었다.

"류용의 의견을 들어본 연후에 죽이든 살리든 결정을 내릴 것이네."

세 사람의 반응은 무시해버린 채 건륭은 덧붙였다.

"류용을 들라 하라. 경들은 그만 물러들 가게!"

"예……."

셋은 급히 자리에서 나와 머리를 조아렸다. 건륭이 뜻하는 바를 알 수가 없어 저마다 무거운 걸음으로 물러갔다.

건륭은 그제야 하이란차의 상주문을 뽑아들었다. 평소에 신하들이 사용하는 통봉서간(通封書簡)보다 서너 배는 더 커 보였다.

자세히 보니 양가죽으로 만든 것이었다. 밀랍(蜜蠟)으로 봉한 봉투의 모퉁이에는 자그마한 붉은 깃발이 그려져 있었고, 세 개의 닭털이 붙어 있었다. 한 눈에 보기에도 대단히 공을 들인 것 같았다.

두껍고 무거운 속지(屬紙)를 꺼내보니 누리끼리한 것이 촉감이 오돌도돌했다. 그 역시 양가죽을 말려서 납작하게 눌러서 만든 것이었다. 그러나 양 특유의 노린내가 없고, 그 대신 사향(麝香)의 은은한 향내가 나는 걸 보니 향불에 충분히 그을렸던 것 같았다. 상주문 위에 자그마한 종잇장이 묻어 나온 걸 보니 거기엔 하이란차가 비뚤비뚤한 필체로 이같이 적고 있었다.

폐하! 이 종이는 창길(昌吉) 청진사(淸眞寺)에서 〈고란경(古蘭經, 코란)〉을 베낄 때 쓰는 종이이옵나이다. 신과 같은 '달필'인 자가 글을 쓰기엔 미끄러지지도 않고 더없이 적합한 것 같았사옵니다. 그래서 특별히 이 종이로 보첩(報捷)하는 바이옵나이다. 신이 이 곳을 점령했을 때 절 안의 이맘(이슬람 성직자)들이 투항을 거부하는 바람에 불을 확 질러버렸사옵니다. 활활 두 시간동안 타버린 잿더미 속에는 놀랍게도 고란경이 그대로 있었사옵니다. 좋은 '종이'임에는 틀림없사옵니다. 아직 많이 남아있사오니 폐하께오서 원하신다면 보내드리겠사옵니다."

건륭이 소리 없이 웃었다. 붓을 들어 틀린 글자를 두어 개 고쳐 놓고서야 본문을 읽기 시작했다. 앞부분은 막료가 대필한 것이었다. 조후이가 어찌어찌 금계보(金鷄堡)에서 화탁부의 지원병들을 따돌리고 그 틈에 하이란차가 3만 인마를 거느리고 동, 남, 서 삼면에서 창길을 포위하여 한바탕 욕혈분전(浴血奮戰) 끝에 적들을 섬멸시켰노라고 전후 사연을 소상히 설명했다. 한 장을 넘기니 그때부터는 글씨체가 또다시 '오리발'이었다. 다시 하이란차의 수필(手筆)이었던 것이다.

　폐하, 막료의 달필을 보시다가 신의 '오리발'을 대하시오니 두통이 올 것 같아 심히 염려스럽사옵니다. 이번 전투가 악전고투를 겪긴 했사오나 막료가 좀 허풍을 떤 것 같사옵니다. 결과적으로 승리는 했사오나 우리 군의 병력 손실을 감안하면 대승(大勝)이라고 볼 수는 없을 것 같사옵니다. 청하옵건대 폐하께오서 여러가지 약재를 보내주셨으면 하옵고, 부상병들을 의료시설이 있는 서녕(西寧)으로 운송할 차량도 필요한 실정이옵나이다. 적들이 생각보다 포악스럽사옵니다. 성(城) 안의 회민(回民)들은 신에게 온몸으로 항거했사오나 자신의 터전을 지키고자 하는 그들의 의지만은 가상하다고 생각하옵나이다. 폐하께오선 누누이 회민들에 대한 안무(按撫)를 지시하셨사옵니다. 이제 전투는 끝났고 이맘늘은 청진사를 원래대로 복원해줄 것을 요구하고 있사옵니다. 신은 주지(住持) 이맘과 장기를 두어 져주고 군비에서 3만 냥을 지출하여 청진사를 복원해주기로 했사옵니다. 지의를 청하지 않고 맘대로 장기에 져준 데 대해 엄히 죄를 물어주시옵소서. 폐하께오서 신에게 상으로 내리신 월병(月餅)은 장교들과 나눠 먹었사옵니다. 월병을 먹으면서 폐하에 대한 그리움이 북받쳐 아녀자처럼 눈물까지 흘리고 말았사옵니다……

여기까지 읽고 난 건륭은 이제 막 혈전을 치르고 난 사람답지 않게 익살스러운 하이란차가 지극히 하이란차답다고 생각하며 월병을 먹으며 군주를 그리워했다는 말에는 코끝이 찡해지며 눈 주위가 축축해졌다.

왕렴이 건넨 수건으로 눈을 문지르고 다시 상주문에 눈길을 돌린 건륭은 피식 웃음을 터트리고 말았다. '못 말리는' 하이란차 때문이었다.

이번에 생포한 포로들 중에는 아녀자들이 수십 명이 있사옵니다. 신의 부하인 갈임구(葛任丘)가 꽤 먹음직하다며 군침을 석 자씩이나 흘리고 있사옵나이다. 저 인간이 사고를 치기 전에 폐하께 보내드려야겠사옵니다. 신이 보기에도 나올 데 나오고 들어갈 데 들어간 것이 괜찮아 보였사옵니다.

전혀 꾸밈이 없이 생각나는 대로 '끄적인' 원시적인 표현은 밑으로 읽어내려 갈수록 더 심했다. 건륭은 아예 읽기를 포기한 채 껄껄 웃으며 노란색 종이 한 장을 뽑아들었다. 그리고는 잠시 생각한 끝에 붓을 들었다.

보첩 소식 덕분에 짐의 침울한 기분이 말끔히 가시었네. 필요한 약재와 물건은 신속하게 발송하도록 지시하겠네. 욕혈분전하여 악전고투 끝에 국가를 위해 크나큰 공훈을 세운 경의 충군애국(忠君愛國) 정신을 치하하는 뜻에서 짐은 자광각(紫光閣)에 경을 위한 자리 하나를 남겨두겠네! 시(詩)를 하사해 격려하네!

곤륜(昆侖)을 넘은 상장건아(上將建牙)들아,
호랑이의 용맹이 전장을 가르노라.

적을 무찔러 강산이 공고하니

도탄에서 구출된 백성들이 환호하노라.

깃발을 휘두르니 개가(凱歌)를 올리고

잔적(殘賊)을 소탕한 곳에 이리떼 자취 감추었도다.

구중(九重)은 봉화(烽火) 식을 그 날을 기다리니

짐은 금작미주(金爵美酒)로 삼군(三軍)을 위로하리라.

붓을 멈추고 잠시 생각하더니 건륭은 또 다시 써내려 가기 시작
했다.

이 주비(朱批)는 조후이에게도 해당되는 바이니, 조후이 자네 역시
하이란차와 더불어 '쌍창장(雙槍將)'이라 불리기에 추호도 손색이 없
네. 정이 통하길 수족(手足)같고, 의가 좋아 동료이거늘 하이란차가
이미 창길을 점령하였는데, 경은 무얼 망설이는가? 짐이 하이란차에
게 하사한 시(詩)를 읽어보고 용기백배하길 바라네!

미소를 지으며 붓을 내려놓고 난 건륭은 두 손을 맞잡고 비비더
니 아직 뭔가 할말이 남은 듯한 표정을 지었다. 건륭이 다시 붓을
집어들려고 할 때 류용이 들어섰다. 건륭이 걸상을 가리키며 말했
다.

"왔나? 거기 앉게!"

"폐하께오선 뵙기에 아주 좋아 보이시옵나이다."

인사를 올리고 자리에 앉은 류용이 웃으며 덧붙였다.

"신은 호부로 가서 십오마마를 뵈었사옵니다. 마마께오선 아직
도 황화진(黃花鎭)의 염지(鹽地)를 다스릴 방책을 고민하고 계셨

사옵니다. 호부에서는 당장에 필요한 착수금 10만 냥이 예산에 없던 금액인지라 난색을 표하고 있나 보옵니다. 방금 군기처 앞에서 화신을 만났사옵니다. 십오마마의 고민을 전하니 이는 이국이민(利國利民)의 선정(善政)이거늘 어찌 나 몰라라 할 수가 있느냐며 자기가 농장을 구입하려고 모아두었던 8만 냥을 먼저 쾌척하겠노라고 했사옵니다."

건륭이 웃으니 머리를 끄덕였다.

"아계, 우민중 그리고 자네는 모두 화신을 좀 낮춰 보는 경향이 있는 것 같던데, 이참에 생각을 고쳐먹게. 보다시피 미워할 수가 없는 사람이잖은가? 은자 8만 냥이 동네 누렁이 이름도 아니거늘 쾌척하는 걸 보면 때론 재물을 돌멩이 보듯 할 줄도 아는 의로운 사내가 아닌가?"

이에 류용이 아뢰었다.

"신들이 달리 낮춰본 것도 없사옵나이다. 총명하고 재치가 있는데는 화신을 따라갈 사람이 어디 있겠사옵니까? 하지만 어딘가 모르게 영악한 아녀자 같은 느낌이 들어 성미에 맞지 않을 따름이옵나이다."

이에 건륭이 크게 소리내어 웃었다.

"영악한 아녀자라? 듣고 보니 과연 그런 느낌이 없진 않네 그려. 허나 사람은 천의 얼굴을 가졌듯이 성격도 천차만별인 법이네. 자로(子路)는 맹렬하고, 안연(顔淵)은 조용하며, 장량(張良)은 미부(美婦)같네. 성격은 이같이 전부 달라도 모두 인덕한 사람들이네. 하나같이 두광내(竇光鼐)처럼 뻣뻣하고 만고(萬古)의 무뚝뚝한 사람이었으면 좋겠는가?"

류용이 따라 웃었다. 그러나 건륭이 정색하는 모습을 보며 급히 자리를 고쳐 앉았다. 건륭이 물어왔다.

"자네를 부른 건 기윤과 이시요에 대해 어찌 생각하는지 경의 뜻이 궁금해서이네."

"기윤은 결코 탐묵과는 거리가 먼 사람이옵니다."

류용이 정색하며 아뢰었다.

"오랫동안 고위직에 몸담고 있으며 변함없는 성총을 먹고 살다 보니 본의 아니게 불미스런 행실을 보였을 수도 있사옵나이다. 또한 가인(家人)과 문생(門生)들이 날로 번식하니 개중에는 사려가 짧아 간혹 주인을 곤경에 빠뜨리는 짓을 일삼는 자들이 있어 이대 사건과 같은 인명사고가 났던 것 같사옵니다. 그는 이름 값을 톡톡히 치른 경우이옵니다. 결코 이시요와는 다르다고 사려되옵나이다."

"그럼 이시요는 어찌 봐야 하나?"

"신의 소견으론 이시요는, 예컨대 평생 재계해온 독실한 불자가 순간의 유혹을 이겨내지 못하여 개고기를 훔쳐먹은 꼴이 아닌가 생각하옵나이다."

류용이 잠시 생각하더니 덧붙였다.

"개고기를 포식하고는 땅을 치고 후회하면서 두 번 다시 그런 일이 없을 거라고 다지고 또 다지는 와중에 보살이 이를 눈치 챈, 운이 억세게 나쁜 경우라고 생각하옵니다."

건륭이 저도 모르게 웃음을 터트렸다.

"개고기를 먹고자 작심만 한다면 보살 정도는 얼마든지 따돌릴 수 있지 않을까?"

"예."

류용이 말을 이었다.

"요즘의 정세는 폐하께오서 손금 보듯 숙지하고 계시리라 생각하옵나이다. 대관(大官)은 대탐(大貪)하고, 소관(小官)은 소탐(小貪)하는 것이 엄연한 현실이옵나이다. 다만 구별이 있다면 어떤 관원들은 차사에는 그나마 열중이면서 '은근슬쩍' 하는가 하면, 어떤 자들은 차사는 뒷전인 채 구린내만 쫓아다니는 쉬파리 같은 존재라는 것이옵니다. 경관(京官)들은 직접 검은 손을 뻗칠 수가 없으니 외관들을 희생양으로 내몰든가, 아니면 지방으로 전량(錢糧)을 보낼 때 한줌 집어넣고 보결(補缺)을 미끼로 금품을 요구하는 편법을 쓰고 있다 하옵나이다! 국록(國祿)을 먹는 관원들의 청렴함은 으뜸의 미덕이고 당연한 품행이거늘 요즘은 눈을 씻고 봐도 찾을 수가 없으니 희세(稀世)의 진보(珍寶) 대우를 받고 있는 게 아닌가 하옵니다. 현실이 그렇지 않사옵니까? 아무개가 있는데, 재학과 유능함을 떠나 청렴하기만 하면 그는 일단 호관(好官)의 칭호를 받게 된다는 현실이 서글프기 그지없사옵니다!"

그가 속주머니에 손을 집어넣더니 차마 빼지 못하고 건륭의 눈치를 살폈다. 이에 건륭이 말했다.

"담배가 먹고 싶어서 그러나? 괜찮네! 짐의 면전에서 담배 먹은 게 어디 어제, 오늘의 일인가! 앞으론 눈치 볼 것 없이 맘대로 먹게."

류용이 급히 사은을 표하고는 곰방대를 꺼내어 연엽(煙葉)을 다져 넣었다. 그리고는 불을 붙이고 볼이 쏙 들어가게 힘껏 빨아들였다. 그 표정이 다분히 게걸스러워 보였다. 류용이 다시 말을 이었다.

"신이 진심으로 아뢰고 싶었던 바이옵나이다. 기윤 정도의 고위직이라면 문생들이 만천하에 널렸음은 자명한 일이옵나이다. 기윤이 소위 축재(蓄財)를 원했다면 감히 말씀드리옵건대 일국(一國)의 부(富)에 비견할 만큼의 재물을 얼마든지 모을 수도 있사옵나이다. 그러나 기윤은 전혀 부유함과는 거리가 먼 사람이옵니다. 학문이 뛰어나고 차사에 열중하면 작은 착오는 적당히 징계하고 넘어갈 수도 있다고 생각하옵니다. 신은 군기처에 입직한 뒤로 사람은 크게 악인과 호인으로 구분되겠사오나 완벽한 악인도, 완벽한 호인도 없다는 생각을 하게 되었사옵니다. 과분한 성총을 입고 있는 신도 예전과 지금의 모든 착오와 과실을 따진다면 고은 익직(辜恩溺職, 은혜를 저버리고 직무에 태만하다)의 죄를 면키 어려울 것이옵나이다. 나친이 탐공오국(貪功誤國)의 죄를 범하여 결국은 폐하의 성은을 원수로 갚는 꼴이 되었사오나 그의 공로와 좋은 점을 다 끌어 모으면 비견할만한 사람도 그리 많지는 않을 것이옵나이다! 이시요에 대해서는 신은 그저 애석하고 유감스러울 뿐이옵나이다. 그의 죄를 비호하고 은폐할 생각은 추호도 없사옵니다. 다만 그의 재능이 아깝고 조정이 유능한 인재 하나를 잃는다는 것이 서글플 따름이옵나이다……."

그는 머리를 숙이고 뻑뻑 곰방대를 소리나게 빨아댔다. 마음속의 초조와 불안을 잠재우려는 것 같았다.

건륭은 잠시 말이 없었다. 그 역시 목이 움츠러들고 등이 휜 류용을 보며 감개가 새로운 것 같았다. 한참 후에야 그는 신발을 신고 온돌을 내려 천천히 거닐었다.

그사이 류용은 허리를 펴고 똑바로 앉았다. 눈꺼풀이 축 처져서 반쯤 덮인 세모눈으로 인주(人主)가 가는 곳을 따라가며 바라보았다.

무거운 침묵이 얼마나 흘렀을까. 마침내 건륭은 길게 한숨을 내쉬었다. 그리고는 걸음을 떼어놓으며 손가락으로 류용을 가리키며 말했다.

"경이 진실을 말하고 있네. 군기처에서…… 진실을 말하는 사람은 자네밖에 없네……."

류용은 건륭이 말하는 까닭을 모르겠다는 듯 눈이 휘둥그레졌다.

"엄히 죄를 물어야 마땅하다고 목에 핏대를 세우던 우민중이 오늘은 또 가볍게 벌해 줄 것을 주장하더군."

건륭이 웃는 듯 마는 듯한 표정을 지으며 천천히 말을 이어나갔다.

"아계와 화신도 속으론 비호해주고 싶으면서도 겉으론 중죄를 운운하고 나서니 말일세!"

류용은 더욱 놀라워하는 기색이었다. 그는 불안스레 몸을 움찔거렸다. 건륭의 말에 이상한 부분이 있어서가 아니라 화신이 아계와 같은 주장을 했다는 것이 그로선 기괴한 일이라 여겨졌던 것이다.

"대신들 간에 서로 배치되는 의견을 내놓는 것은 뭐라고 할 바가 아니네."

건륭이 씁쓸한 미소를 띠우며 덧붙였다.

"속으로는 죽을죄를 지었다고 생각하면서도 반대의견을 제시함으로써 짐의 분노를 유발하고 그로 인해 이시요와 기윤, 손사의를 매장시켜버리겠다는 것이 우민중의 생각이고, 그 반대의 수법을 쓴 것이 화신과 아계이네. 그들이 머리에 기름칠을 얼마나 하고 짐을 대하는지 이제 알겠는가? 결국 진솔하게 자신의 마음을 토로한 사람은 자네밖에 없다는 얘기네!"

류용은 건륭의 거듭되는 칭찬에 황감해마지 않았다. 마치 자신이 여러 대신들의 허를 찔러버린 것 같아 불안하기까지 했다. 그는 엉거주춤 일어나 아뢰었다.

"폐하의 하해와 같으신 성은을 입었으면서 어찌 감히 거짓으로 군주를 섬길 수가 있겠사옵나이까?"

"기윤의 죄는 짐과 마음이 같을 수가 없는 데서 발단한 것이네."

건륭이 말을 이었다.

"그의 학술과 문필이 아무도 비견할만한 이가 없을 정도로 탁월하다는 것은 짐도 인정하네. 두뇌가 특출한 자가 그 비상함을 나쁜 쪽으로 돌릴 때에는 얼마나 엄청난 결과를 초래하게 되는지 자네들은 기윤을 보면 알 것이네. 그는 결코 순신(純臣)이라고 할 수 없네! 노견증이 압수수색정보를 미리 입수하고 재산을 은닉시킨 걸 보면 짐이 단언컨대 그 기밀을 누설할만한 자는 기윤 뿐이네. 하간(河間)의 기가(紀家) 제자들이 이번 춘위(春闈)에서 전부 입격(入格)하는 '쾌거'를 올렸네. 그러나 그가 주시험관에게 청탁한 흔적은 어디에도 찾아볼 수 없었네. 그만큼 철저한 인물이란 얘기네! 어느 정도 잔머리를 굴리는 것쯤은 짐이 용서할 수 있지만 짐을 무지한 코흘리개 취급을 하는 건 결코 용서할 수가 없지! 글공부를 처음 시작할 때 짐은 조조(曹操)가 양수(楊修)의 목을 쳤다는 대목을 읽으며 둘을 위해 엄청 애석해하고 괴로워했었던 적이 있네. 그러나 세상을 알게 되면서부터 조조도 어쩔 수 없었던 사연이 있었을 거라고 이해할 수가 있었네. 조조 같은 문무를 두루 겸비한 자를 양수 따위가 감히 갖고 놀려고 했으니 난도질을 당하지 않은 게 다행이지! 총명도 도를 넘으면 앞날을 그르치게 되는 법이네! 이 둘은 엄히 징계해야 할 것이네!"

비록 어찌 '징계'를 할지는 아직 밝히지 않았으나 기윤으로선 목숨은 건진 셈이었다. 류용은 저도 모르게 안도의 한숨을 내쉬었다.

"이시요의 사건은 부의(部議)에 넘기지 말게."

건륭의 심경은 다소 혼란스러워 보였다.

"사건 경위를 글로 작성하여 각 성(省)에 내려보내게. 총독과 순무, 장군, 제독들너러 어찌 벌히는 것이 좋을지 함께 의논해 보라고 하게. 이 일은 경이 직접 도맡아 하게!"

류용은 급히 자리에서 나와 무릎을 꿇어 대답했다. 그러나 죄를 범한 관원들을 처벌함에 있어 지방관들의 공의(公議)에 맡기는 건 이번이 처음인지라 건륭의 의도를 점칠 수가 없었다. 부지런히 머리를 굴리며 그는 물었다.

"하오면 폐하, 공문서를 정기(廷寄)로 보내야 하옵니까, 아니면 6백리 긴급으로 발송해야 하옵나이까?"

이에 건륭이 대답했다.

"정기로 보내는 게 낫겠네. 명색이 총독을 지냈던 사람이고, 짐의 표창을 여러 차례 받은 대신이니 아래의 봉강대리들도 조심스러워 할 게 아닌가. 긴급으로 보내면 저들끼리 상의하고 고민할 시간이 충분하지 못할 터이니 신중한 판단을 하는 데 도움이 안 될 것이네."

이쯤 하여 류용은 비로소 건륭의 진의를 알 것 같았다. 이 상태에서 부의에 넘겨버리면 답은 오로지 한 글자 '살(殺)'뿐일 것이다. 목을 치긴 아깝고 그렇다고 순순히 용서해줄 순 없으니 이런 고육지책을 택한 것이다. 부원대신들의 입을 막을 수 있고, 동시에 지방의 제후들에게 경종을 울리는 효과를 꾀할 수 있으니 일석이 조가 아닐 수 없었다! 실로 비상하고 고명한 방법이 아닐 수 없었다!

속으로 내심 경탄하며 류용은 대답했다.

"내려가서 곧 처리하겠사옵니다. 양광(兩廣), 복건(福建), 운귀(雲貴) 등 먼 지역은 6백리 긴급으로 발송하고 정기(廷寄) 서찰을 보내어 설명을 덧붙이는 것도 바람직할 것 같사옵나이다."

"그렇게 하세."

건륭이 덧붙였다.

"손사의도 끼워 넣게. 따로 일을 벌일 이유가 없지 않는가! 됐네, 물러가게!"

류용이 군기처로 돌아올 때까지 아계와 우민중은 아직 남아있었다. 그가 주렴을 걷고 들어서자 둘 다 궁금한 눈빛으로 눈치를 살필 뿐 말은 없었다. 그들이 궁금한 바를 모르는 류용이 아니었다.

"상서방(上書房) 등본처(謄本處)의 사람을 불러오너라."

그렇게 명하고는 자신의 책상 위에 지저분하게 널려 있던 서류들을 정리했다. 그리고는 말했다.

"기효남에 대한 처벌은 아직 미결이고, 이시요는 부의에 넘기지 않고 천하의 독무(督撫, 총독과 순무)들의 공의(公議)에 맡긴다고 하셨소. 지의가 내려졌소. 그래도 아직까지는 장담할 수 없는 것 같소. 어찌 그런 눈빛으로 이 사람을 보는 게요? 원숭이가 마술을 부리는 것도 아닌데!"

그 말에 사람들은 모두 웃음을 터트렸다. 잠시 후 등본처에서 몇 사람이 왔다. 류용은 각 성(省)으로 발송할 이시요에 대한 사건

경위서를 베껴놓으라고 지시하고는 곧 수레를 타고 집으로 돌아갔다.

대충 저녁을 몇 숟가락 뜨는 시늉을 하고 그는 서둘러 각 성의 총독, 순무들에게 보내는 편지를 썼다. 끝 부분에는 전부 '첨부된 사건 경위서를 참조하라'고 덧붙였다. 다만 서부에 있는 조후이와 하이란차, 수이허더에게는 전력투구하는 데 방해가 될세라 이를 알리지 않고 '황은(皇恩)이 호낭(浩蕩)하니 더욱 매진하라'는 식으로 위로의 글을 몇 글자 남겼다. 그러나 생각해보니 아무래도 주청을 올려 결정하는 것이 바람직할 것 같아 잠시 밑에 묻어버렸다.

짤막하게나마 다 쓰고 나니 날은 이미 완전히 어두워져 있었다. 시큰한 팔목을 흔들어 이완시키며 그는 큰소리로 분부했다.

"여봐라, 뭐 먹을 것 좀 내어오너라. 먹고 기 중당댁에 다녀와야겠다!"

……기윤의 집으로 들어가는 골목은 기윤의 실각 소문이 나돌면서 벌써 반쯤 차단되어 있었다. 평소엔 대단히 시끌벅적하던 거리가 한산하고 쓸쓸해 보였다. 덕분에 기윤의 이웃들도 출입시에는 순천부에서 발급한 패찰을 소지하고 다녀야만 했다. 골목 입구에는 구문제독아문에서 나온 열 몇 명의 교위들이 문신(門神)처럼 붙박혀 있었다. 길 가던 사람들은 먼발치에서 수군거렸다.

류용은 문 앞까지 수레를 들이지 않고 골목 어귀에서 내렸다. 시위 형무위가 다가오자 류용이 물었다.

"무슨 일인가?"

"중당 어른."

형무위가 날렵하게 군례(軍禮)를 올리고는 말을 이었다.

"별일이 있는 건 아닙니다. 방금 집안에서 가인들끼리 말싸움하는 소리가 들리더니 지금은 잠잠합니다."

"말싸움을 했다고?"

류용이 흠칫 놀랐다. 대문 쪽을 보니 누리끼리한 등불이 달랑 하나 달린 기부(紀府)는 시커먼 마른 우물 같았다. 그는 빠른 걸음으로 대문을 향해 다가갔다. 과연 안에서는 떠드는 소리가 아직도 간간이 들려왔고 울음소리도 섞여 있었다. 문지기는 순천부(順天府)의 늙은 관리들이었다. 류용이 주춤하자 그 중 하나가 다가와 웃으며 아뢰었다.

"몇몇 가인들이 장부가 안 맞아 치고 박고 싸우고 있습니다. 기 대인도 포기한 듯 싶습니다. 헤헤…… 이런 경우는 쌔고 쌨습니다!"

류용은 벌써 울컥 화가 치밀어 올랐다. 기윤에 대한 처벌이 아직 결정되지도 않은 상태이기늘 내원(內院)에서 가인들이 울고불고 짷고 까불다니! 가노(家奴)들이 주인을 이런 식으로 욕되게 해도 된단 말인가?

그는 냉소하며 발을 건뜻 들어 대문 안으로 들어갔다. 어두컴컴한 중문 앞에서 잠깐 멈추었다가 그는 뒷짐을 진 채 뜰에 있는 회화나무 아래로 가서 조용히 동정에 귀를 기울였다.

장방(賬房) 문 앞에 선 열 몇 명의 남녀 가인들은 아무도 그가 서 있는 걸 눈치채지 못하고 있었다. 뭐가 문제인지는 모르나 여전히 울고불고 고함을 지르는 등 한바탕 소동이 벌어지고 있었다. 장방에 서서 두 손을 맞잡고 침을 튀겨대는 사람들에게 사정하듯 말하는 사람은 장방을 책임지고 있는 노태(盧泰)였다.

"우리 은자 내놔."

가인 하나가 주먹을 둘러메고 으르렁댔다.

"우리가 평생 뼈 빠지게 모은 돈이란 말이야! 그 피 같은 돈으로 당신들은 빚을 갚아? 6할밖에 못 내어주겠다니? 4할을 꿀꺽해 버리고도 우리더러 참으란 말이야?"

이때 사람들 속에서 젊은이 하나가 달려나와 그 가인을 손가락질하며 따지고 들었다.

"송기성(宋紀成), 사람이 어찌 그리 양심이 없어! 자네가 매일 끼고 자는 마누라도 마님께서 상으로 내려주셨잖아! 그리고 지금 살고 있는 집마저도 그렇잖아! 안 그래도 집안이 어수선하고 어르신과 마님께선 이만저만 괴로운 게 아니실 텐데 명색이 가생노(家生奴)라는 것이 이래도 되는 거야? 누가 그 돈으로 빚을 갚았다고 했어? 터진 입이라도 아무 소리나 하면 못써!"

"입 닥쳐 이 새끼야! 빚을 갚지 않았으면? 그럼 그 돈이 발이 달려 어디 도망이라도 갔단 말이야?"

"개가 물고 갔어! 호랑이가 삼켜버렸어! 됐어?"

송기성이라는 자가 집어삼킬 태세로 으르렁대더니 젊은이의 서슬에 한풀 꺾였는지 고개를 비틀며 씩씩거리고 있었다. 이때 수염이 흰 노복(老僕)이 호롱불을 들고 조심스레 걸어오고 있었다. 그 옆엔 중년의 노비가 식합(食盒)을 들고 따라오고 있었다.

류용은 그 둘을 잘 알고 있었다. 하나는 기윤이 몇십 년을 부려 온 가인(家人) 시상(施祥)이었고, 하나는 이 집의 주방장인 양의(楊義)였다.

두 사람이 나타나자 떠들던 가인들은 모두 입을 다물었다. 양의는 표정이 대단히 사납게 보였다. 소매를 걷어붙이고 두 손을 허리에 짚고는 다짜고짜 욕설부터 퍼부었다.

"어떤 새끼야? 어떤 새끼가 감히 어르신을 욕보여? 유사(劉四), 너야? 쇠꼬챙이로 사타구니를 지져버릴 놈 같으니라고! 그리고 위가댁, 인두겁을 쓰고 이래도 되는 거야? 자네 일가족이 다 굶어죽게 된 걸 내가 마님께 말씀 올려 거둬주었잖아. 어르신과 마님이 아니었다면 네년들은 굶어죽은 귀신이 됐어도 열두 번일 거야. 자네 남정네는 사타구니에 달걀까지 보일 정도로 헐벗었었지! 지금은 어르신과 마님 덕분에 비단 두르고 고기 먹는데 어째서 지랄발광이냐?"

"됐네, 적당히 하지."

시상 노인이 양의의 옷자락을 당기면서 조용히 말렸다. 그리고는 한 발 앞으로 나서서 가인들을 향해 말했다.

"흥분하지들 말고 이 늙은이의 말을 들어보게. 70이 넘도록 여기서 잔뼈가 굵고 머리가 허옇게 되었네. 나나 여러분들이나 여기가 정든 고향집이고 뼈를 묻을 곳이 아닌가. 이 그늘을 벗어나면 당장 어디 가서 무얼 하며 살겠나? 우리 어르신께선 귀인일겁(貴人一劫)을 겪고 계실뿐 조만간 재기하실 거네. 이렇게 마구잡이로 인정사정 없이 굴고는 훗날 어찌 다시 어르신을 뵙겠나? 어르신께서 오히려 여러분들에게 누를 끼쳐 미안하다고 하셨네. 마님께 최소한의 생활비를 남겨두고 전부 나눠주라고 하셨네. 노태, 은자 6백 냥만 남겨놓고 전부 나눠주시오. 모자라는 부분은 차용증을 적어주시오. 나중에라도 받아가게."

노인의 말에 가인들은 모두 고개를 숙였다. 그러나 기윤이 가벼운 일겁(一劫)을 겪고 있을 뿐 곧 동산재기(東山再起)할 거라는 말에는 수긍하는 눈치가 아니었다. 장방에 저축해두었던 자신들의 은자에 대해서만은 추호도 양보할 수 없다는 표정들이었다. 송기성이라는 자가 말했다.

"차용증을 써주는 건 좋은데, 누가 갚을 것이며 못 갚으면 누가 책임질 겁니까? 마님의 생활비가 왜 우리의 은자에서 나가야 합니까? 머리에 이고 지고 있는 보석만 팔아도 몇 년은 너끈히 잘 먹고 잘 살텐데! 그리고 마님의 친정은 도읍 전체를 소유지로 할만큼 땅부자라고 들었는데, 은자 6백 냥이 없어서 밥을 굶기라도 한다는 얘깁니까?"

어두운 모퉁이에서 이 모든 걸 지켜보고 있던 류용이 더 이상 참을 수가 없었는지라 천천히 걸어나갔다. 전혀 양보할 기미가 없어 보이는 막무가내들에게 둘러싸여 어찌할 바를 모르고 있던 시상 노인이 류용을 발견하고는 급히 예를 갖추었다.

"류 대인! 지…… 지의가 계시는 겁니까?"

"그건 아니오. 몰염치한 가노(家奴)들이 어찌 주인을 욕되게 하는지 보러 왔소."

류용이 냉소를 터트리며 일갈했다.

"한참을 지켜보았소."

언성이 높진 않았으나 다분히 위압적이었다. 가인들은 저마다 놀라고 당황한 기색이 역력했다. 그들은 순식간에 그 자리에서 굳어버리고 말았다.

"살인을 했으면 목숨으로 갚고, 돈을 빚졌으면 돈으로 갚는 것이 고금의 이치이네. 여러분들이 저축한 돈을 찾아가겠다는 것도 나쁘다고 할 순 없네."

쥐 죽은 듯 조용한 가인들 사이에서 오가며 이같이 운을 뗀 류용이 갑자기 언성을 높였다.

"하지만 자네들은 불측(不測)의 경지에 내몰린 주인을 나 몰라라 한 채 와병중인 주모(主母)까지 욕되게 하며 때아닌 난동을 부리고 있음이니 이 예의가 아니고 주인을 기만하는 죄는 결코 국법이 용서치 못할 것이네! 빚 독촉을 해도 때와 장소를 가려야 하고 주종의 구분이 있어야 하거늘 자네들은 어찌 이리 무법천지일 수가 있단 말인가? 여러분들이 내놓으라고 아우성치는 돈이야말로 따지고 보면 기윤 공이 상으로 내린 돈이 아닌가? 자네들은 기가(紀家)에 소속된 가노(家奴)이고, 기윤 공은 엄연히 자네들의 주인이야! 냉큼냉큼 받아먹을 때는 한집 식구이고, 주인이 위기에 내몰리면 나 몰라라 하는 게 개보다도 못한 짓거리가 아니고 무엇이란 말인가! 그리고 어찌 이 마당에 애꿎은 부인의 친정까지 들먹이는 건가? 친정이 아무리 부유한들 부인과 무슨 상관이 있단 말인가?"

휙 돌아서며 그는 매섭고 소름끼치는 눈빛으로 잔뜩 주눅이 든 가인들을 쓸어보았다. 그리고는 껄껄 웃음을 터트렸다.

"내 평생 차사가 차사니 만큼 남의 집을 압수수색하는 데에는 신물나게 쫓아다녔어도 가인들이 사면초가에 내몰린 주인을 위로하고 감싸주고 두둔하며 주인의 허물을 감추느라 경황없는 모습은 흔히 보아왔어도 너희들처럼 몰인정하고 무법천지인 무리들은 처음 봐! 그러고도 밖에선 기가(紀家)의 가인(家人)이라고 으스대며 다녔겠지? 난 이 집 주인과는 사사로운 교분이 깊은 사람이야. 기윤 공은 현재 심기가 불편하시어 경황이 없을 것이니 내가 가까운 지인(知人)으로서, 또 벗으로서 가사를 요리해야겠다. 여봐라!"

버럭 뇌정의 분노를 터뜨리며 류용이 큰소리로 불렀다.

"찾아 계셨습니까!"

중문에서 형무위가 쿵쿵 소리를 내며 달려왔다.

"여자들은 항쇄를 씌우고, 남자들은 포박하라!"

"예!"

"힘껏 조여, 인정사정 볼 것 없어!"

한 손에 등롱(燈籠)을 든 형무위가 다른 한 손을 힘껏 휘저어 보였다. 이삼십 명의 아역들이 우르르 몰려왔다. 저마다 손에는 동아줄과 항쇄(項鎖)가 들려 있었다. 등롱이 사방에서 명멸하듯 혼란스러운 가운데 가인들은 저마다 땅바닥에 엎드려 살려달라고 애걸복걸했다. 그러나 류용은 내려다보는 것조차 구역질난다는 표정이었다.

그제야 기윤의 서재를 보니 외로운 불빛이 희미하게 새어나오고 있었다. 그는 말했다.

"그럼 주인을 그렇게 능멸하고도 무사할 줄 알았어? 기 공에게 다녀올 테니, 꽁꽁 포박해놓고 기다려! 기 공에게 이 자들의 죄를 어찌 물을 것인지 여쭤보고 올 테니!"

말을 마친 류용은 곧 서재로 향했다.

기윤의 서재는 외벽이 뜰과 가까워 내원(內院)의 소리가 똑똑히 들렸다. 서화청을 돌아 서재로 발을 들여놓던 류용은 잠시 주춤했다. 기윤의 부인 마씨(馬氏)가 이곳에 있는 줄은 미처 몰랐던 것이다.

콩알만큼 불빛이 어두운 등불 아래에 병색이 완연한 마씨가 반쯤 침대에 기대어 있었다. 기윤이 그 옆에서 진맥을 하고 몇몇 시첩과 하녀들도 모두 시중들고 있었다.

류용이 들어서자 시첩과 하녀들은 황공하여 몸둘 바를 몰라했다. 기윤이 탄식을 내뱉었다.

"석암, 자네 왔는가? 고맙소!"

기윤이 마씨의 팔을 조심스레 내려놓고 류용에게 자리를 권했다. 그리고는 침대 모서리에 걸터앉아 움푹하게 깊게 패인 눈으로 등불을 하염없이 바라보더니 무겁게 입을 열었다.

"다 내가 못나고 부족한 탓이오. 가인들이 무슨 죄가 있겠소. 괜히 저것들과 언성을 높여 그대의 신분에 누가 될까 염려되오……."

"부인께선 괜찮으십니까? 와병 중에 이런 불상사를 당하시어 얼마나 놀라셨습니까."

류용의 관심 어린 한마디에 마씨는 그저 눈물만 흘릴 뿐이었다. 그녀는 무기력하게 머리를 저으며 흐느꼈다.

"류 대인…… 고마우신 류 대인의 깊으신 뜻을 저희 일가는 결코 잊지 않을 것입니다……. 저것들이 한 짓은 괘씸하기 이를 데 없습니다만…… 하룻밤만 묶어두었다 풀어주십시오……. 군자는 건드려도 소인배는 건드리지 말라는 옛말이 있지 않습니까……."

"난 장정옥(張廷玉)에 비할 바가 못 되고, 나친과는 더더욱 그렇소."

눈빛이 흐릿한 기윤이 희비를 가늠할 수 없는 표정을 지은 채 말을 이어나갔다.

"장정옥은 나중에 기적(旗籍)으로 옮겼고, 나친은 본인이 기주(旗主)였소. 장정옥의 가인들은 대부분이 외관으로 나가 지방의 고위직에 제수되는 행운을 누렸지. 우리 가인들도 내가 하간 고향 집에서부터 데려온 자들은 오늘 저 자리엔 하나도 없소. 저들은 전부 누군가로부터 추천을 받아 들어온, 말하자면 투기꾼들이오. 내게 빌붙어 팔자를 고쳐 보려고 했는데, 모든 것이 도로아미타불이 되어버렸으니 실망이 오죽 컸겠소? 개중에는 우리 집에 들어오기 위해 이 선, 저 선 동원하느라 돈을 꽤 많이 쓴 자들도 있거든. 당연히 거품을 물 수밖에 없지. 저들이 '판돈'을 건 주인이 실은 겉만 요란하고 내실은 없는 종이 호랑이라는 걸 몰랐을 테지! 저들의 징벌을 면해주시오. 저들이 가련해서가 아니라 소문이 나면 내게 죄목이 하나 더 추가 될 거 아니오. '집구석 하나 제대로 단속하지 못하는' 가짜 도학이라는 둥 별의별 소문이 난무할 것이오. 있는 은자를 모두 털어 나눠주고 모든 건 하늘의 뜻에 맡기는 수밖에……."

그는 땅이 꺼지게 한숨을 토해냈다. 여인들 중에 누군가 먼저 훌쩍이기 시작하자 여기저기서 울먹이며 체읍(涕泣)하는 소리가 들려왔다. 애써 손수건으로 입을 틀어막고 울음소리를 죽이는 모습이 애처로워 보였다. 하지만 달리 위로할 도리는 없었다. 류용이 말했다.

"저들을 크게 혼내주려고 했으나 기 대인의 뜻이 그러하다면 내키진 않지만 그대로 따르겠습니다. 세태의 염량이 이 정도인 줄은 미처 몰랐습니다……."

후유! 그는 짧은 한숨과 함께 말을 이었다.

"기 공께선 마음을 넓게 잡수시고 안심하고 계십시오. 부인께선 옥체가 여의치 않으니 더더욱 초조와 불안은 잠재우시고 식음을 왕성히 하시어 부디 몸을 보존하셔야 합니다. 제가 나설 자리가 있으면 틀림없이 폐하께 잘 주해 올릴 것입니다. 폐하께오서도 기 공을 애중히 여기시고 아직 미련이 남아 계십니다. 제 생각으로는 금명간 은지(恩旨)가 내려지실 것 같습니다. 그럼 전 이만 가보 겠습니다."

류용은 자리에서 일어났다. 기윤이 이문(二門)까지 나와서 바 래다주었다. 그러면서 주위를 보니 과연 송기성 등 가인들은 짐짝처럼 꽁꽁 묶인 채 회화나무 아래에서 한데 엉켜 있었다.

희미한 등불 빛을 빌어보니 몇몇 여인들은 봉두난발이 된 채 항쇄를 뒤집어쓰고 잔뜩 겁에 질려 바들바들 떨고 있었다. 아역들에게 묶일 때 반항을 심하게 한 듯 남정네들은 저마다 옷이 딸려 올라가 허리나 엉덩이가 훤히 드러나 보였고, 어찌나 힘껏 조였던지 몸은 울룩불룩 불거졌고 목과 얼굴은 삶아놓은 돼지의 간이 따로 없었다. 순천부 아역들은 사람 묶는 데 있어서 만큼은 그 재주를 따를 이들이 없었다.

기윤이 류용을 배웅하기 위해 밖으로 나오자 이들은 모두 애걸하는 눈빛으로 기윤을 바라보았다. 기윤은 그들에게는 시선 한번 주지 않고 류용에게 말했다.

"가법을 범한 자들이니 추후에 기회가 닿으면 가법에 따라 처벌하겠소. 아까 말씀드렸듯이 지금은 풀어줍시다!"

"풀어주라!"

류용이 아역들에게 명령했다. 그리고는 이제야 살았다며 환호성을 지르는 가인들을 찔러버릴 듯 힘주어 손가락질하며 덧붙였다.

"순천부 아역들의 재주를 직접 체험했을 터이니 조심들 하거라. 다시 한번 이런 일이 있었다간 멍석말이를 당해 개죽음을 당할 줄 알거라!"

"예, 대인……."

……류용을 배웅하고 기윤은 곧추 서재로 돌아왔다. 그때까지도 훌쩍이고 있던 여인들이 기윤이 무서운 눈빛에 뚝 하고 울음을 그쳤다. 마씨가 들어서는 남편의 표정을 유심히 살피며 물었다.

"류 대인께서는 무슨 말씀을 하셨습니까?"

기윤이 대답했다.

"다른 건 없고 이시요의 사건은 총독과 순무들의 공의(公議)에 넘기기로 했다는구만."

"그럼 대감은요?"

마씨가 다그쳐 물었다. 기윤이 침대께로 다가가 온화한 어투로 대답해 주었다.

"염려하지 마시오, 부인. 류 대인의 말대로 금명간 은지가 내려질지 누가 아오? 세상만사는 한치 앞도 가늠할 수 없는 것이니 잠자코 기다려 봅시다……."

8. 일로영일(一勞永逸)

'조만간 은지(恩旨)가 내려질 것이다'라던 류용의 말과는 달리 학수고대하는 '은지'는 며칠이 지나도 내려지지 않았다. 기윤의 가족들에겐 그야말로 도일여년(度日如年, 하루가 일 년 같다)의 나날들이었다. 집안은 마치 찜통같이 덥고 숨막히고 어두웠다. 기윤은 초조하게 은지를 기다리면서도 한편으론 조서(詔書)가 두렵기도 했다. 아직 처벌이 내려지지 않은 상태에서 건륭이 돌변하여 은지는커녕 죽음을 주는 엄지(嚴旨)를 내리지는 않을까 전전긍긍했다.

그러나 일가의 주인으로서 내심 초조함을 감추는 수밖에 없었던 그는 기동원(冀東原), 류사퇴(劉師退), 왕문치(王文治), 왕문소(王文韶) 등 명류숙유(名流宿儒)들의 내방(來訪)에 '처변불경(處變不驚)'의 담담하고 소탈한 모습을 보였다. 그러나 속은 더더욱 타 들어가 시커먼 잿더미가 되는 것 같았다.

그렇게 7년에 맞먹는 일주일이 흘렀다. 늦은 밤까지 마씨의 병수발을 드느라 눈을 붙이지 못했던 기윤은 의자에 앉아 잠시 끄덕끄덕 졸고 있었다. 이때 앵도사가(櫻桃斜街) 남쪽 어느 골목에서 희자(戲子)들이 발성 연습을 하는 소리가 마치 신새벽의 정적을 깨고 첫 홰를 치는 닭의 "꼬끼—요" 소리처럼 담을 넘어 바람을 타고 크게 들려왔다.

기윤은 흠칫 놀라 몽롱하고 흐릿한 눈을 빈쩍 떴다. 마씨는 벌써부터 잠이 깨 있었던 듯 시름 깊은 눈빛으로 자신의 남정네를 측은하게 바라보고 있었다. 이불 밖으로 내놓은 팔이 마른 장작 같았다. 건넌방에선 신씨 등 몇몇 시첩들이 아직 달콤하게 자고 있었다.

의자에서 일어나 여인의 팔을 이불 속으로 넣어주고 이불깃을 꽁꽁 여며주며 기윤이 말했다.

"사흘 동안 곡기라곤 입에 대지 않았소. 이러다간 멀쩡한 사람도 견디기 힘들 것이오. 내가 국수 한 그릇 따끈하게 말아줄 테니 먹어보오."

"불조(佛祖)께서 절 부르시네요. 이젠 때가 됐나 봐요."

마씨가 소용없다는 듯 머리를 저었다. 눈 한 번 깜빡하지 않고 남정네를 뚫어지게 바라보던 마씨는 다시 깡마른 손을 내밀어 침대 모서리를 힘없이 다독이며 앉으라는 시늉을 했다. 그리고 실낱처럼 가늘고 희미한 소리로 말했다.

"……정말로 조금 전에 불조(佛祖)를 뵈었습니다. 마중 나온 동자(童子)도 어렴풋이 보였는 걸요. 조금만 기다리라고, 곧 데리러 가겠노라고 하더군요……. 주인을 홀로 남겨놓고 떠나자니 차마 걸음이 떨어지지 않는다고 했더니, 그 댁 거사(居士)는 명(命)

에 일겁(一劫)을 겪을 팔자라며 큰일은 없을 거라고 했습니다……. 이 모든 건 주인께서 죄를 너무 많이 지은 응보이나…… 기가 조상들이 대대로 음덕을 쌓은 덕분에 큰 화는 면할 수 있을 거라고 하셨습니다……. 성지(聖旨)도 곧 내려질 거라고 하더군요……. 동자가 깔깔대며 갔다가 밤에 다시 데리러 오겠다고 했어요……."

처음엔 반신반의하며 조용히 웃기만 하던 기윤이 어쩐지 영영 이별을 고하는 것 같은 불길한 예감에 목이 컥 막히며 눈물이 울컥 치밀어 올랐다. 애써 참아볼 여지도 없이 눈물은 주르륵 흘러내렸다. 급히 손등으로 문질러 닦으며 그는 낮은 소리로 마씨를 위로했다.

"그건 부인이 너무 미력하여 헛것을 본 게 틀림없소. 마음을 차분히 하고 몸조리를 잘하면 곧 털고 일어날 수 있을 것이오……."

마씨가 창백한 얼굴에 한 가닥 미소를 띄웠다.

"이 가문에 들어오기 전부터 진 불가(佛家)에 귀의한 독실한 불자였어요. 불조(佛祖)께서 부르시니 가는 길에 두려움은 없으나 단지 홀로 남을 대인(大人)이 걱정될 뿐입니다……. 불조께서 간절한 이내 소원을 들어주시어 대감을 구해주신 것 같습니다……."

어느새 훤히 밝은 창 밖에 잠시 시선을 두며 마씨는 차츰 평온해지는 것 같았다.

"조금 전에 국수를 말아주신다고 하셨죠. 기름기 없이 식초와 간장으로만 간을 하면 혹 한 젓가락 먹을 수 있을지도 모르겠습니다."

기윤이 흔쾌히 대답하고는 웃음을 지어 보이며 일어섰다. 발이 드리워져 있는 건넌방에는 서너 명의 시첩들과 몇몇 하녀들이 침대에, 등나무의자에 아무렇게나 흩어져 잠을 자고 있었다. 기윤은 그들을 깨울세라 조심스레 낭하로 가서 난롯불을 살펴본 다음에 솥을 얹어 물을 끓이기 시작했다.

그 기척에 시첩 하나가 널리 깨자 다른 시첩과 하녀들도 부랴부랴 일어나 서둘렀다. 이불을 개키고 세수하고 마당 쓸고 주인보다 늦게 일어난 면구스러움을 만회하느라 바삐 움직였다.

마씨에게 국수를 먹이고 약을 달여 놓고 나니 어느새 시간 반이 흘렀다. 마당으로 나와 한 바퀴 돌고 방으로 들어간 기윤이 막 하녀들이 들여온 밥상을 받으려 할 때 멀리 길에서 징소리가 은은하게 들려왔다. 더불어 터덕터덕 그리 빠르지 않은 말발굽소리도 들려오는 것 같았다.

기윤이 밥그릇을 들다 말고 귀를 기울이니 마씨가 기윤을 향해 힘겹게 돌아누우며 말했다.

"대인, 성지(聖旨)를 전하러 오고 있네요. 어서……."

흥분이 지나쳤는지 마씨는 그 자리에서 혼절하고 말았다. 시첩과 하녀들이 비명을 지르며 황급히 의원을 부른다, 물을 떠 먹인다 하며 난리법석을 벌일 때 말발굽소리는 어느새 대문 밖에서 멈췄다.

형무위가 빠른 걸음으로 들어왔다.

"기 대인, 대궐에서 왕공공(王公公, 태감의 존칭)이 지의를 전하러 왔습니다!"

"알았소. 곧 나가리다."

기윤이 급히 따라나서며 분부했다.

"의식이 돌아오게 계속 불러보게. 의원이 곧 올 거야."

걱정 어린 초조한 눈빛으로 마씨를 일별하고 난 기윤은 성큼성큼 걸어서 밖으로 나왔다. 왕렴은 벌써 마당 한복판에 서서 기다리고 있었다.

"기윤은 지의를 받거라!"

왕렴은 방안으로 들어가지도 않고 남쪽을 향해 돌아섰다. 기윤이 무릎꿇고 머리를 조아리길 기다렸다가 태감은 구선(口宣)하여 건륭의 지의를 전했다.

"경은 일개 미명서생(微命書生)으로서 짐의 불차지은(不次之恩)을 입어 제측(帝側)의 고굉(股肱)으로 파격적인 대우를 받아왔으면서도 오로지 순수한 충정으로 보국하고 군주를 위하기는커녕 가인들을 방종하여 물의를 일으키고 무법을 자행했거늘 짐은 실로 한심하고 분노하여 감당하기 어렵네. 엄히 죄를 물어 조망(朝綱)을 바로 세워야 함이 마땅하나 경이 그 동안 짐을 보좌하여 문사(文事)에 미약한 힘이나마 남겼던 점을 인정하고 부찰황후의 병구완에 공을 세웠던 바를 감안하여 사죄(死罪)는 면하게 할 것이니, 대신 우루무치 군중(軍中)으로 가서 대죄입공(戴罪立功)하도록. 이상!"

"호탕하고 우악하신 성은에 망극하옵나이다!"

기윤이 힘껏 머리를 조아렸다.

"죄신 기윤은 사력을 다해 죄값을 치르겠사옵니다!"

이는 일명 '군류(軍流)'라는 징계였다. 그러나 누가 봐도 이는 흑룡강으로 유배 보내어 피갑인(披甲人)들의 노예로 전락케 하거나 환경이 열악하기 이를 데 없는 우리야수타이로 추방하는 것보다 훨씬 가벼운 징벌이었다. 부의(部議)에 넘기지 않는다고 했을 때 기윤은 우민중과 화신이 건륭의 슬하에서 꼼지락거리며 시비를 전도하고 이간질을 하여 건륭을 자극함으로써 건륭이 홧김에 '자진(自盡)'을 하라는 지의라도 내릴까봐 전전긍긍했었다. 그러나 모든 걱정은 '대죄입공'하라는 네 글자 앞에 바람처럼 사라지고 말았다. 과연 부인 마씨의 말대로 이제 목숨엔 지장이 없는 것 같았다.

점괘를 보아주던 동초 선생의 말과 부인의 꿈이 신기하도록 들어맞는 것에 그는 경외와 놀라움을 금할 수 없었다. 그러나 한편으론 천산만수(千山萬水)를 건너 만리 밖으로 나가 기약 없는 험난한 군려생애(軍旅生涯)를 보내려니 또 억누를 길 없는 비감이 몰려왔다…….

"어서 일어나시죠, 기 대인."

지의를 전하고 난 왕렴이 얼굴 가득 웃음을 띄우며 급히 다가가 두 손으로 기윤을 부축해 일으켜 세웠다. 그리고는 축하를 건넸다.

"이로써 재화(災禍)를 물리친 셈이니 경하드립니다! 거리가 요원하긴 하나 조정을 위한 차사에 전념하다 보면 삼 년 이태가 흐르는 건 순식간이 아니겠습니까. 공로를 세우시어 귀경하시면 여전히 우리의 기 대인으로 만인의 경앙을 받으실 텐데요!"

기윤 본인 못지 않게 이문 뒤에 숨어 조마조마한 마음으로 손에 땀을 쥐고 있던 시상 노인과 양의는 마침내 당도한 은지에 크게 안도하여 가슴을 쓸어 내렸다. 기윤은 왕렴에게 수고했노라며 은자 50냥을 쥐어서 보냈다.

가인들이 호들갑을 떨며 이 마당 저 뜰을 누비며 소식을 전하기에 바쁜 사이 기윤은 휑뎅그렁한 서재 앞마당에서 흐릿하게 흐려 있는 하늘을 쳐다보며 홀연 격세지감과 함께 형언할 수 없이 서글

픈 느낌이 들었다. 모든 것이 꿈만 같고 모든 것이 익숙하면서도 낯설어 보였다. 한참을 그렇게 말없이 서 있던 기윤은 그제야 문득 부인이 어찌하고 있는지 궁금해졌다.

급히 서재로 들어가니 시첩들이 일제히 경하의 인사를 올렸다. 이에 기윤이 다소 언짢아하는 기색을 보이며 말했다.

"경하는 무슨, 구구하게 겨우 목숨이나마 건졌는데. 어서 책이며 옷가지들을 챙겨 놓게. 시상과 상의하여 가인들 중에 몇 사람을 딸려 보내라고 하게. 마님의 상태가 안 좋으니 당장은 못 떠날 것 같네. 이 일은 석암이 책임을 맡았으니 며칠만 말미를 달라고 청을 드리면 나몰라라 할 사람이 아니네⋯⋯."

시첩 곽씨(郭氏)가 눈물이 그렁그렁하여 머리를 끄덕였다. 그녀 역시 안색이 파리하고 눈언저리가 거뭇거뭇한 것이 그 동안의 마음고생이 여간 심한 게 아니었던 것 같았다. 그도 그럴 것이 자신의 소생이 바로 노견증의 손자며느리이고, 일의 발단은 그로 인해 야기된 것이니 죄책감이 클 수밖에 없었던 것이다. 기윤의 말에 연신 대답하며 곽씨가 반색을 했다.

"마님께선 깨어나셨습니다. 저희 몇몇 아녀자들이 상의한 끝에 지나치게 많은 장신구들을 더러 팔아 대인의 노자에 보태기로 했습니다. 형부에서 나온 자들도 전부 철수하는 걸 보니 가산(家産)도 별 문제는 없을 것 같습니다. 집에는 다른 동생들이 마님을 정성껏 섬길 것이니 전 대인을 따라 우루무치로 가서 시중들겠습니다. 가인들을 몇 명만 데리고 가면 아무리 힘겨워도 거뜬히 버텨 낼 수 있을 것 같습니다."

이에 한참 동안 말이 없던 기윤이 약을 달이는 화롯불 가에 앉아 부채를 살살 저어 불길을 크게 살리며 말했다.

"길도 멀고 언제 돌아올지 기약할 수도 없는데, 가인들도 원치 않는다면 강요할 건 없네. 아무도 따라나서지 말게. 대죄입공하러 군중으로 가는 마당에 계집을 달고 가는 건 꼴불견이지."

이같이 말하고 있을 때 형무위가 류용을 안내하여 안으로 들어섰다. 그걸 본 기윤이 부채를 던지고는 일어섰다.

"류 공 오셨소? 어서 안으로 드시오."

그러나 류용은 잠시 머리를 끄덕여 보이고는 뜰에서 멈춰 섰다. 그리고는 말했다.

"지의다! 기윤은 무릎꿇어 지의를 받거라!"

이는 그야말로 청천벽력(靑天霹靂)이었다. 자리에 있던 모든 가인들은 저마다 두 눈이 휘둥그레지고 말았다. 방금 전에 지의를 받았거늘 불과 한시간도 안 지나 또 지의라니!

그사이 뭔가 큰 변동이 생겼을지도 모른다는 생각에 기윤은 벌써 안색이 창백하게 질려 있었다. 두 다리를 부들부들 떨며 그는 힘겹게 무릎을 꿇었다.

"죄신 기윤이 지의를 경청하옵나이다……."

류용이 불안에 떠는 기윤을 잠깐 일별하며 미소를 지었다. 그리고는 입을 열었다.

"기윤은 즉각 양심전으로 들라. 이상!"

순간 기윤은 사색이 되어가던 얼굴을 번쩍 쳐들었다. 잔뜩 겁에 질린 두 눈에 애처로움까지 더해졌다. 죄를 지은 신하를 소견(召見)하는 경우는 가끔 있었으나 이미 정죄(定罪)한 죄신(罪臣)을 소견하는 건 금시초문이었다. 다시금 오리무중에 빠진 기윤은 도무지 성의를 가늠할 수가 없었다.

한참동안 넋이 나간 사람처럼 멍하니 류용의 얼굴만 바라보고 있던 기윤은 뒤늦게 자신의 실례를 깨닫고는 급히 머리를 조아리며 대답했다.

"죄신…… 지의를 받들어 입궐하겠사옵나이다!"

"달리 의구심을 품을 필요는 없습니다, 기 공. 제가 대내(大內)로 모시겠습니다."

류용이 웃으며 기윤을 부축하여 일으켜 세웠다.

"폐하께오선 기 공이 우루무치로 떠나기에 앞서 몇 마디 당부의 말씀을 하실 것 같습니다. 다른 뜻은 없으니 심려를 거두십시오. 형부와 순천부와 보군통령아문에서 나온 아역들도 이제 곧 철수할 것입니다. 가산에 대한 압수명령도 이미 거둬들인 상태입니다……."

기윤은 정신이 혼미해지며 눈앞이 몽롱하여 류용의 얼굴 중에서 온통 입만 보였다. 뒤에는 무어라고 말하는지 알아들을 수가 없었다.

기윤은 어리둥절하고 벙벙한 채로 류용의 대교(大轎)에 앉아 자금성에 도착하여 서화문을 통해 융종문으로 들어갔다. 군기처에 당도할 때까지 기윤은 마치 몽유병에 걸린 사람처럼 정신을 못 차리고 있었다. 수레에서 내려 류용이 누군가를 만나 두어 마디 이야기를 주고받으면 멍청히 그 옆에 서 있다가 상대가 인사를 하면 기계적으로 머리를 끄덕거리거나 히죽 웃어버리는 모양이 꼭 실성한 것만 같았다.

그러던 그가 무언가 낮은 소리로 대화하며 영항에서 나오는 팔황자 옹선(顒璇)과 십오황자 옹염(顒琰)을 알아보는 순간 번쩍 정신이 드는 것 같았다. 그제야 자신이 비로소 집이 아닌 용루봉궐

(龍樓鳳闕)에 들어와 있고, 주의자귀(朱衣紫貴)들에게 에워싸여 있다는 것을 깨달은 것이었다.

우민중과 아계, 화신도 군기처에서 나와 웃으며 인사했다. 그들은 안중에도 없이 기윤은 두 황자를 향해 무릎을 꿇었다. 머리 조아려 문후 올리며 막 "죄신……" 두 글자를 입밖에 냈을 때 옹염이 손짓하여 제지했다.

"그 말은 아꼈다 폐하께 하세요. 곧 먼길을 떠닐 텐데 기인을 우리 부저(府邸)로 보내세요. 마땅히 선물할 건 없고 건장한 노새를 한 마리 드릴 테니."

팔황자 옹선은 기윤과 평소에 허물없이 굴었는지라 밝게 웃으며 말했다.

"어찌 그리 어리벙벙해 보이십니까! 죽으러 가는 것도 아닌데, 너무 상심하지 마세요."

황자들의 반응을 보니 확실히 달리 이변이 생긴 건 아닌 것 같았다. 안심이 되니 그제야 여유 있는 웃음이 나왔다.

"마마들을 영영 다시 못 뵈는 줄 알았사옵니다. 어리벙벙한 정도가 아니라 심장이 멎는 것 같았사옵니다."

태감 복례가 영항에서 나오는 걸 보며 그제야 기윤은 어찌 아뢸 것인지 속으로 궁리를 하며 양심전으로 따라 들어갔다.

건륭은 막 선농단(先農壇)에서 돌아와 있었다. 선농단을 찾아 적경(籍耕)하는 것은 춘교(春郊)의 대례(大禮)였다.

'쟁기로 땅을 가는' 시늉을 하고 돌아오지만 해마다 이맘때면 반드시 해야 하는 행사였다. 금룡포괘(金龍袍掛)를 입고 천아(天鵝, 백조)의 융관(絨冠)을 썼다. 모양도 흐트러짐이 없어야 했고, 의장대도 제법 갖추었다.

봄의 햇살이 따스한 정도가 넘어 따갑게 느껴져 궁전으로 돌아
와 묵직한 용포(龍袍)를 벗고 보니 속옷은 땀에 흥건히 젖어 있었
다. 목욕을 마치고 옷을 갈아입고 정원에서 산책을 하고 있으니
저만치에서 회색 두루마기를 입은 기윤이 복례를 따라 수화문을
들어서고 있는 것이 보였다. 건륭은 걸음을 멈추고 미소를 지어
보였다.

"어서 오시게, 기윤. 오래간만이네."

"폐하……."

기윤은 그 자리에서 털썩 무릎을 꿇었다. 갑자기 오미병(五味
瓶)을 엎지른 듯 눈물이 맺히고 무어라 형언할 수 없는 감정이
솟구쳤다.

"죄신이 죽을죄를 지었사옵니다. 폐하의 하해와 같으신 성은을
입었음에도 배은망덕을 범하고 말았사옵나이다……. 다시 용안을
뵐 수 있을 줄은 꿈에도 몰랐사옵니다! 이제 서역(西域)에 뼈를
묻어도 여한이 없사옵나이다……."

재주 있고 끼 넘치고 농도 곧잘 하여 사람을 즐겁게 해주던 고굉
이 불과 보름 사이에 이같이 초췌하고 약해져 있었다. 10년은 더
늙어 보였고, 어지러워 보이는 잿빛 머리카락은 가늘게 떨리고
있었다.

애통한 가슴을 쥐어뜯으며 말을 잇지 못하는 발 밑의 중신(重
臣)을 내려보는 건륭의 눈빛이 착잡해 보였다. 한참 후에야 비로
소 한숨을 지으며 건륭은 입을 열었다.

"난각으로 들게……."

기윤은 머리를 조아리며 대답하고는 힘겹게 일어섰다. 늘 그러
하듯 건륭은 온돌에 올라가 다리를 포개고 앉았다. 따라 들어온

기윤이 병풍 앞에 길게 무릎을 꿇어있자 건륭이 분부했다.

"저쪽 걸상에 가서 앉게. 짐이 궁금한 것도 있고, 또 당부할 말도 있어서 불렀네."

"예."

기윤이 나무걸상에 엉덩이를 살짝 붙이고 앉았다. 태감이 건네주는 수건을 받아 조심스레 눈물범벅이 된 얼굴을 닦아내며 덧붙였다.

"폐하의 훈회 말씀을 깊이 명심하겠사옵니다."

"폭풍우는 지나갔네. 기운을 차리게."

건륭이 웃으며 말을 이어나갔다.

"문장을 읽어보면 여간 담대하고 당당해 보이지 않거늘 어찌 이리도 부실하단 말인가? 듣자니 가인들도 대단히 불안해하고, 문생들도 갈팡질팡한다는데 잘 다독여야겠네! 이제 보니 경은 그야말로 종이 호랑이였구만!"

용안(龍案)을 내리치며 대노하는 건륭의 모습을 상상하여 뇌정(雷霆)의 질호(叱呼)를 감당할 준비를 단단히 하고 있던 기윤은 첫마디부터 훈풍 같은 건륭의 농담 섞인 말에 그저 놀랍고 황감하기만 할뿐이었다. 울다가 웃으며 그는 마땅히 어떤 표정을 지어야 할지 몰라하며 아뢰었다.

"죽을죄를 지었사온데 어찌 천명을 경외하지 않을 수 있겠사옵니까……. 폐하를 섬겨온 수십 년 동안 촌척의 공로도 없이 도리어 패덕(悖德)을 저질러 성려(聖慮)를 끼쳐 드리고 말았사옵니다. 목을 쳐야 마땅한 사죄(死罪)를 면하게 해주신 것에 신은 그저 모든 것이 꿈만 같을 뿐이옵나이다!"

건륭이 묵묵히 머리를 끄덕였다. 그리고는 물었다.

"자네, 올해 몇 살인가? 짐의 기억이 틀림없다면 쉰 한 살 정도 됐을 텐데?"

"아뢰옵나이다, 폐하. 신은 옹정 2년에 태어나 올해 견치(犬齒)가 쉰하고도 여섯이옵나이다."

"근골(筋骨)은 아직 쓸만한가?"

기윤은 재빠르게 건륭을 훔쳐보았다. 그리고는 급히 머리를 숙이며 대답했다.

"신은 원래부터 건강은 좋은 편이옵나이다. 문자 외에 노심초사하는 일이 별로 없사옵고, 담배는 골초이오나 술은 멀리한 덕분이 아닌가 하옵나이다."

"다행이네."

건륭이 담담한 어투로 말을 이었다.

"첫째, 경은 한림원에서 일약 군기처에 입직했고, 지방관을 지내본 적이 없네. 군무와 정무에도 직접 차사를 맡아본 바가 거의 없고, 오랫동안 〈사고전서(四庫全書)〉 편수작업에만 몰두하다 보니 실은 지천명(知天命)의 나이를 넘겼으면서도 아직도 세상 물정을 모르는 수재(秀才)라고 보는 것이 무리는 아닐 듯 싶네. 둘째, 자네는 엄연히 죄인이고 짐은 사사로운 감정에 좌우되어 그런 자네를 비호할 수는 없네. 짐은 몇몇 대신들의 의견을 들어보았네. 그들은 한결같이 기군죄(欺君罪)를 추궁해왔네. 이 상태에서 부의(部議)에 넘겨버리면 자넨 죽는 수밖에 없네. 허나 짐으로선 수십 년간 조석(朝夕)으로 부려온 재능 있는 고굉을 이대로 포기할 수가 없었네. 짐은 경을 잘 아네. 권력을 남용하고 성총을 악용하여 위복(威福)할 줄도 모르고, 수많은 문생을 거느리고 있으면서도 호붕구우(狐朋狗友)들을 끌어 모아 무리를 만든 적이 없었네. 짐이 각별히 애중히 여기니 버릇없이 구는 경우는 간혹 있었으나 감히 기군을 일삼을 위인은 못 된다는 것도 알고 있었네. 이 점이 짐으로 하여금 경에게 연민을 느끼고 죄를 용서해줄 수 있게 했네. 원래는 복강안(福康安)이 자네를 자신의 군중으로 보내 주십사 하고 청을 해 왔으나 그쪽 금천(金川) 지역은 적정(敵情)이 워낙에 복잡하고 환경이 열악하여 경이 버텨낼 수 없을 것 같아서 짐이 윤허하지 않았네. 조후이와 하이란차에게 지의를 보내어 경을 수용할 의향이 있는지 여부를 물었더니 어젯밤에야 비로소 답신이 왔네. 둘 다 쾌히 경을 받아들이겠노라고 했네. 그래서 오늘 아침 새벽같이 경에게 지의를 내렸던 것이네. 멀긴 해도 사람들은 순박하고 인정이 있는 곳이네. 조후이 등도 절대 자네를 고달프게 하는 일은 없을 거네. 다른 지방으로 보내면 '헛똑똑이'들이 많아 성의(聖意)를 잘못 헤아리고 경을 들볶을 게 뻔하네. 가보게, 중원을 떠나 멀리 가서 등잔 밑이 어두워서 짐이 제대로 보지 못하는 곳은 없는지 먼발치에서 보고 일러주도록 하게. 흉험하긴 해도 거기에 가 있으면 속은 편할 것이네. 〈삼국연의(三國演義)〉의 말을 빌리자면 '호랑이에게 잡아먹힐 위기에 처해 있어도 마음은 태산같이 든든하다[雖在虎口, 安如泰山]'는 뭐 그런 경우가 아닐까 싶네!"

이같이 말하며 건륭은 웃음을 지어 보였다.

건륭이 가인을 대하듯, 제자를 얼르듯 하며 진심 어린 대화를 유도하는 사이 기윤은 어느새 그 동안의 모든 황공(惶恐)과 우울(憂鬱), 불안(不安)과 우수(憂愁)를 남김없이 날려버렸다. 대신 자신의 나아갈 길에 대해 주도면밀하게 검토해주고 걱정해주는 건륭의 큰 애정에 가슴속이 감격으로 물결쳤다.

두 손으로 얼굴을 감싸고 몸을 아래로 낮춘 채 그는 소리 죽여 울었다. 흑흑 흐느낌에 어깨가 들썩거렸다. 울면서 그는 똑똑하지 않은 발음으로 아뢰었다.

"폐하…… 신을 애중히 여겨주시고 아껴주시는 성심을 신이 하루라도 망각하는 날엔 저구불식(猪狗不食)의 망나니이옵나이다! 폐하……."

"됐네, 짐의 의중을 알면 됐네."

건륭도 감격한 듯 손가락으로 조금 번진 눈가의 눈물을 닦아냈다. 그리고는 말했다.

"하이란차가 답신에 뭐라고 했는 줄 아는가? '기윤 공의 배는 고기 먹는 배이옵니다. 이번에 오면 양을 통째로 구워 놓고 한번 경합을 벌여봐야겠사옵니다. 극적인 반전도 가능하오니 기대하시옵소서, 폐하!'라고 하더군. 하이란차가 이렇게 재미있는 친구라네!"

건륭이 이같이 말하며 덧붙였다.

"짐은 또 다른 관원들을 접견해야 하니 경은 그만 물러가게. 가서 떠날 채비를 서두르게."

기윤은 울다가 웃었다. 머리를 조아려 작별을 고하고 막 일어서서 물러가려고 할 때 건륭이 다시 불러세웠다.

"궁금한 게 있네. 노견증에게 소금과 차의 적자에 대해 조사단이 내려갈 거라는 정보를 흘린 사람은 아무리 봐도 자네밖에 없는데, 아직 증거는 없단 말이지. 자네 맞지? 그래 어떤 식으로 언질을 주었나?"

"그, 그게……."

기윤이 잠시 망설인 끝에 급히 아뢰었다.

"신은 달리 정보를 흘린 건 아니옵나이다. 단지 빈 봉투에 찻잎과 소금을 조금 넣어 보냈더니 눈치 빠른 친구가 벌써 알아차렸던 것 같사옵나이다……."

그 말이 끝나기도 전에 건륭은 벌써 하하하 크게 소리를 내어 웃었다. 그리고는 손사래를 쳤다.

"가보게, 알았네……. 역시 못 말리는 기효남이네. 잔머리도 얼마나 잘 굴리는지! 매일 짐을 가까이에서 시중들면서 그런 일이 있으면 미리미리 사실대로 주했더라면 이렇게 큰 사단은 막을 수 있었을 게 아닌가? 자네가 노견증에게 서찰을 보내어 일찌감치 복죄(伏罪)하고 알아서 '게워'내라고 했더라면 짐이 그 태도를 치하하여 성은을 내렸을 텐데……. 그게 유감이네. 가보게."

건륭이 이같이 말하며 상주문을 한아름 안고 들어서는 복인에게 물었다.

"군기처에서 보내온 건가?"

"각 성(省)에서 보내온 상주문이옵니다. 아직 절략(節略)을 쓰지 않은 것 같사옵니다."

복인이 조심스레 상주문 더미를 용안 위에 내려놓으며 아뢰었다.

"소인은 방금 부처님께 〈아미타경(阿彌陀經)〉을 보내드리고 돌아오는 길에 군기처 앞을 지나오던 중 태감 고운종은 밀주함이 있어 한꺼번에 옮기지 못하니 들어다 주라는 화신 대인의 명을 받았사옵나이다."

건륭은 알았노라고 짧게 대답했다. 그리고는 상주문 더미에서 복강안과 사천순무 거뤄의 주장을 뽑아들고 물었다.

"지금 자녕궁에는 누가 들어 있느냐?"

건륭이 자신에게 말을 물어오자 황감한 나머지 오관(五官)이
뒤바뀔 정도로 웃어 보이며 복인이 아뢰었다.

"정안태비(定安太妃)마마, 순비(淳妃)마마, 십칠친왕의 복진
(福晉)께서 부처님을 모시고 엽자패(葉子牌)를 놀고 계시옵니다.
용귀비(화탁씨)마마께오서도 〈고란경〉을 들고 부처님 전에 들어
있사옵나이다. 소인이 갔을 때 이십사복진께오선 문후를 여쭙고
나오시는 길이었사옵니다. 그밖에 하이란차·조후이 장군의 부
인, 화신 대인의 부인도 들어 있었사옵니다. 태후부처님께오서 화
신 대인의 부인에겐 여의주(如意珠)를 상으로 내리시고, 다른 부
인들에겐 향로(香爐)니 부채 등등을 상으로 내리셨사옵니다⋯⋯.
부처님께오선 대단히 기분이 좋아 보이셨사옵니다!"

건륭은 상주문을 읽어보기 시작했다. 복강안은 이미 사천성(四
川省) 성도(成都)에 와 있고, 사천순무인 거뤄와 5천 정예병으로
3일 후에 대금천(大金川)을 기습할 방책을 논의하고 있다는 내용
이었다.

가슴이 뜨끈해진 긴륭은 붓을 들어 주사(朱砂)를 묻혔다. 뭔가
쓰고자 함이었으나 이내 도로 붓을 내려놓았다. 복강안은 속전속
결(速戰速決)을 원하고 선참후주(先斬後奏)를 하려는 모양이었
다. 작은 사뤄번은 음란하고 방탕하여 금천에서의 신망이 그 아비
의 반에도 미치지 못하는 데다 군사들을 통솔하는 능력도 여의치
않아 그의 허를 찔러 기습 공격을 하면 충분히 승산은 있을 것
같았다. 그러나 큰 사뤄번이 청병(淸兵)과 무려 20년간이나 대치
했고 푸헝의 실력으로도 하마터면 금천의 험지(險地)에서 불귀의
객이 될 뻔했거늘 복강안이 과연 일거에 금천을 평정할 수 있단
말인가? 그러나 금천을 손아귀에 넣지 못한 채 직접 타전로(打箭

爐)로 쳐들어간다면 만에 하나 서장(西藏)에서 변란이 야기됐을 시에 관군은 퇴로를 차단 당하여 자칫 큰 낭패를 볼 수가 있을 것이다……

아무리 생각해보아도 복강안이 무모한 것은 사실이나 일리가 있는 무모함이었다. 어찌 주비를 달아야 할지 고민하던 건륭은 주비는 잠시 미뤄둔 채 거둬의 상주문을 당겨 읽어보며 침착함을 유지했다. 그제야 그는 태감에게 물었다.

"화신의 부인에게도 상을 내리셨다고 했나? 딱히 상을 내릴 만한 이유라도 있었던 게냐?"

"아, 예……."

건륭이 더 이상 말이 없자 물러가려던 복인이 다시 들어와서 아뢰었다.

"정안태비마마께오서 윤회(輪廻)와 전세(轉世)에 대해 얘기하시던 중에 화신 대인의 외모를 언급하시며 전생에 아녀자였을 것 같다고 하셨사옵니다. 안면이 어딘가 많이 익은 데 짚이는 바가 없다고 하자 태감 진미미가 오래 전에 죽은 금하(錦霞)라는 궁인을 닮은 것 같다고 했사옵니다. 그러자 태후부처님께오서 그러고 보니 과연 틀림이 없다고 하시며 놀라워하셨사옵니다. '맞다, 맞아! 어쩐지 나도 그 사람을 대할 때마다 어딘가 눈에 익다는 느낌을 많이 받았네! 아이고 세상에! 금하 그 년이 얼마나 폐하를 따랐으면 화신을 보내어 폐하를 시중들게 했을까! 어쩐지 폐하께서 유난히 그 사람을 애중히 여기신다 했네!' 라고 말씀하셨사옵니다. 부처님께오선 진미미더러 종수궁 불당으로 가서 향을 사르고 〈양황참(梁皇懺)〉이라는 책을 베끼게 가져오라고 명하셨사옵니다. 그 와중에 화 대인의 부인이 입궐하였는지라 여의주를 상으로 내리신 것 같사옵니다······."

금하가 전세(轉世)하여 화신(和珅)으로 태어났다는 말에 건륭은 가슴이 쿵! 하고 무너져 내리는 것만 같았다. 으스스해지며 소름이 쫙 끼쳤다!

그렇지 않아도 잠재의식 중에 화신을 대할 때마다 금하의 얼굴이 떠올랐던 적이 몇 번 있었다. 그러나 공자 왈, 맹자 왈 하며 공맹지도(孔孟之道)로 시정(施政)하는 군주가 전세니 환생이니 하는 속리(俗理)를 운운한다는 것이 당치도 않다고 생각하여 번번이 꾹꾹 눌러 잠재워 버렸던 것이었다. 그처럼 아무도 모르게 가슴속 안에 재워두고 있던 말을 진미미가 일언지하에 간파해냈고, 황태후가 '손뼉을 치며' 호응했다고 하니 이는 틀림이 없을 것 같았다!

다시금 금하와 화신의 얼굴이 겹쳐졌다. 화신의 목 부근에 끈에 졸린 흔적 같은 빨간 태기(胎記)가 그렇고, 유난히 아녀자 같은 언행이 그러했다. 또한 태후가 '주는 것 없이' 미워하고, 자신은 이유 없는 친근감을 느낀 것도 알고 보면 모두 까닭이 있었던 것 같았다······.

비바람이 거세게 몰아치던 건청궁(乾淸宮)의 황혼(黃昏)을 잊을 수가 없었다. 편전의 줄 끊어진 가야금과 금하가 한없이 절규하며 애처로이 죽어갔을 암실(暗室)을 정녕 잊을 수가 없었다······. 벌써 강산이 네 댓 번도 더 바뀌었지만 한줄기 묘연한 실낱같은 추억은 그대로였다.

건륭은 마치 길을 가던 행인이 등뒤에서 부르는 소리에 고개를 돌리듯 허공을 향해 고개를 홱 돌렸다. 그리고는 누군가를 반겨 맞듯 소리를 질렀다.

"너구나, 과연 너였구나! 네가 다시 돌아와서 날 시중들었던 게냐……?"

그러나 곧 자신이 허우적거리며 껴안은 것이 허공이었다는 걸 깨닫고는 실망한 기색이 역력하여 맥없이 팔을 떨구었다. 그 모습을 보며 깜짝 놀란 복인의 두 눈이 휘둥그레졌다. 조심스레 다가와 찻잔에 더운물을 부어주며 그는 염탐하듯 물었다.

"폐하, 괜찮으시옵니까?"

"오! 아…… 아무 것도 아니다."

머나먼 지평선 너머로 짧은 여행을 마치고 돌아온 듯 건륭은 멀쩡해 보였다. 자조하듯 웃으며 그는 황당한 생각을 밀어내려는 듯 힘껏 머리를 흔들었다. 그리고는 붓을 들고 잠시 생각한 끝에 복강안의 문안 상주문에 주비(朱批)를 달기 시작했다.

지난번의 상주문도 잘 받아보았네. 사천순무 거뤄의 주의(奏議)를 참작해보니 경의 전략이 확신하기에는 이르지만 일단 시도해 볼만한 것 같긴 하네. 사흘 후에 공격을 개시한다고 하니 짐이 저지하고 싶어도 시간상 여의치 않을 줄 아네. 계획대로라면 지금쯤 공격을 시작했을 테지. 짐은 경의 과감한 결단과 용맹함을 가상히 여기나 한편으로는 무모한 확신이 화를 초래하지는 않을까 염려되네. 짐은 상주문에서 '모사(謀事)는 사람이 하지만 성사(成事)는 하늘에 달렸고, 결단을 내림에 있어서 우유부단함은 금물이며, 의심이 많으면 성사하지 못하고, 때가 오면 과감히 치고 나가는 것만이 장군이 갖춰야 할 덕목'이라고 했네. 젊은 대장군의 기개를 엿볼 수 있어서 믿음직스러웠네. 허나, 아무리 바위로 달걀 치는 격이라고는 하지만 매사에 방심은 금물이네. 요행심리는 만 분의 일이라도 품어선 아니 되겠네. 신중하고 겸손하고 용맹하게 전사를 잘 치르기 바라네. 완승이면 완승, 완패면 완패, 불승불패면 불승불패, 결과를 숨김없이 보고하게. 나친과 장광사의 피비린내 나는 교훈이 바로 어제의 일임을 명심하기 바라네!

몇 마디 더 분부하고 싶었다. 설령 불리한 국면에 내몰리더라도 솔직히 보고하여 지원병을 청하라고 덧붙이려 했으나 '말의 씨'가 두려웠다. 긍정적으로 생각하지 못하고 자꾸 패하면 어떻게 하느냐는 식으로 '기를 꺾을' 거라면 필묵을 낭비할 이유가 무엇이랴 싶어 그는 복강안의 상주문은 저만치 밀어냈다.

다시 거뤄의 상주문을 당겨왔으나 뭐라고 주비를 내리든 이미 화살은 시위를 벗어났으니 소용이 없을 것 같았다. 잠시 생각하는 사이 붓끝에 동그랗게 맺힌 붉은 물방울이 뚝! 상주문에 떨어지고 말았다. 시뻘겋게 사방으로 번져나간 주사가 오늘따라 유난히 섬뜩하게 느껴졌다.

어쩐지 피를 본 것 같은 섬뜩함에 건륭은 불길한 예감을 떨쳐낼 수가 없어 신경질적으로 붓을 내던졌다. 그리고는 두 개의 상주문을 와락 움켜 한움큼으로 만들며 복인에게 명령했다.

"이걸 태워버려!"

복인이 급히 대답하며 건륭에게로 채 다가가기도 전에 만면에 춘풍이 가득한 화신이 빠른 걸음으로 들어섰다. 그는 언제나 그러했듯 동작도 날렵하게 무릎을 꿇어 머리를 조아렸다.

"폐하, 하이란차가 보낸 아녀자들이 도착했사옵니다! 신이 방금 오문으로 가보니 새파란 처녀도 있고, 기혼녀도 있었사오나 하나같이 미색이 뛰어났사옵니다……."

약간 호흡이 빠른 듯한 그는 흥분하여 두 눈을 반짝이며 오른손으로 남쪽 어딘가를 가리켰다. 그러나 바로 그 순간에야 자신이 지금 군주를 면대하고 있다는 사실을 깨달은 듯 금세 공손하게 고개를 숙였다.

"귀족의 혈통을 지닌 아녀자들도 꽤 있다고 하옵나이다. 서역 여인들의 미모는 단정하고 현숙한 미가 돋보이는 것 같았사옵니다. 예부에서는 전쟁포로도 아닌 이들을 어떻게 처리해야 할지 선례가 없어 고민하고 있다고 하옵나이다. 그런 연유에서 지의를 청하고자 신이 들었사옵나이다……."

건륭은 대충 줄거리만 듣고 찻잔을 손에 든 채 히죽 웃고만 있었다. 남창(南窓)에서 비스듬히 햇살이 비쳐들어 화신의 미끈한 체격에 곡선을 만들어주고 있었다. 하얗고 갸름한 얼굴에 웃을 듯 말 듯한 미간에서 금하의 '애교를 떨며 토라지던' 모습을 보는 것 같았다.

화신이 말을 끝내고 난 지 한참 되어서야 건륭은 비로소 사색에서 헤어났다. 몸을 조금 앞으로 숙이며 그가 물었다.

"선례가 없어 예부에서 고민중이라는데, 자네 생각엔 이들을 어찌 요리해야 마땅할 것 같은가? 올해는 이미 궁녀 선발도 끝난 상태라 자칫 의견들이 분분할 텐데! 게다가 저들은 반란을 일으킨 자들의 가족이니 노예로 부려야 마땅하거늘 신자고(辛者庫)로 보내어 잡일이나 시키는 건 어떨까?"

"잡일을 시키기엔 너무 아깝고, 그렇다고 후궁으로 들일 수도 없고……."

화신이 잠시 생각한 끝에 묘수가 떠오른 듯 활짝 웃으며 아뢰었다.

"죄가 있는 관권(官眷)을 벌하듯이 각 관원들의 집으로 보내어 하녀로 부리려고 해도 워낙에 인간 우물(尤物, 특별한 미인)들이온지라 관원들이 제 명에 못 죽을 것이 염려되옵나이다. 신의 소견엔 어차피 태후부처님과 여러 마마님들께오서 원명원으로 이주하실 텐데, 그들을 원명원으로 들여보내어 시중들게 하는 건 어떨까 하옵나이다. 내년에 방출하기로 했던 나이가 찬 궁녀들을 미리 내보내고 대신 이들을 들여오면 양쪽 모두 성은을 입어 환호작약할 일이 아니겠사옵니까? 용귀비 전에는 기인(旗人)들이 회족(回族)으로 단장하여 시중들고 있사온데 부처님도 서역여자들의 시중도 받아보시는 것이 이색적이지 않을까 하옵니다. 이는 태후마마에 대한 폐하의 효이옵고, 이들을 회유하는 뜻이 담겨있거늘 어떤 자가 감히 수군거리겠사옵니까? 폐하께오선 이제껏 여색(女色)에 민감한 편이 아니었사옵니다. 이는 천하가 주지하는 바이옵나이다!"

건륭은 호색한(好色漢)이 아니다. 이는 천하가 주지하는 바이다. 화신은 그야말로 '항문' 같은 입으로 '방귀' 같은 소리를 하고 있었다.

태감과 궁녀들은 모두 큿큿 터져 나오는 웃음을 참느라 여간 힘든 게 아니었다. 건륭 역시 빙그레 웃고 있었다. 그러나 쑥스럽거나 난감한 기색은 찾아볼 수 없었다.

머리를 끄덕이며 건륭이 말했다.

"좋은 발상이네. 그녀들의 자색과 무관하게 관용을 베풀면 이는 화탁부 귀족들을 견제하여 그들이 변심하거나 동요하는 걸 미연에 방지하는 역할을 하게 될 것이네. 이들을 선하게 대하면 나중에 곽집점(霍集占)을 평정한 후에 지역안정을 도모하는 데도 큰 도움이 될 것이네. 왕렴, 가서 지의를 전하거라. 이번에 화탁부에서 온 회족 여인들은 당분간 서육소(西六所)에 안치하여 부처님의 선발을 기다리라고 하거라. 내무부더러 내년과 후년에 돌려보내기로 했던 궁녀들의 명단을 확인하여 정해진 월례 외에도 은자 30냥씩을 더 내주어 내일 당장 출궁하여 집으로 돌려보내라고 하거라!"

그러자 화신이 아뢰었다

"폐하, 이런 일은 황후마마의 의지(懿旨)로 내보내는 것이 더욱 바람직하지 않을까 사려되옵나이다."

건륭이 그제야 자신이 서두르는 통에 깜빡한 걸 느끼고는 웃으며 말했다.

"곤녕궁(坤寧宮)으로 가서 지의를 전하고 의지의 형식으로 내보내라고 하거라."

"예!"

왕염이 대답과 함께 급히 물러갔다. 건륭이 용안 위에 놓여 있는 상주문에 시선을 주며 말했다.

"복강안의 상주문은 군기처로 가져가 읽어보라고 하게. 이미 5천 인마를 이끌고 금천으로 쳐들어갔다고 하네. 사천녹영(四川綠營)이 어떤 식으로 책응(策應)하고 군수품과 군량은 어떻게 공급하는지 상세히 아뢰지 않았네. 경들이 수시로 전방의 소식을 탐문하고 미비한 구석이 있으면 보완해주도록 하게. 복강안의 주장(奏章)은 절략(節略)하지 말고 그대로 들여보내게. 지의를 청하지도 않고 공격을 개시했으니 책임이 너무 크네. 절대 소문내지 말게."

이같이 말하며 건륭은 복강안과 거뤄의 상주문을 화신에게로 밀어주었다.

"자네가 먼저 읽어보게!"

화신이 재빨리 건륭을 훔쳐보고는 두 손으로 조심스레 받쳐들었다. 그리고는 엉거주춤 허리를 굽힌 채 창가의 햇살을 빌어 열심히 읽기 시작했다. 워낙 찔막하여 단숨에 읽고 난 그는 고개를 숙이고 잠시 생각하고 난 그후 입을 열었다.

"과히 심려하지 마십시오, 폐하. 복강안은 이번에 반드시 승리할 것이옵니다!"

이에 건륭이 빙그레 웃으며 물었다.

"어찌 그리 단언할 수 있단 말인가?"

"작은 사뤄번은 그 아비인 큰 사뤄번에 비하면 닭과 봉황 정도로 볼 수 있사옵니다."

화신이 정색하며 말을 이었다.

"거기다 복강안은 푸헝에 비해 다른 건 몰라도 군무(軍務) 면에선 강하다고 볼 수 있사옵니다. 고로, 작은 사뤄번은 결코 복강안의 상대가 아니라는 것이옵니다."

"음, 일리가 있네!"

"나친과 장광사는 금천에 장시간 박혀 있어도 끝내 금천의 심장부에도 들어가 보지 못한 채 쫓겨 나오고 말았사옵니다. 하오나 푸헝은 금천 전체를 점령했을 뿐더러 괄이애(刮耳崖)까지 공략하는 데 성공하여 그곳의 지리와 형세를 낱낱이 파악해냈사옵니다. 덕분에 금천에서의 사뤄번의 '지리(地利)'는 이미 물 건너 가고 말았사옵니다."

건륭이 화신을 바라보았다. 이재(理財)의 천재가 군사에 대해서도 일가견이 있을 줄은 미처 몰랐다는 눈빛이었다. 그러나 아무

말도 하지 않고 계속 화신의 말에 귀를 열어 놓고 있었다.

"큰 사뤄번이 자기 형을 죽이고 형수를 빼앗아 왔사옵니다. 이는 금천인들이 주지하는 바이옵니다. 아비가 숙부에게 죽임을 당하는 모습을 지켜본 써뤄번·탁마라는 계집아이가 복수의 칼을 갈며 장성했다고 하옵니다. 푸헝이 왕년에 탁마를 생포했다가 풀어준 걸 보면 선견지명이 있었던 것 같사옵니다. 작은 사뤄번과 탁마의 내분은 피할 수 없는 숙명 같은 것이옵니다."

화신은 이같이 말하고 마른 입술을 적셨다. 건륭은 두어 번 박수를 쳐 보였다. 그리고는 웃으며 말했다.

"화신, 자넨 볼 때마다 진보하는 것 같네! 그래, 이젠 군기대신으로 입직했으니 군무에 유의하는 것은 당연지사일 테지."

이같이 말하며 그는 다른 상주문 하나를 뽑아들었다.

"두광내가 올린 상주문이네. 절강성(浙江省)의 선거(仙居) 등 일곱 개 현에 또 재정에 구멍이 뚫렸다고 하네. 양강총독(兩江總督) 부러훈(사람 이름)도 개입돼 있고, 번사(藩司)와 직조사(織造司)도 연루된 걸 보니 국태 사건의 쌍둥이가 아닌지 모르겠네! 호부상서 조문식(曹文植)이 강남(江南)에 외차(外差)를 나가 있는 중이어서 짐은 이미 그에게 흠차대신의 명의를 주어 절강으로 들어가 철저히 수사하라고 지시했네. 형부(刑部) 좌시랑(左侍郎) 강성(姜晟)과 공부(工部) 우시랑(右侍郎) 이링아(사람 이름)도 급파할 거네. 아계는 이미 알고 있으니 자네와 우민중도 읽어보고 좋은 생각이 있으면 주장을 올리도록 하게. 자네 혹시 부러훈과 왕래가 있는가? 그렇다면 이 자리에서 실토하게. 이 사건에서 일찌감치 손을 떼는 게 나을 테니까 말일세."

"신은 그 자와는 일면식만 있을 뿐이옵나이다."

묵직한 상주문을 받아든 화신은 마음까지 무거워졌다. 딱히 부러훈과 왕래가 잦거나 둘 사이에 말못할 '거래'가 있는 건 아니었다. 그러나 부러훈은 고북구(古北口)와 장가구(張家口)에서 아계의 부하로 있으면서 아계와는 몇십 년 동안 교분을 쌓아온 각별한 사이였다. 화신이 그를 만난 것도 아계의 집에서였다. 자칫 잘못하여 이 사건에 말려드는 날엔 겨우 해돋이를 보는 아계와의 관계가 또다시 한밤중으로 전락할 것 같아 걱정스러웠다. 게다가 더욱 중요한 것은 부러훈이 십오황자 옹염과 교칠(膠漆)의 교분이 있었으니 화신으로선 조심스러울 수밖에 없었다…….

그는 긴박하게 생각을 굴린 끝에 대답했다.

"하오나 신이 알기로 부러훈은 승부욕이 강하여 자신의 약점을 잘 드러내지 않는 점은 있사오나 청렴한 편이라고 하옵니다!"

화신의 속내를 알 리가 없는 건륭이 말했다.

"두광내가 이 상주문에서 지목하는 성주(盛住)라는 자는 항주(杭州)의 직조사(織造司)를 맡고 있는데, 옹염이 천거해 보낸 자이네. 이 자가 옹염에게 사재(私財)를 보낸 적이 있다고 두광내가 그 혐의를 지적하고 있으니 철저히 밝혀내야겠네!"

건륭은 안색은 벌써 무섭게 굳어져 있었다. 그동안 화신은 또 다른 생각을 하고 있었다. 산동에서나 북경에서나 옹염을 만난 적은 몇 번 있었다. 그때마다 비록 옹염이 자신에 대한 노골적인 불만을 드러낸 적은 없었으나 번번이 자신을 도둑 대하듯 경계하여 그리 좋은 감정을 품고 있는 건 아니라는 생각이 들었다. 뿐만 아니라 화신은 전풍의 뒤를 봐주고 있는 사람이 바로 옹염이라고 생각했다.

'옹염이 이 사건에 연루되었으면 좋겠다'는 생각이 뇌리를 스치는 순간이었다.

그는 심각한 표정을 짓고 있는 건륭을 힐끗 훔쳐보며 조심스레 입을 열었다.

"황자마마들은 모두 훌륭하신 분들이옵나이다. 더군다나 십오마마처럼 정의롭고 대쪽같으신 분이 절대 아랫것의 뇌물을 받으셨을 리가 없사옵나이다. 하오나 소인배가 소인배일 수밖에 없는 건 그 지들은 물에 빠질 때 혼자 빠지는 건 대단히 억울해하기 때문이옵니다. 그런 연유에서 누군가 십오마마에게 덫을 놓았을 가능성도 배제할 순 없사옵나이다. 외간에는 십오마마께오서 산동에서 계집아이를 사서 곁에서 시중들게 했다는 소문이 파다하옵나이다. 이 경우 왕이열과 그 주변의 소인배들이 아니면 누가 그런 소문을 내겠사옵니까? 또한 두광내도 예사내기가 아닌 줄은 폐하께오서 이미 잘 아실 것이옵니다. 그는 달걀에서 뼈를 발라낼 자이옵고, 없는 일도 긁어서 부스럼을 만드는 자이옵니다. 명리(名利)를 노리는 소행일지도 모르오니 깊이 믿을 건 아니라고 생각하옵나이다."

"두광내는 짐이 잘 아네. 그는 직신(直臣)이네. 명리에 집착하는 면이 있는지는 아직 몰라 내각대신의 반열에 올려놓지 않고 관망하고 있을 뿐이네. 그런 식으로 말하지 말게."

건륭이 덧붙였다.

"혜아(慧兒)라는 아이에 대해선 옹염이 귀경하자마자 짐에게 아뢰었었네. 그건 짐이 알기로는 문제될 바가 없으니 재자가인(才子佳人)의 미담으로 봐주어도 무방할 것이네. 그래서 짐은 이미 그 아이를 이적(移籍)시켜 옹염의 측복진(側福晉)으로 봉해주었네. 도학(道學)은 다 좋은데 단 한 가지 사람에 대해 유난히 가혹

하고 각박하여 누군가를 물었다하면 놓지 않는 미친개 근성이 혐오스러운 것이네. 화신, 자네는 중추(中樞)에 입직한 대신으로서 체통을 지켜야 하고 주관이 뚜렷해야 하네. 귀가 너무 얇아 밖에서 들은 소리를 앵무새처럼 그대로 옮기는 건 금물이네."

"예! 명심하겠사옵니다. 절대 도학을 멀리하겠사옵니다!"

"도학을 무조건 멀리하라는 게 아니고 가짜 도학을 멀리하란 얘기네!"

"예! 가짜 도학……, 아무튼 한마디로 충서(忠恕)의 도를 깨닫고 아무나 물어버리는 미친개 근성을 근절하는 데 앞장서겠사옵니다!"

심각한 표정을 짓고 있던 건륭은 그만 웃어버리고 말았다. 글은 짧으나 영악함이 천진스럽고 귀엽기까지 한 화신이라고 생각했다.

막 흠차를 두어 명 더 파견하여 수사에 박차를 가하는 것이 바람직할 것 같다는 말을 하려는 순간 복의가 싱글벙글 웃는 얼굴로 나타났다.

"폐하, 복강안의 첩보(捷報)가 도착했사옵나이다! 아계, 우민중, 류용이 폐하께 희보(喜報)를 전하고자 뵙기를 청하였사옵나이다!"

"그래, 그래! 어서 들라하라!"

건륭의 얼굴에 일순 백화가 만발했다.

"어서 들라고 하거라! 이보다 더한 희소식이 또 있을라고!"

건륭이 흥분을 주체하지 못하며 화신에게 말했다.

"자네는 과연 선견지명이 뛰어난 사람이로세!"

그러나 화신은 내심으론 당황하고 있었다. 방금 군사와 관련하여 건륭에게 '유식'하게 굴었던 건 군기처에서 아계가 여러 군기대신들을 앉혀놓고 서부의 정세를 분석할 때 귀동냥한 걸 '따끈'할 때 건륭에게 '팔아'버린 것이었다. 화제가 그쪽으로 돌아가는 날엔 즉석에서 탄로가 나게 생겼으니 불안하지 않을 수 없었던 것이다. 그렇다고 큰일이 나는 것은 아니었지만 남의 지혜를 훔쳤다는 전과(前科)는 피해갈 수 없을 것 같았다.

그사이 이리저리 생각을 굴려 화신은 급히 엎드려 사은을 표하며 아뢰었다.

"이는 폐하의 홍복 덕분이옵나이다! 신이 어찌 감히 선견지명을 논할 수가 있겠사옵니까? 작은 사뤄번이 반란의 조짐을 보일 때부터 폐하께오선 비밀리에 호남녹영(湖南綠營)과 천중대영(川中大營)을 사천성(四川省) 서부에 배치시키고 운남성(雲南省)과 귀주성(貴州省)의 협조를 얻어 유사시 사뤄번의 도주로를 차단하시는 등 사전준비를 철저히 하신 덕분이시옵고, 아계가 지의에 따라 후방에서 든든한 뒷심이 돼주고 복강안이 전방에서 사력을 다해 싸웠기 때문에 오늘과 같은 대첩이 있지 않았나 하옵니다. 금천에서 난의 조짐을 보이자 폐하께오선 '금천의 이번 전투는 여느 때와 달라 일거에 대승을 거둘 수가 있다'고 예언하셨사옵니다. 폐하께서야말로 신선과 같은 신통력을 지니신 선견지명의 달인이시옵나이다……."

그는 콩볶듯 빠르고도 똑똑하게 단숨에 이 같은 말을 쏟아냈다. 손짓까지 곁들여가며 흥분과 확신에 차 있는 그 모습을 보며 들어선 아계 등은 입가에 흰 거품까지 물어가며 장편대론을 펴는 화신과 똑같이 흥분했다. 연신 머리를 힘있게 끄덕이며 용광(容光)이 환한 건륭을 번갈아 보며 내심 참기름을 바른 듯한 화신의 화술에 놀라워했다.

그가 잠시 숨을 돌리는 사이 아계가 겨우 한마디 끼어들려고 했다. 하지만 화신이 쉽게 화두를 놓칠 리가 없었다.

"금천의 난이 평정되었사오니 이제부터는 사후 처리가 제일 가는 요무(要務)로 대두되어야 할 것이옵나이다. 금천은 난이 수없이 일어났다 평정되고 또다시 불안정해지는 과정을 여러 번 반복해 왔사옵니다. 이는 근본적으로 사뤄번의 부락이 토사(土司)의 통솔 하에 있어 정부의 규제에서 자유롭기 때문이옵나이다. 이제는 개토귀류(改土歸流)하여 금천부(金川府) 또는 금천주(金川洲) 하는 식으로 이름부터 개명하고 한 개 부대의 녹영병들을 상비군(常備軍)으로 주둔시키는 것이 바람직하다고 생각하옵나이다. 폐하께오선 일로영일(一勞永逸, 한 번에 뿌리뽑으면 영원히 무사하다)을 강조하셨사옵니다. 금천이 일로영일할 수 있는 방법은 이것뿐이라고 사려되옵니다. 그렇지 않을 경우 오늘은 비록 난을 평정했으나 추후에 언제 다시 숨가쁜 출병을 해야할지 모르는 것이옵니다. 나친과 장광사가 출정했을 당시부터 계산했을 때 지금까지 우리는 군비로만 월 1백만 냥을 고스란히 금천에 내다버린 셈이옵니다. 그 동안 어림잡아 7천만 냥이 소요됐으니까요. 이 액수면 수많은 금천인을 먹여 살릴 수 있을 것이옵니다!"

말을 마친 화신은 쿵! 소리나게 머리를 조아리고는 고개를 들어 건륭을 바라보았다.

"자네는 사유가 몇 년은 앞서가는 사람이로군."

건륭이 대단히 흡족해하며 머리를 끄덕였다. 그리고는 아계와 우민중, 류용을 바라보며 물었다.

"아직 첩보를 읽어보지 못해서 그러는데, 복강안의 전황(戰況)

은 어떠했다고 하던가?"

화신은 그제야 안도하며 한 발 뒤로 물러났다. 화두가 자신이 신경 쓰이는 쪽으로 흘러가지 못하게 '방파제'를 높게 쌓아올렸으니 걱정할 게 없다는 뜻이었다.

아계가 복강안의 보첩상주문을 두 손으로 받쳐 올렸다. 건륭이 받아보니 '팔백리 긴급'이라는 글씨가 적혀 있었고, 귀퉁이에 '보첩(報捷)' 두 글자가 선명했다. 수려하고 힘있는 복강안의 필체를 흐뭇하게 오래도록 응시하고 있던 건륭이 환한 표정으로 입을 열었다.

"금천에서 날아오는 보첩을 보니 악몽이 되살아나는 것 같군! 두 명의 대학사와 한 명의 대장군을 주살하게 만든 곳이 금천이지. 그들도 모두 '보첩'을 해왔었고, 엄연히 패했으면서도 기군(欺君)의 죄를 범했네! 복강안은 그들과 질적으로 다른 우리 대청의 보물이네, 과연 푸헝의 후예답네! 공격을 개시한다고 하는 상주문을 바로 조금전에 읽었는데 벌써 첩보를 보내오다니!"

이같이 말하며 건륭은 곧 겉봉을 뜯고 속지를 펼쳐들었다.

작은 사뤄번이 비록 우매하고 무능하오나 그의 부하 장령 쉬눠무는 독수리같이 용맹하고 싸움에 능한 자였사옵니다. 게다가 금천은 지세가 험준하여 단순히 무기와 군사력의 우위로 방심할 수만은 없었사옵나이다. 선부(先父)께오서 금천에서 철수하시면서 챙겨오신 금천의 지도를 놓고 신은 부장(副將)들을 불러 밤낮없이 지형 분석에 들어가 복잡다단하고 험악하여 '천험(天險)'이라 불리는 금천의 '사각지대'까지 훤히 꿰뚫었사옵니다. 거기다 쩌뤄번의 딸인 탁마와 사뤄번의 불화로 인해 금천은 심각한 내분에 시달리고 있었사옵니다. 아무리

견주어도 이는 일거에 승부를 걸어볼 만한 전투였사옵니다. 추호의 망설임도 없이 신은 1천 5백 정예병을 이끌고 선부께서 그랬듯이 청수당(淸水塘)에서 공격을 개시했사옵니다. 사천순무인 거뤄는 7천 5백 녹영군을 인솔하여 명령을 대기하고 있었사옵니다. 우리 군은 천시(天時), 지리(地利), 인화(人和)를 두루 선점한 데다 폐하의 홍복(洪福)까지 입어 불과 5일 내에 숴뉘무를 독 안에 가두는 데 성공했사옵니다. 이번 전사(戰事)를 치르며 2만 적군을 생포하고, 4만 금천 인민들이 귀순을 청해오는 쾌거를 올렸사옵니다! 전부 8일 동안에 이어진 전투에서 패한 사뤄번은 사지로 내몰렸고, 결국엔 자결하였사오며 이미 그 목을 떼어 삼군(三軍)에 전시하기로 했사옵니다. 탁마는 자신의 부하들을 거느리고 투항을 요청해 왔사옵니다. 이밖에도 의외로 완벽한 적들의 무기고를 찾아내어 대포며 조총(鳥銃), 화총(火銃)을 비롯한 여러 가지 무기들을 노획했사옵니다……

건륭은 단숨에 읽어내려 갔다. 노획한 무기에 대한 소상한 나열이 끝나고 끝 부분에서 복강안은 이와 같이 적고 있었다.

……이번 전역(戰役)에서 우리 군도 4천여 명의 인명피해를 냈사옵니다. 승리의 축배를 들기엔 너무나 가슴 아픈 일이옵나이다. 아울러 신은 사전에 지의를 청하지도 않고 사사로이 주장하여 출전한 데 대해 인신(人臣)으로서 폐하께 커다란 불경을 저질렀음을 뒤늦게야 깨달았사옵니다. 보첩을 서두른 것도 금천의 전사(戰事)와 관련하여 폐하의 성려(聖慮)를 한시라도 빨리 덜어드림으로써 불경의 죄를 조금이나마 씻기 위함이었사옵니다……

건륭의 입가에 미소가 번졌다. 자신의 죄를 청하는 부분에서 장편의 미사여구를 늘어 놓은 건 아니나 간단한 몇 마디로도 건륭은 그 진심을 알고도 남음이 있었던 것이다. 눈빛의 여광(餘光)으로 네 명의 군기대신들을 쓸어보고 난 건륭은 말없이 붓을 들어 경공란(敬空欄)에 주비를 적어나갔다.

경의 보첩 소식에 짐의 희열은 이루 형언할 수가 없네! 나친과 장광사가 초래한 거국적인 굴욕을 경의 아비 푸헝에 이어 경이 두 번째로 완승을 거두면서 철저히 설욕해 주었네.

이제부터 금천 인민들은 포화가 없고 총칼의 위협이 없는 평화의 땅에서 안거낙업(安居樂業)을 할 수 있게 되었으니, 이 어찌 거국동경(擧國同慶)할 일이 아니겠는가? 이번 완승의 의미가 유난히 큰 데는 금천을 평정함으로써 인접한 사천(四川)과 서장(西藏)에 대한 관군의 세력도 더불어 커졌기 때문이네.

조정의 만년우환을 제거하고 짐의 커다란 시름을 덜어준 경의 공로는 실로 하늘을 덮고도 남을 것이거늘 어찌 지의를 청하지 않고 공격을 개시한 데 대한 자책이 그리 크단 말인가?

부질없는 우려는 하지 말고 즉각 사뤄번의 부하인 쉬뉘무를 항쇄를 씌워 북경으로 압송하게. 이상!

그는 만족한 표정으로 붓을 내려놓았다. 그리고는 웃으며 네 명의 신하들에게 말했다.

"칭송의 말은 화신이 이미 다 해버렸으니 경들은 이제 복강안의 공로와 금천의 사후처리에 대해 논해보시게!"

대신들은 서로 마주보며 웃었다. 우민중이 먼저 입을 열어 아뢰었다.

"방금 군기처에서 아계가 복강안의 상주문을 읽어주었사옵니다. 비록 전투 장면을 소상히 설명하지는 않았사오나 충분히 그 처절했던 장면을 미뤄 짐작할 수 있었사옵니다! 금천의 전사는 단순히 금천 한 지역의 일만은 아니옵니다. 금천대첩(金川大捷)의 소식이 인접한 서장에 전해지면 그곳의 저의가 불순한 무리들이 겁을 먹지 않을 수가 없사옵니다. 복강안이 사천에서 닭 잡는 걸 본 원숭이들이 놀라 도망가지 않을 수 없사옵고, 개중에는 영국과 같은 비분지심(非分之心)을 품은 자들도 있을 것이옵니다! 이런 까닭에서 복강안의 공로는 푸헝이 금천을 평정하고 미얀마를 정벌한 공로보다 더 크다고 보옵니다!"

그는 잠시 멈추었다가 미소를 머금으며 덧붙였다.

"하오나 복강안은 이미 최고의 작위인 공작(公爵)에 봉해졌사오니 장원(莊園)이나 물질적인 보상으로 황은(皇恩)의 영총(榮寵)을 표시함이 바람직할 것 같사옵니다."

"이는 옹정 3년 이래 조정에서 병마를 가장 많이 투입한 전역이었고, 일거에 서남의 건곤(乾坤)을 평정한 쾌거이옵나이다."

아계가 희색이 만면하여 입을 열었다.

"조정천하의 일대 희사가 아닐 수 없사옵니다. 은자를 많이 풀어 복강안을 비롯한 영웅들에게 후한 상을 내리는 것이 마땅하다고 생각하옵나이다. 폐하의 남순(南巡)은 조식천하(藻飾天下)의 효과를 거두었사옵니다. 문치(文治)를 선양(宣揚)하는 것과 위무(威武)를 과시하는 것을 병행하시면 천하를 교화하고 후세에 모범이 되는 데 크게 도움이 될 거라고 생각하옵니다. 거뤄에게 독촉하여 빠른 기간 내에 전쟁포로들을 무사히 북경으로 압송해야 한다고 생각하옵니다. 오문(午門)에서 인계하자마자 즉석에서 주살(誅殺)하고, 이를 태묘(太廟)와 천단(天壇), 그리고 만천하에 고해야 마땅하다고 보옵니다. 복강안의 작위는 더 이상 올릴 수가 없사오나 직무는 승진시킬 수가 있다고 생각하옵니다. 대장군, 영시위내대신, 태자태보 등등 직급은 폐하께오서 친히 결정하시는 것이 바람직하겠사옵니다. 이는 복강안 개인의 공명과 조정의 포상제도와 관련이 있을 뿐더러 더욱 중요한 것은 이를 통해 무공(武功)을 발양(發揚)하고, 관풍(官風)과 민심(民心)을 진작하여 팔기(八旗) 자제들에게 본보기를 세우는 것이옵니다!"

대신들은 처음엔 아계의 말에 고개를 갸웃했다. 복강안은 아직 청년의 나이이거늘 이미 공작에 봉해진 사람에게 직급까지 천정부지로 높여 주면 앞으로 더 큰 공로를 세우면 어찌할 것이며, 이리 수선을 떨다가 다음에 군사에 좌절을 겪게 되는 날엔 어쩔 거냐는 것이었다.

그러나 끝 부분에 가서야 사람들은 비로소 아계의 진의를 알 것 같았다. 지금은 관가의 풍조가 문란하고 민심이 일전직하(日轉直下)하여 조정의 위신이 갈수록 떨어지는 마당에 복강안을 위무대장군(威武大將軍)으로 내세워 크게 부각시키는 것이 조정과 백성 모두가 심기일전하는 분기(奮起)의 계기가 될 것이라는 것이었다.

건륭 역시 아계의 진의를 알아차리고는 얼굴 가득 기쁜 표정을 지으며 오른손으로 가볍게 책상을 두드렸다. 그리고는 말했다.

"실로 노성모국(老成謀國)의 견해이네! 복강안의 직급을 한 단계 올려 위무대장군으로 봉하세. 오문에서 열병(閱兵)하여 포로 인계식을 하고 태묘와 천단에 제를 지내는 행사는 예부에서 주최

하도록 하게."

이같이 말하며 건륭은 문득 기윤이 생각났다. 이럴 때 있었으면 멋진 문장을 선보였을 텐데……. 잠시 생각하고 난 건륭이 지시했다.

"한림원에 지의를 전하여 천단과 태묘에 제를 지낼 때 낭독할 고제문(告祭文)을 실력껏 준비하라고 하게. 금천의 평정을 경축하는 내용의 가사를 써 창음각(暢音閣)에 보내어 편곡케 하게. 이번에 춘위 시험에서 입격한 조석보(曹錫寶)더러 집필하여 어람을 청하라고 하게."

이같이 말하며 건륭은 류용을 향해 말했다.

"경은 어찌 말이 없는가?"

"신은 금천에 유관(流官)을 두는 데 대해 생각하고 있었사옵니다."

류용이 깊은 사색에서 헤어나 급히 대답했다.

"금천에는 역대로 장족(藏族), 묘족(苗族), 요족(傜族), 동족(僮族) 등 여러 민족이 잡거(雜居)해 왔사옵니다. 긱 민족의 특성상 대단히 배타적이고 자기 것에 대한 애착이 유난하여 저들끼리도 잘 융합이 안 되는 바 시비가 끊이지 않고 각종 불안요소들이 잠재되어 있는 곳이옵니다. 만한(滿漢)의 유관(流官)들로서는 그네들을 요리하기가 여간 힘들 것 같지 않사옵니다. 신의 우견으론 이들의 생활양식을 하루아침에 변화시키는 것보다는 대금천(大金川)에 상주 녹영병을 주둔시켜 지역현안에는 사사건건 간섭함이 없이 오로지 13개 토사(土司)에 큰 분쟁이 생겼을 때만 적당히 진압하고 조율하여 궁극적으로 금천의 안정을 도모하는 것이 바람직할 것 같사옵니다."

이에 화신이 즉각 동조하여 나섰고 우민중도 공감을 표했다. 그러자 건륭의 시선이 아계에게로 쏠렸다.

아계의 힘있게 뻗은 숯검정 같은 눈썹이 무겁게 드리워졌다. 사려가 대단히 깊어 보였다. 유유한 눈빛을 반짝이며 류용의 말을 끝까지 듣고 난 아계가 건륭의 시선을 의식하고는 조심스레 웃어 보이며 아뢰었다.

"류 대인의 뜻내로라면 금천에 더 이상의 큰 분쟁은 없을 것이옵니다. 오히려 금천은 군사 요충지로서 더 큰 역할을 할 수가 있을 것이옵니다. 정부를 두지 않는 대신 한 개 부대가 아닌 대부대를 대금천에 3천, 소금천에 2천, 그리고 군사 중지(重地)가 되었던 여러 곳에 이런 식으로 전부 주둔시키려면 어림잡아 상주병력만 5만은 있어야 한다고 보옵니다. 이리 되면 북으론 청해성(靑海省) 남로(南路)를 견제할 수 있고, 남으론 운남과 귀주 쪽에도 유사시에는 즉각 투입할 수 있사옵고, 서장과도 사천성 동부나 남부에서 가는 것보다 훨씬 가까운 거리이옵니다. 수만의 인마가 조석으로 삼면(三面)의 사변에 즉각 책응할 수 있다는 장점이 있사옵나이다! 신의 소견으론 금천의 군사요충지로서의 장점을 충분히 발휘하여 금천을 대청의 최대 병영으로 탈바꿈시키는 것이 바람직할 것 같사옵니다. 다사다난했던 금천을 '금천대영'이라고 이름을 변경시켜보는 것도 나쁠 건 없을 것 같사옵니다! 뤄부짱단쩡이 청해에서 난을 일으켰을 때도 가까운 금천에 곧바로 책응에 나설 수 있는 병력만 있었어도 머나먼 서안(西安)에서 대거 용병을 하느라 시간을 지체하고 호기를 놓쳤을 리는 없지 않사옵니까?"

단순히 말썽꾸러기 달래듯 잠재우는 데만 급급할 게 아니라 금천을 서부의 군사요충지로 십분 활용하자는 아계의 제안에 건륭은 속으로 나무만 보지 않고 숲을 보는 아계의 탁 트인 사유야말로 재상의 흉회(胸懷)답다고 생각했다!

건륭은 다소 흥분한 것 같았다. 말없이 온돌을 내려서 천천히 방안을 거닐었다.

"5만 5천 명이 상주(常駐)해야 한다는 얘긴데……."

건륭이 천천히 혼잣말을 하듯 말을 이었다.

"도로 사정이 열악하고 기후도 안 좋지……. 대군의 병영을 짓고, 겨울난방을 해결하고, 군량공급에도 차질이 없어야 하는데…… 헤쳐나가야 할 어려운 점이 많은데, 군비는 대충 얼마면 되겠는가?"

건륭이 화신을 바라보았다.

화신은 쟁쟁한 '대가(大家)'들 앞에서 일순 당황했다. 아계의 말을 빌리자면 그는 군무의 '외눈동자'였다. 아계의 말에 일리가 있는가 하면 건륭의 우려도 기우는 아닌 것 같았다. 다행히 그는 주판알을 퉁기는 데는 선수였으니, 잠깐 사이에 어중간한 수치를 계산해낼 수 있었다.

"군향(軍餉)만 해도 월 8만 냥은 필요할 것 같사옵니다. 도로 사정이 워낙 열악하오니 식량과 채소류를 운송하는 데 인건비가 상당할 것이오니 두부 한 판이 성도(成都)에서 금천(金川)까지 가면 고기값이 될 것이옵니다. 대영(大營)을 지을 때도 자재를 전부 인력으로 운반해야 하니 실로 엄청난 일이옵나이다. 원명원 막바지 공정에도 은자가 많이 필요한데 복강안의 대군을 위로하는 데도 어림잡아 1백만 냥은 있어야 하오니……."

"아무리 궁해도 할 건 해야지! 은자가 충분하면 자네에게 물을 까닭이 뭐 있겠는가?"

건륭이 단칼에 화신의 말을 잘라버렸다.

"아무튼 아계의 주장에 입각하여 어디서 돌려치든 훔치든 예산은 자네가 알아서 만들어내게!"

화신은 두 눈이 휘둥그레져 뚝 말문이 막혀버리고 말았다. 참새가 방앗간을 지나친 격으로 화신이 이번엔 '성의(聖意)'를 제대로 짚어내지 못한 것이었다. 이에 아계와 우민중, 류용은 모두 은근히 쾌재를 불렀다. 그러나 화신은 곧 자신이 '맥'을 잘못 짚었다는 사실을 눈치챘다. 추호도 낯빛이 변하고 가슴이 뛰는 법 없이 그는 다시 아뢰었다.

"신의 우매함을 용서해 주시옵소서. 은자가 넉넉한 건 아니오나 쓸 데와 안 쓸 데를 구분하여 다른 데서 긴축하면 충분히 돌릴 수 있을 것 같사옵니다. 대사와 소사를 구분하지 못하고 주먹구구식이었던 신의 무지함이 폐하의 심기를 불편하게 해드렸다면 대단히 죄송하옵나이다! 아울러 신은 감히 폐하께 한 가지 건의를 드리고자 하옵니다. 그곳에 대군을 주둔시키기에 앞서 역도(驛道) 하나를 새로 만드는 건 어떨까 하옵니다. 쇄경사(刷經寺)에서 대금천과 소금천을 거쳐 남쪽으로 옛 역도와 이어지게끔 그물 모양으로 도로를 놓으면 군사 이동과 식량과 채소 운반에 훨씬 편리하고 운송비도 대폭 절감하게 될 것이옵나이다. 통촉하여주시옵소서, 폐하!"

화신은 역시 머리에 바람개비를 달고 있는 게 분명했다. 실수로 건륭의 심기를 불편하게 하긴 했으나 다시 번복하여 잘 봉하고 거기에 한 술 더 떠서 '건의'까지 하고 나선 것이다. 방금 전의 난감한 분위기는 일순간에 사라지고 말았다. 건륭이 웃으며 말했다.

　"역시 살림꾼이야! 어떻게든 예산을 절감하는 방향으로 머리를 쓰지 않는가! 좋은 발상이네. 공부(工部)에 지시하여 즉시 사전답사에 나서라고 하게. 이런 일은 서둘러야 하네."

　건륭의 말이 끝나자 류용은 전란을 겪은 금천의 난민대책과 생업지원에 대해 잠깐 언급했다. 이어 아계가 그 말을 받아 아뢰었다.

　"금천엔 경작이 가능한 토지가 얼마든지 있사옵니다. 단지 그네들이 방목과 수렵에 익숙하여 경작을 멀리해 왔을 뿐이옵니다. 신은 장가구(張家口)와 고북구(古北口)에서 둔전(屯田)을 실시한 바가 있사옵니다. 금천은 토질이 비옥하고 물이 충분하여 농사를 짓기엔 더없이 유리한 고장이옵나이다. 병사들을 적당히 동원하여 경작을 하면 식량과 채소는 충분히 자급자족이 가능할 것이옵니다. 현지 백성들도 관군들이 선두 역할을 잘하면 따라서 농사에 재미를 붙일 수 있을 거라고 생각하옵니다."

　"그래, 그게 좋겠네! 역시 셋이 모이면 제갈량을 능기하는구만."

　건륭이 온돌 모서리에 걸터앉았다. 그리고는 덧붙였다.

　"우민중, 자네는 곧바로 사천순무 거둬에게 서찰을 보내어 오늘의 회의내용을 굵직굵직한 것만 먼저 알려주게. 류용, 자넨 쉬눠무를 빨리 북경으로 압송하라고 독촉하게. 포로들을 압송하는 길에 아사(餓死)하거나 병사(病死), 혹은 도주자(逃走者)가 생기는 날엔 지방관들이 그 책임을 면키 어려울 것이라고 이르게!"

　잔뜩 힘주어 말하며 건륭이 덧붙였다.

　"보월루가 완공되었다고 하니 짐은 내일 그리로 가봐야겠네.

화신과 우민중이 아침 일찍 패찰을 건네어 어가를 수행하도록 하게."

둘은 급히 자리에서 한 발 앞으로 나와 대답했다. 우민중이 조심스레 여쭈었다.

"하오면 의장(儀仗)은 대가(大駕)와 법가(法駕) 중에 어느 쪽을 택하실 것이옵니까? 신이 예부에 통보를 서둘러야 하겠기에……."

"특별히 의장은 필요 없네. 그리하면 또 경사(京師)를 발칵 뒤집어놓을 게 아닌가."

건륭이 덧붙였다.

"팔인교(八人轎) 하나면 충분하지. 경들은 말을 타고……. 화신만 잠깐 남고 모두 물러가게."

세 신하가 물러가자 건륭은 태감들과 궁녀들까지 모두 물리쳤다. 또 무슨 일일까, 하고 화신은 내심 걱정하며 조심스레 여쭈었다.

"폐하…… 분부하실 말씀이라도 계시온지요?"

"아, 별것 아니네."

건륭이 전각 바깥을 힐끔 쳐다보았다. 무언가 말을 하려는 것 같았으나 도로 입을 다물어버렸다. 그리고는 잠시 침묵한 끝에 말했다.

"자네가 말하던 그 회족(回族) 여인들은 아직도 오문 밖에 있나?"

"예! 지의가 내려지기 전까지는 돌부처가 되어도 기다려야지요!"

화신은 벌써 건륭의 의중을 헤아리고는 웃음기를 거두며 정색하며 대답했다.

"폐하께오선 정무가 워낙 다망하시오니 이 일은 신에게 맡겨주시옵소서. 신이 폐하께서 신경 쓰지 않으시도록 전심전력을 다하여 잘 처리하겠사옵니다. 먼저 함안궁(咸安宮)에 안치했다가 그 중 특출한 몇 명을 골라 태후마마와 용귀비마마께 보내드리고 폐하께오서도 이참에 색다른 분위기도 느껴보실 겸 두어 명 넣어드리겠사옵니다."

"그래, 잘해보게."

건륭이 환한 표정으로 후궁전을 가리키며 덧붙였다.

"저네들에게 책잡히지만 않으면 되네. 됐네. 그만 가보게!"

〈제⑰권에서 계속〉